W0284849

JAN EIK

TRÜGERISCHE FESTE

Tod im Schatten der Pracht

Krimi

berlin.krimi.verlag

Bibliografische Informationen der Deutschen Bibliothek

Die Deutsche Bibliothek verzeichnet diese Publikation in der Deutschen Nationalbibliografie; detaillierte bibliografische Daten sind im Internet über http://dnb.ddb.de abrufbar

KulturBrauerei Haus S, Schönhauser Allee 37, 10435 Berlin
post@bebraverlag.de
Lektorat: Bernhard Thieme, Berlin
Umschlag: Hauke Sturm, Berlin, unter Verwendung der Gemälde „Vanitas“ von Pieter van der Willigen, Moskau, Staatliches Puschkin-Museum / 395 und Friedrich I. (Ausschnitt) von Samuel Theodor Gericke
bpk, Berlin
Satz: Greiner & Reichel, Köln
Schrift: Stempel Garamond 10/13,5
Druck und Bindung: GGP Media GmbH, Pößneck
ISBN 3-89809-505-3
ISBN 978-3-89809-505-1

www.bebraverlag.de

Die wichtigsten Personen:

Friedrich I. (1657–1713), König in Preußen, genannt der schiefe Fritz
Sophie Charlotte (1668–1705), seine zweite Frau
Henriette Charlotte von Pöllnitz (1670–1722), Erstes Kammerfräulein und Vertraute der Königin
Johann Casimir von Kolbe, Reichsgraf von Wartenberg (1643–1712), Premierminister und Günstling des Königs
Catharina (1670–1734), Kolbes Frau, angebliche Mätresse des Königs
Matthes von Retzlow, Kammerherr am königlichen Hof
Christian Fahrenholtz, Barbier und Chirurg
Niklas Fahrenholtz, sein Bruder
Jakob, Niklas' Sohn, Lehrling und Adlatus bei Christian
Henriette, Christians Ehefrau
Marie, Hausmagd bei den Fahrenholtzens
Florine Coulard, eine junge Hugenottin
Veitel Loeb, jüdischer Geldverleiher
Rahel, seine Tochter
Wendelin Lonicer (1639–1714), königlicher Hausvogt, Christians entfernter Verwandter
Julius, alias Michel Köppke, Diener und Vertrauter des Kriegsrats von Hielscher in Kleve-Jülich

Vorspiel am Rabenstein

Viel Volk war zusammengelaufen an diesem ersten warmen Apriltag des Jahres 1698 und ließ sich auch von den gelegentlichen Regenschauern nicht beeindrucken, die der böige Westwind über den Platz an der Frankfurter Straße wehte. Die Zeilen der niedrigen Häuser, wollte man denn die meisten der vor den Toren errichteten Buden so nennen, waren schon recht nahe herangerückt an den unheimlichen Ort mit dem alten Hochgericht und dem aufragenden Diebsgalgen. Es war die Rede davon, den Richtplatz in eine weniger bebaute Gegend zu verlegen.
Angesichts des zu erwartenden Ereignisses war kaum einer von den Berlinern und Cöllnern zu Hause geblieben, das niedere Volk der nahen Stralauer und der Georgen-Vorstadt sowieso nicht. Selbst aus der entfernten neuen Friedrichstadt, von den Refugierten aus der Dorotheenstadt und vom Friedrichswerder mussten eine erkleckliche Anzahl so weit nach Osten gefunden haben, sah man sich in der auf- und abwogenden Menschenmenge um, die ungeduldig des Kommenden harrte. Dass allerhand Hofschranzen und müßige Herren samt ihren sich verschämt gebärdenden Damen bei so einem Schauspiel nicht fehlen durften und sich unters Volk mischten, verstand sich von selbst. Die weniger Wagemutigen, die in einiger Entfernung zwischen den Buden und Ständen der Höker und Quacksalber in ihren Kaleschen sitzen blieben, bezahlten es

mit dem weiten Abstand vom Blutgerüst, genossen dafür allerdings die bessere Sicht über die Köpfe des gemeinen Volkes hinweg.

Auch Jakob Fahrenholtz, mit seinen siebzehn Jahren ein hoch aufgeschossener, strohblonder Bengel, erfreute sich sogar aus der Nähe dieses Vorteils, überragte er doch die meisten der Umstehenden um eine halbe Haupteshöhe, aus der er seiner kleiner geratenen Begleiterin getreulich Bericht über alle Vorgänge erstattete. Sein Onkel und nunmehr auch Lehrmeister, der Barbier und Chirurg Christian Fahrenholtz aus der Spandauer Straße, hatte ihm die Teilnahme an dem Ereignis, von dem die Stadt seit Tagen sprach, ungern gestattet und ihn eindringlich vor Taschendieben, Beutelschneidern und sonstigen Halunken gewarnt, die bei derlei Schaustellung allemal auf ihre Kosten kamen. Von den Dirnen, die er bei ähnlichen Gelegenheiten nicht zu nennen vergaß, hatte er diesmal nicht gesprochen, allerdings auch nicht geahnt, dass Jakob längst im heimlichen Einvernehmen mit der brünetten Florine eine sittsame Gesellschafterin für den Tag gefunden hatte.

Florine, mehr als ein Jahr älter als Jakob, lebte bei ihrer greisen Tante in einem der Häuser am Wall zwischen dem alten und dem neuen Spandauer Tor und genoss in dem kleinen Haushalt genug Freiheit, um sich einen solchen Ausflug zu gestatten. Natürlich in Begleitung anderer tugendhafter Hugenotten, die sie bedauerlicherweise im Gewimmel vor dem Georgentor verloren hatte, um gleich darauf ganz zufällig Jakob zu begegnen.

Ein so großer Menschenauflauf beunruhigte Jakob noch immer ein wenig. Seine Kinderjahre hatte er in dem friedlichen Ackerbürgerstädtchen Altlandsberg verbracht und sich nach der Flucht des Vaters und dem Tod der Mutter nur schwer an das unruhige Leben in der Residenz gewöhnt. Da er jedoch seine Augen stets offen hielt, bereitete es ihm wenig Mühe, jedwedes Gesindel – vor allem die Militärwerber – auch ohne den wohlmeinenden Rat des Oheims selbst herauszufinden und ihnen auszuweichen.

Mitten im Gedränge konnten Florine und er sich die Nachbarn nicht aussuchen. Drei Kerle, der eine vierschrötig, das Gesicht von einem martialischen Schnauzbart geziert und deutlich besser gekleidet als sein zaundürrer Kumpan mit einem Narbengesicht, der dritte fast ein Zwerg, drängten sich vor ihnen in auffälliger Weise an eine Schar braver Bürger und ihre breit geratenen Gattinnen heran, die mit schrillen Stimmen die zu erwartenden Leiden des Delinquenten auf dem Rabenstein erörterten.

Den, einen altgedienten, weißbärtigen Haudegen und Unteroffizier, hatten die Henkersknechte inzwischen auf das Gerüst geschleppt, wo er nun ungerührt stand und herablassend über die Menge zu seinen Füßen blickte. Wie oft mochte er dem Tod auf dem Schlachtfeld ins Auge geschaut haben, ohne dabei einen solchen Zulauf zu haben, wie ihn selbst brave Untertanen freiwillig kaum einem Fürsten gewährten.

Jakob schien es, als blicke der Alte ihm direkt in die Augen. Er wandte sich ab und legte seine Arme schützend um Florine, die ihm auswich. Allmählich kam Unruhe in die Menschenmenge. Das schob und drängte, hin und wieder wurden spöttische, mitunter gar unwillige Rufe laut. Für einen Augenblick jedoch erstarb der Lärm, als in der Ferne gen Süden etwas sichtbar wurde. Dann nahm das Geschiebe wieder zu. Jakob wurde gegen seinen Vordermann gestoßen und vernahm unfreiwillig, was der Vierschrötige gerade seinem dürren Begleiter zuraunte: »Ganz Bekhmokum leer. Was könnt man Massematten pflanzen!«

Erschrocken legte der andere den Finger an die Lippen. »Willst wohl am Dolme begern!«, zischte er zurück.
Jakob hatte ein feines Gehör. Er hatte Latein gelernt und sprach leidlich Französisch, worauf seine Mutter Wert gelegt und das ihm erst die Bekanntschaft mit Florine ermöglicht hatte. Rede und Gegenrede der beiden hatte er dennoch nicht verstanden. Er sah sich nach Florine um und blickte dem Dürren für einen Augenblick in die stechenden Augen. Er drängte sich zu dem Mädchen zurück und ergriff resolut ihre Hand. »Damit wir uns nicht verlieren«, sagte er. Zu seiner Freude widersprach sie nicht.
Auch einem vornehm aussehenden Herrn in der Nähe waren die fremden Worte nicht entgangen. Der musterte die drei Galgenvögel scharf und flüsterte seinem Bedienten etwas zu, der so eilfertig nickte, dass es Jakob auffiel. Wollte er die beiden anschwärzen? Vielleicht waren es ja nur herumziehende Handwerksgesellen, die in den Residenzstädten ihr Glück suchten.
Die unruhige Menge wandte sich jetzt dem Weg vom Stralauer Tor zu. Von dort näherte sich langsam ein jämmerlicher Zug. Ein erbärmlicher Klepper, dem die Knochen durchs Fell spießten, zog einen aus groben Bohlen gefügten Schlitten, hinter dem würdevoll zwei Stadtdiener schritten. Das Raunen nahm zu, je näher sich das schlurrende Gefährt auf die Menge zu bewegte, die trotz der Enge zurückwich und eine breite Gasse bildete. Die war weniger der Ehrfurcht als vielmehr dem Gestank geschuldet, der von dem Schlitten ausging und bis zu Florine und Jakob drang, die eingekeilt zwischen dem Vierschrötigen und dem besseren Herrn standen. Er fühlte, wie sich von hinten eine Hand an seinem Gürtel zu schaffen machte.

»Finger weg!«, schrie er grob und warf sich rückwärts ins Gedränge, ohne Florines Hand loszulassen. Jemand schlug nach ihm. Zu Boden fallen konnte er nicht, und zu stehlen war bei ihm nichts. Die Bürgerfrauen kreischten auf. Aber da wogte das Gewimmel schon zurück, denn der Schlitten mit der üblen Last näherte sich dem Gerüst, wo die Stadtdiener nur mühsam Ordnung hielten.

»Der nächste, den sie hochziehen, wird der Danckelmann sein!«, prophezeite altklug einer der Bürger. Nur Gemurmel antwortete ihm. Wer wollte sich schon zu derartigen Staatsangelegenheiten äußern. Dass der Kurfürst seinen getreuen Oberpräsidenten entlassen und bald darauf nach Spandau hatte verfrachten lassen, ging den gemeinen Mann nichts an.

»Er sitzt jetzt in der Festung Peitz und wartet auf sein Urteil«, wusste der Schlaue dennoch zu melden. »Der Kolbe wird ihm schon die Hölle heiß machen!«

Auch über den neuen Mann in Friedrichs Gunst wollte hier, inmitten einer Menge, in der sich dieser und jener und ganz sicher auch die kurfürstlichen wie die Kolbe-Wartenbergschen Zubringer verbargen, keiner reden. Nur die Weiber nahmen die Angelegenheit auf und hechelten lautstark Kolbes Ehefrau Catharina durch, die rheinische Matrosenhure, wie man sie nannte, die von ihrem erlernten Gewerbe nicht lassen wolle und nicht einmal den Kurfürsten selber ausließ und davon mancherlei Vorteil genoss.

»Haltet eure losen Mäuler!«, schimpfte jemand in der Menge, die nun endlich etwas zu sehen bekam.

Die Henkersknechte, vom Schafott herabgestiegen, machten sich über den Schlitten her und zerrten roh eine nackte männliche Leiche herunter. Vor den Augen der gespannt Wartenden zwängten sie den widerspenstigen Körper in ein blutverkrustetes Hemd und streiften ihm eine Hose über die haarigen Beine.

»Er heißt Hänschen Todt«, verkündete der Schlaue mit wichtiger Miene, als wüssten nicht alle, dass sich Todt und sein Kumpan Bartel Jürgens drei Wochen zuvor auf dem Holzmarkt vor dem Stralauer Tor duelliert und jener Todt zweifellos das bessere Los gezogen hatte, indem er tot auf der Wahlstatt zurückgeblieben war, drohte doch gemäß kurfürstlichem Edikt dem Überlebenden der Galgen. Und nicht nur das. Diesmal sollte die im Edikt ausgesprochene Drohung wahr gemacht und der Sieger zusammen mit dem Leichnam des Unterlegenen am Galgen aufgezogen werden.

»Man hat die Leiche drei Wochen lang im Cöllnischen Wursthof aufbewahrt«, merkte der Schlaumeier mit lauter Stimme an, während vorn auf dem Schaugerüst nach einigen im Gemurmel der Menge untergehenden Worten der Stab zerbrochen und dem Bartel Jürgens die Schlinge um den Hals gelegt wurde.

»Zieht ihn endlich hoch!«, rief eine kehlige Frauenstimme. Grölend stimmte die Menge zu.

Der Henker und seine Knechte walteten ihres Amtes. Eine Kette umschlang jetzt den Hals des Toten und den des Verurteilten. Der, als hätte er erst in diesem Augenblick erkannt, was der Geruch des Todes auch für ihn versprach, stieß nun doch einen Schreckensschrei aus und versuchte sich von dem Leichnam abzuwenden. Aber da hing er schon zappelnd in der Luft.

Die Menge johlte.

»Zur Abschreckung müssen die beiden hängen, bis sie von selber herunterfallen«, sagte der Klugscheißer mit Genugtuung. Und wirklich. Man schlang die Kette fester um den noch zuckenden Bartel Jürgens und seinen stillen Gefährten und zog beide ein Stück höher zum Querbalken. Jürgens Beine bewegten sich noch.

Jakob fasste der zierlichen Florine unter die Ellenbogen und hob sie ein Stück in die Höhe. Schaudernd blickte sie zum Galgen. Die Knechte traten an die Rampe des Gerüsts wie Schauspieler, die Beifall erwarten. Jakob verspürte ein seltsames Gefühl im Magen. Es war nicht die erste Hinrichtung, die er sah. Zweimal waren im letzten Jahr Männer auf dem Neuen Markt enthauptet worden, und im April hatte man unweit vom Spandauer Tor eine junge Frau in der Spree ersäuft, weil sie ihr Kind umgebracht hatte. Jakob hatte jedes Mal nur aus der Ferne zugesehen. Sein künftiger Beruf erlaubte es ihm nicht, zimperlich zu sein. Aber das qualvolle Sterben des Gehenkten und der Leichengeruch, der von dem Schaugerüst herüberwehte, setzten ihm doch zu.

»Viel zu schnell!«, rief jemand von unten und fand geräuschvolle Zustimmung. Die ersten Brocken Straßenkot flogen in Richtung Blutgerüst. Die Stadtdiener legten ihre Spieße und Hellebarden quer und begannen, den Platz um die Richtstätte zu räumen.

»Schert euch an die Arbeit!«, brüllten sie. »Lange genug Maulaffen feil gehalten!«

Nur widerwillig räumten die Leute das Feld, bis unversehens ein heftiger Regenschauer einsetzte. In langen Strähnen trieb das Wasser über den Platz und verwandelte ihn im Nu in eine schlammige Kotwüste.

Jakob zögerte keinen Augenblick, warf Florine seine Jacke über den Kopf, und sie trabten los in Richtung Georgentor. Durch die Regenschauer hindurch sah er undeutlich, wie sich die Menge vor dem engen Tor staute. Und er sah auch, wie der

bessere Herr eine Kutsche mit dem Doppelwappen derer von Wylich und Lottum bestieg.
Im Kopf gingen ihm noch immer die Worte jener eigenartigen Unterhaltung um, die er belauscht hatte. Sein Onkel und Meister Christian würde eine Erklärung wissen, dessen war er sicher.

Der kleine König kehrt heim

Der kleine, verwachsene Mann war stolz. Stolz auf sich und auf das, was er in weniger als dreizehn Jahren erreicht hatte. Man schrieb das Jahr 1701, und Preußen, wie er seinen sich von Memel bis Kleve erstreckenden Staatenteppich fortan zu nennen gedachte, war mächtiger als je zuvor. Gegen alle Erwartungen war die poetische Prophezeiung in Erfüllung gegangen, der auf des Königs Berg geborne dritte Sohn des Großen Kurfürsten werde dereinst König sein. Binnen eines Jahres war er im gerade erst angebrochenen Jahrhundert König geworden, ganz aus eigener Kraft und gegen alle Widerstände. Und noch war nicht aller Tage Abend. Entgegen den Voraussagen der Schwarzmaler vom Schlage eines Danckelmann hatte sich inzwischen ganz Europa den Gratulationen angeschlossen und die neue Majestät anerkannt. Nur der Papst nicht. Aber auf den konnte er gut verzichten. Er, Friedrich der Erste, herrschte schließlich nicht im glühend katholischen Österreich sondern in den dank seiner Vorfahren protestantisch-reformierten brandenburgischen und preußischen Ländern.

Während der lange Zug der zweiundsechzig Staatskaleschen durch die Wälder und die welligen Weiten der östlichen Provinzen auf die Residenzstädte zu rumpelte, blieb ihm genügend Zeit, darüber nachzudenken, wie glatt alles verlaufen war, seit der Kaiser in Wien endlich zugestimmt hatte, aus dem Vandalenland Preußen ein Königreich zu machen. Zumindest aus dem größeren Teil Preußens, in dem die Hohenzollern seit hundertfünfundsiebzig und die Brandenburger seit nunmehr vierzig Jahren endgültig und für alle Zeiten ihre Herrschaft ausübten. Westpreußen und das katholische Ermland würden früher oder später dazu gehören, dann war man endgültig König *von* Preußen und nicht nur *in*. Ein geringer Unterschied, der seine Gattin zu einer ihrer üblichen anzüglichen Glossen veranlasst hatte. Seit langem beherrschte er die Kunst, über ihre Sticheleien hinwegzuhören. Mit ihrem Stolz auf Heinrich den Löwen als Begründer des Welfenhauses und das königlich-englische Geblüt ihrer Mutter verärgerte sie ihn nur allzu gern. Da half nicht einmal, dass der Kaiser ihm nunmehr den Titel Prinz von Oranien gewährt und bestätigt und damit seinerseits die englischen Thronansprüche der Hohenzollern anerkannt hatte.

Friedrich wusste wohl, dass Prinz Eugen zur Krönung eines protestantischen Fürsten bemerkt hatte: »Die Minister, die dem Kaiser dazu geraten haben, gehören aufgehängt!« Er lächelte sein dünnes Lächeln und schob dabei das Kinn noch ein wenig mehr nach vorn. Minister, die eine solche Strafe verdienten, gab es auch in Berlin. Doch mit dem Kolbe schien nunmehr alles ins rechte Lot gekommen, selbst wenn die Frau Gemahlin schon wieder begann, auch gegen den ihre Fäden zu ziehen. Der meiste Ärger rührte nun einmal von den Weibern her, das hatte er in der zweiten Ehe seines Vaters am eigenen Leibe erfahren und daraus seine Lehren gezogen. *Fritz aber bleibt ein Esel* hatte ihn der von Schwerin einst schreiben lassen – aber ein solcher Esel war er nun doch nicht geblieben.

Sophie Charlotte war klug genug, die Grenzen seines guten Willens zu erkennen. Dennoch: So gescheit und gebildet sie sein mochte – es fehlte ihr an politischem Sinn. Statt ihm für die Erhöhung zur Königin dankbar zu sein, hatte sie die feierliche Zeremonie im Königsberger Schloss durch ordinäres Tabakschnupfen entweiht und auch sonst auf mancherlei Weise ihr Desinteresse am strahlenden Aufstieg ihres Gemahls bekundet. Er war froh, dass sie Wert darauf legte, in ihrer eigenen Kalesche zu fahren. Ihr spöttischer Ton und die ständige Erwähnung des Welfenhauses in Hannover oder ihres Lieblings Leibniz verminderten sein Vergnügen an jeder Unterhaltung mit ihr beträchtlich.

Dabei hatte sich ihr Verhältnis seit Danckelmanns unrühmlichem Abgang vor drei Jahren durchaus verbessert. Lange genug hatte Sophie Charlotte mit bösen Worten, mit offener Feindschaft und mancherlei Intrigen auf dessen Abschied hingearbeitet. Und sie hatte Recht behalten. Niemand rechnete ihnen beiden seitdem die Groschen und die Taler vor, die ein repräsentativer Hof nun einmal kostete. Und niemand fragte, wie viel Geld wohl an den Kaiserhof nach Wien geflossen sein mochte. Derlei konnte der König auch künftig dem frischgebackenen Reichsgrafen Kasimir Kolbe von Wartenberg überlassen. Der besaß dafür die rechte Hand und den rechten Sinn. Mit dem alten Knicker Danckelmann hingegen wäre es nie etwas geworden mit der preußischen Krone. Gewiss, dass der besserwisserische Alte, der durchaus seine Verdienste haben mochte, seitdem in der Festung Peitz schmachtete, versetzte ihm doch den einen oder anderen Stich, aber Danckelmann in Freiheit und ständig opponierend – das blieb undenkbar. Eigentlich musste er es seinem Vater noch im Nachhinein übel nehmen, dass der ausgerechnet diesen sauertöpfischen Friesen zum Erzieher eines schwächlichen, hilfsbedürftigen Kindes bestellt hatte, das zudem auf die Zuneigung und Liebe der Mutter verzichten musste, ja sich bald einer böswilligen Stief-

mutter ausgeliefert sah, die den Vater vollständig beherrschte und ihm Kind auf Kind gebar.
Der Große Kurfürst! Friedrich litt unter diesem Namen und an dessen Erbe. Dennoch hatte er dem übermächtigen Vater das prächtigste Begräbnis ausgerichtet, das je einem Kurfürsten zuteil geworden und bei Schlüter das herrlichste Reiterstandbild in Auftrag gegeben, das bald die neu erbaute Lange Brücke schmücken würde. Vor allem aber hatte er das Erbe so verwaltet, wie es die Hohenzollerschen Hausgesetze und der Geraer Vertrag verlangten. Vergeblich hatte sich der Große Kurfürst klein gemacht für seine böse Gemahlin und deren Söhne. Es war nicht leicht gewesen, die Halbbrüder von den testamentarisch versprochenen Ansprüchen abzubringen und den Ältesten mit der Herrschaft Schwedt abzufinden, aber nach dem unerwartet schnellen Tod der schwarzen Dorothea fehlte die Hauptklägerin. Alle Rechtswissenschaftler hatten ihm, Friedrich, dem rechtmäßigen Thronfolger Friedrich Wilhelms, die Nichtigkeit jener Testamentsklauseln bescheinigt, die auf eine Teilung hinausliefen und Brandenburg geschwächt hätten.
Damals hatte Dackelmann noch sein Bestes getan, um die künftige Stärke des Landes zu sichern. Erst in den folgenden Jahren war er mehr und mehr zur Last geworden mit all seinen Bedenken und Einwänden und seiner unduldsamen Geradheit, die jedermann vor den Kopf stieß. Als mahnend aufgerichtete Riesengestalt begegnete er Friedrich noch häufig genug in dessen Träumen.
Wie anders dagegen der elegante, geschmeidige Kolbe, ein gepflegter Herr von Welt mit fuchsschlauen Augen, der in jeder Situation wusste, was einem König anstand. Und vor allem, wo sich das notwendige Geld auftreiben ließ. Friedrich fragte nicht nach den anscheinend munter sprudelnden Quellen. Auch So-

phie Charlotte und ihr Anhang hätten besser daran getan, ihre so erfolgreiche Abneigung gegen Danckelmann nicht in neue Feindseligkeit gegen Kolbe, in Wahrheit aber wohl gegen dessen Frau zu verwandeln. Ein abscheuliches und nicht ungefährliches Intrigantenpack, all diese von Dohnas und von Dönhoffs, von Krosigk und von Pöllnitz, ganz zu schweigen vom Oberhofmarschall von Wylich und Lottum, den er gerade zum Grafen erhoben hatte, und dem schwerfälligen alten Generalfeldmarschall von Barfus, der nicht erkennen wollte, dass der Sieg über die Türken lange zurücklag und seine Zeit unerbittlich ablief.

Gewiss war auch der ewig Tabak schnupfende Kolbe kein fehlerloser Mensch. Zwei tiefe Falten um den herrischen Mund verrieten etwas von den Anstrengungen der Willensstärke und vielleicht auch etwas von seinem persönlichen Kummer, den ihm seine angetraute Catharina immer wieder bescherte.

Friedrich verzog den immer ein wenig vorgestülpten Mund, als er an die allzu unbeschwerte Frau mit dem rötlichen Haar dachte, die ihm schon manche Stunde erquicklich und unterhaltsam vertrieben hatte. Mit ihr redete er ungezwungen wie mit keinem anderen Menschen und ohne ihren Spott fürchten zu müssen. Sie stammte nicht aus steifen höfischen Verhältnissen, das merkte man ihr noch immer an, und die Zahl ihrer Verehrer mochte Legion sein, wie man allerorts gern behauptete. Bei einer Reise ins Klevische war der Geheime Kammerdiener und Sekretär Biedekap ihrem rheinischen Charme erlegen, hatte sie geheiratet und in die Residenz mitgebracht, wo bald Kolbes Blick wohlgefällig auf die angenehm proportionierte junge Frau fiel.

Der selige Biedekap war rechtzeitig verblichen, so dass Kolbe sich der jungen Witwe annehmen konnte. Alles wäre so geblieben, hätte nicht auch in diesem Fall der gestrenge Danckelmann das Ende der Unmoral und die Hochzeit Kolbes mit der kaum standesgemäßen Tochter eines kurfürstlichen Zolleinnehmers verlangt. Biedekaps Kinder – oder wer immer deren Vater sein mochte, und er wusste natürlich, dass man auch ihn selber insgeheim verdächtigte – hatte er zu Baronen von Aspach gemacht, benannt nach einer Burg aus Kolbes verstreutem Besitz. Seit dessen vom Kaiser abgesegneter Erhöhung zum Reichsgrafen war Catharina Biedekap von Aspach nun die Reichsgräfin von Wartenberg und ließ das gern alle Welt spüren. Wenigstens Sophie Charlotte gegenüber hätte sie sich etwas zurückhaltender zeigen sollen, aber so waren die Weiber untereinander nun einmal, und Sophie Charlotte hatte wohl oder übel zurückstecken müssen in dieser schwelenden Rivalität.

Immerhin besaß sie jetzt in Lietzenburg ihr eigenes Schloss, wo sie sich ungestört ihrem Wohlleben hingeben konnte, des Morgens zu Bett, des Nachts auf der Redoute, wie sie es liebte, während er sich bereits wieder zur Tagesarbeit erhob.

Im Schloss wohnte er noch immer in den Gemächern seines Vaters. Nur manchmal blickte er vom hohen Balkon auf die träge dahin fließende Spree. Wie weit mochte Schlüter mit dem Schlossbau vorangekommen sein? Ein preußischer König konnte schließlich nicht in dem schmucklosen alten Kasten seiner Vorfahren hausen. Die hatten ihr Geld lieber in blutigen Kriegen vergeudet, statt es sinnvoll und mit einem Ziel einzusetzen, das er als Einziger erreicht hatte.

Ja, das liebe Geld! Dabei hatte der Vater bis zum qualvollen Ende seiner Tage einen ganz erklecklichen Batzen angehäuft, der jetzt längst dahin war. Kolbe und sein gescheiter Adlatus Ilgen würden es richten. Nur die Juden konnte man nicht schon

wieder zur Kasse befehlen, nachdem sie im Vorjahr erst fünftausend Taler zur Bestätigung ihres Schutzes gezahlt hatten. Er selber hatte nichts gegen die Juden und verkehrte mit dem Hofjuwelier Liebmann auf vertrautem Fuß. Auch den Veitel Loeb, den ihm sein Premierminister persönlich empfohlen und der ihm aus Antwerpen schon manchen edlen Stein für seine Sammlung beschafft hatte, sah er mit Wohlwollen. Nein, er kannte keine Voreingenommenheit gegen die Juden.
Woher sie das viele Geld nahmen, hätte er allerdings zu gern gewusst. Ob es unter ihnen einen geheimen Goldmacher gab? Zuzutrauen wäre es diesem auserwählten Volk mit seinen kabbalistischen Geheimwissenschaften. Er selber hatte bisher kein Glück mit den Alchimisten gehabt, die stets das Blaue vom Himmel herunter versprachen, vielmehr das Gold aus dem stumpfen Blei, und sich am Ende doch nur als Betrüger erwiesen. Immerhin – der Kunckel, der seinem Vater das begehrte Rubinglas beschert hatte, war jüngst in Schweden zu Ehren gelangt, und von einem Apothekergesellen in Berlin hieß es, er sei dem Geheimnis dicht auf der Spur. Man würde sich darum kümmern müssen. Vielleicht war dieser Leibniz, den die Königin so schätzte, auch einmal für derlei praktische Wissenschaft zu gewinnen. Wahrscheinlich aber war er nur das, wofür Friedrich ihn insgeheim hielt: ein doppelt bezahlter Spion des hannoverschen Hofklüngels.
Seufzend streckte sich der kleine Mann in die Polster. Alle Bequemlichkeit der Kutsche vermochte nicht über Preußens holprige Straßen hinwegzutäuschen. Vielleicht hatte es der Kronprinz Friedrich Wilhelm doch richtig gemacht, der die ganze Strecke zu Pferd zurücklegte. Eine beachtliche Leistung für den Zwölfjährigen, dessen hitziges Temperament es angeraten sein ließ, ihn nicht in einer Kutsche einzusperren. Wen hätte

man dem ungebärdigen Jungen als Begleiter dazu setzen sollen? In der Tat, Friedrich Wilhelm, sein einziger Sohn, erinnerte ihn in mancherlei Hinsicht an seinen älteren Bruder Karl Emil, dessen frühem Tod er selber letztlich seine Königswürde verdankte.

Es ging auf Mittag zu, und es wurde Zeit, dass sie den nächsten größeren Flecken erreichten, wo ihn das täglich mehrmals geübte Empfangszeremoniell samt einem Festessen und mancherlei andere Feierlichkeiten erwarteten. Und richtig. Es sprengten Reiter heran und schwenkten jubelnd Arme und Wimpel. Am Wegrand setzte schon das Spalier der festlich gekleideten Landeskinder ein, ebenfalls jubelnd und Tücher und Fahnen schwenkend, bis die staubige Kalesche schließlich auf dem Marktplatz zum Stehen kam, wo die Bürgerschaft stramm angetreten stand. Gravitätisch entstieg der kleine Mann der Kutsche. Ein juwelenbestickter Umhang umwallte den schmächtigen Leib. Die überlange, kunstvolle Allongeperücke bedeckte sein Haupt und verbarg zusammen mit dem weiten Samtcape die hohe rechte Schulter.

Der Bürgermeister des Städtchens, schwarz gekleidet und den goldenen Schlüssel umgehängt, verneigte sich tief. Die sämtlich wohlgenährten und kostspielig gekleideten Honoratioren taten es ihm gleich. Gerade aufgerichtet, das Haupt mit dem kräftigen Kinn hoch gereckt, ließ Friedrich die Huldigungen über sich ergehen, bevor er sich auf seinen hohen Schuhen mit leicht schleppendem Gang durch das Spalier der Jubelnden zur Festtafel begab. Kolbe, nicht viel größer als sein König gewachsen und wie der mit einer mächtigen Allongeperücke auf dem Kinderkopf, folgte ihm auf dem Fuß.

Eine grausige Entdeckung

Wie hatte sich die Residenz seit dem Tod des Großen Kurfürsten verändert! Die Zahl der Einwohner war mindestens um das Doppelte, wenn nicht Dreifache angewachsen; Handel und Gewerbe blühten, und überall wurde gebaut. Um jedoch eine repräsentative königliche Hauptstadt aus den von den Spreearmen willkürlich eingezwängten Ansiedlungen mit ihren beinahe täglich wachsenden Vorstädten zu machen, blieb noch viel zu tun. Dass die mit so viel erzwungener Mühe errichteten Bastionen der Memhardschen Befestigungen fallen mussten, konnte nur eine Frage der Zeit sein. Sie umschlossen lediglich die alten Städte Berlin und Cölln und das einstige Sumpfgebiet des Friedrichswerder, auf dem längst eine dritte und wie manche meinten allzu üppig blühende Stadt entstanden war, in der die zugewanderten Franzosen und die Hofbediensteten ebenso wie in der nordwestlich anschließenden Dorotheenstadt den Ton angaben. Südlich davon hatte Kurfürst Friedrich in den letzten Jahren eine weitere, nach ihm benannte private Stadt mit regelmäßigem Grundriss anlegen lassen, die sich nach Süden bis zur Tempelhofer Landwehr erstreckte und für deren Besiedlung unter besten Bedingungen er in ganz Europa werben ließ. Noch aber standen hier nur wenige Häuser.

Im dicht besiedelten Berlin begann die Spandauer Straße von jeher am Molkenmarkt und zog sich in nordwestlicher Richtung bis zum Pulverturm neben dem alten Spandauer Tor, vor dem sich in den letzten Jahren des 17. Jahrhunderts Ansiedler an der überflüssig gewordenen Stadtmauer niedergelassen hatten. So war dem Wall gegenüber eine neue Straße entstanden, und es war die Rede davon, hier auf der Uffelschen Bastion eine Kirche für die Berliner Garnison zu errichten.

Der letzte Teil der Spandauer Straße mit der Ruppiner Herberge unter dem dicken Pulverturm am alten Tor galt nicht als die vornehmste Wohngegend der Residenz. Gegenüber dem Hospital und der Kirche zum Heiligen Geist erhoben sich zwischen Büttelgasse und Wall nur wenige zweigeschossige Häuser. Im Haus des jüdischen Hofjuweliers Liebmann unterhielten dessen Glaubensgenossen ihre kurfürstlich privilegierte Synagoge; in dem benachbarten, einst Jenischen, vorher Ebelschen Haus lebte der Barbier Christian Fahrenholtz mit seiner Frau Henriette, geborene Ebel, mütterlicherseits von den adligen Retzlows abstammend, und den beiden Töchtern Luise und Charlotte. Hier betrieb er sein Gewerbe, das manchem Pfahlbürger noch immer als ein wenig ehrenhaftes erschien, galten doch in alter Zeit die Bader, Wundärzte und Barbiere ebenso wie die Müller, Schäfer, Leineweber und Spielleute als Professionen tadelhafter Art, von den allseits verachteten Totengräbern und Abdeckern, den Scharfrichtern, Bütteln und Vögten ganz zu schweigen. Gegen solche Unduldsamkeiten kamen selbst kurfürstliche Edikte schwer an. Schon die Vorgänger Friedrichs hatten den Müllern, Badern und Spielleuten das eigene Innungsprivileg und ihren Kindern die Zunftgerechtigkeit verliehen.

Christians Lehrling und Neffe Jakob Fahrenholtz scherten derlei Engstirnigkeiten ohnehin nicht, ja, er hätte von rechts wegen ein glücklicher Mensch sein müssen. Er war jung, gesund und hatte das denkbar beste Auskommen in einem Beruf gefunden, der seinem aufgeschlossenen Geist entsprach. Der Oheim Christian, im Verlauf des letzten Jahrzehnts zu Ansehen und zu einer gewissen Wohlhabenheit gelangt, bezog ihn beständig in all seine Tätigkeiten als Barbier, Wundarzt und Chirurg ein, so dass Jakob mit seinen gerade neunzehn Jahren schon als beachtliche Kapazität für hygienische Dienste und allerhand Leiden gelten konnte. Großzügig beließ ihm Christian die Trinkgelder und entlohnte seine Mithilfe mit manchem zusätzlichen Groschen. Das Barbieren und Haarschneiden brachte nicht mehr viel ein, seit sich zahlreiche französische Coiffeure und neumodische Friseure in der Residenz niedergelassen hatten.

Jakob wollte denn auch die zunftmäßigen sieben Jahre als Barbier abdienen, um die niedere Chirurgie ausüben zu dürfen. Er wusste den Familienanschluss und das gute Essen wie die eigene Kammer im Fahrenholtzschen Hause wohl zu schätzen, wozu nicht zuletzt die beleibte wendische Köchin und Marie, die Dienstmagd mit dem schweren, weizenblonden Haar, das Ihre beitrugen. Die betagte Köchin achtete darauf, dass der heranwachsende Jakob dank manchen besonderen Happens etwas Speck auf die Rippen bekam, während Marie sich auf ihre Weise um sein sonstiges Wohl sorgte. Mitunter brachte sie Jakob mit ihren lockeren Anspielungen oder allein durch ihre körperliche Gegenwart in Verlegenheit. Dennoch wich er ihr nicht aus, wenn sie ihm auf dem engen Stiegenabsatz begegnete und ihr warmer Busen ihn für einen Augenblick sanft bedrängte. Im Gegenteil. Insgeheim suchte er ein solches Zusammentreffen möglichst oft herbeizuführen und lauschte manchmal lange, bis er sie die Treppe hinaufkommen hörte, bevor er sich wie zufällig nach unten begab.

Doch in Wahrheit liebte er nicht diese dralle, blonde Frau mit den Lachgrübchen in den roten Wangen, sondern die zierliche, dunkelhaarige Florine aus der Neuen Wallstraße, deren apartes und stets ernstes Gesicht er in einer Zeichnung verewigt hatte, der allabendlich sein letzter Blick vor dem Lichtauslöschen und dem Verstecken des Blattes galt. Dabei hatte er ihr gerade vorher noch leibhaftig in das blasse Gesicht geschaut und in ihren dunklen Augen vergebens nach einer Spur von Gegenliebe gesucht.

Er hatte sich nämlich angewöhnt, sich nach dem Abendessen unter dem Vorwand des Studiums medizinischer Schriften in seine Kammer im ersten Stock des Hauses zurückzuziehen, von wo es ein Leichtes war, über das Dach des Holzschuppens in den rückwärtigen Garten zu gelangen, und von dort über drei Zäune bis zur Rückfront des Coulardschen Hauses in der Neuen Wallstraße am Spandauer Tor. Noch waren die Abende dunkel, so dass ihn kaum jemand bemerken konnte, sah man von Marie ab, die im Anbau über dem Pferdestall schlief, um diese Zeit aber noch im Hause zu tun hatte, und von Valtin, dem sehschwachen alten Soldaten, der bei den Fahrenholtzens gleichzeitig die Stelle des Hausknechts und gelegentlichen Kutschers einnahm. Seit zwanzig Jahren hauste er als Einquartierung in der rückwärtigen Dachmansarde neben der Bodenkammer und genoss noch immer die Liebe und Besorgnis der alten Köchin. Seinen ehemaligen Herrn, den cholerischen Major von Kalckhorst, hatte eines schönen Tages mitten auf dem Neuen Markt der Schlag getroffen.

Im schmalen, auf den Resten der alten Stadtmauer errichteten Coulardschen Haus, wo Florine mit ihrer verwitweten Tante Lynette und zwei ältlichen Dienstboten lebte, schien niemand Jakob wirklich zu erwarten. Leider war auch Florine nur selten anzumerken, dass ihr an seinem Besuch etwas lag. Niemals begrüßte sie ihn mit einem Lächeln, und nie ließ sie sich zu einer harmlosen Vertraulichkeit hinreißen, wie sie nach Jakobs Vorstellung zwischen jungen Leuten nach so langer Bekanntschaft erlaubt sein musste.

Beinahe Abend für Abend hockten sie sich an einer Tischecke gegenüber, wobei Jakob mit seinen langen Beinen vergeblich versuchte, unter dem Tisch nach ihr zu fahnden, während sie ihn aus ihren dunklen Augen ernst und aufmerksam, und wenn er es zu deutlich trieb, auch missbilligend anschaute, ohne in ihrem Redefluss inne zu halten. Denn der Gesprächsstoff ging ihnen niemals aus bei ihren Unterhaltungen, die sie bisweilen in Florines putzigem Deutsch, größtenteils aber in Französisch betrieben, das Jakob inzwischen mit einer gewissen Eleganz und wachsendem Wortschatz beherrschte und dessen Erlernen nach wie vor den Vorwand für seine Besuche bot. Natürlich hätte er durch das alte Spandauer Tor geradewegs um den alten Pulverturm herum zum Haus seiner zurückhaltenden Lehrerin gelangen können, aber so offiziell war dieser Sprachunterricht denn doch wieder nicht, und der Aufenthalt eines jungen Mannes in der Coulardschen Küche wäre als höchst unschicklich verworfen worden, hätte die schwerhörige Tante Lynette in ihrem Zimmer im Obergeschoss je davon erfahren. Doch die Dienstboten, des lautstarken Ärgers mit der Alten längst überdrüssig und beinahe ebenso harthörig, nahmen die abendliche Anwesenheit des Fremden im Hause einfach nicht wahr.

Auch an diesem kühlen Märzabend war Jakob mit seinen sorgsam geplanten und immer wieder scheiternden Annäherungen kein Stück weiter gelangt, als einige Zeit Florines schmale und stets kalte Hand zwischen seinen Handflächen zu wärmen. Nie vergaß sie, ihn in korrektem Französisch darauf hinzuweisen, dass sie die wesentlich Ältere und er ein unerfahrener junger Mann sei, außerdem nur ein Franzose von einigem Stand als Ehemann für sie infrage käme. Schließlich hatte sie ihn gar mit der Frage verärgert, ob er keinen passenden Anwärter in seinem Kunden- und Bekanntenkreis kenne. Verstimmt hatte er sich verabschiedet und war hinaus in den stockfinsteren Garten getreten.

Trotzig fand er den Rückweg auch im Dunkeln und stieß bald an jenen Holzklotz, der ihm den Sprung in die Ecke des nachbarlichen Anwesens erleichterte. Vom schräg daran grenzenden Baugrund, der zur Wallgasse gehörte, glaubte Jakob hastige Schritte, einen knarrenden Laut und Poltern zu hören, das ihn zögern ließ. Nach dem Rohbau eines neuen Hauses war auf dem ehemals freien Feld hinter der Mauer allerlei Material und Unrat liegen geblieben, Schutthügel erhoben sich und Gestrüpp wuchs auf dem länglichen Stück, das rückwärtig an die Hintergebäude der Scharfrichterei in der Büttelgasse stieß. Wie es hieß, hatte das halbfertige Haus jetzt einen neuen Besitzer, den niemand kannte und der noch im Winter einen großen Schuppen errichtet hatte, dessen Umrisse Jakob im Dunkeln nur ahnte.

Zuvor musste er den Judengarten durchqueren. Das neben der Scharfrichterei in der Büttelgasse gelegene Haus dazu gehörte dem Schutzjuden Veitel Loeb, einem bärtigen Mann unbestimmten Alters. Auf dessen Grund hatte Jakob noch nie jemanden gesehen. Einen Garten konnte man den unbebauten sandigen Streifen gewiss nicht nennen. Rahel, Veitels einzige Tochter, unterhielt nahe am Haus ein Kräuterbeet und traf sich am Zaun gelegentlich mit Florine. Die beiden hatten sich angefreundet, ließen sich jedoch selten gemeinsam auf der Gasse blicken. Wurden schon die Hugenotten von vielen Berlinern scheel angesehen, so galten die Juden erst recht als fremde Außenseiter, zu denen man keine Beziehungen unterhielt. Es sei denn, man lieh Geld von ihnen oder versetzte seinen Schmuck. Auch Veitel Loeb war ein solcher Jude, der Geld verlieh und mit edlen Steinen handelte und von dem es hieß, dass er sogar bei Hofe willkommen und hoch angesehen sei.

Im Obergeschoss von Loebs Haus brannte Licht. Es mussten mehrere Kerzen sein, in deren Schein sich Schatten hinter den dunklen Vorhängen bewegten. Auch aus den unteren Räumen schimmerte es hell. Hier am Ende des schmalen Grundstücks aber herrschte Dunkelheit. Es war noch nicht spät, und so drangen aus den umliegenden Häusern gedämpfte Geräusche und Stimmen an Jakobs Ohr. Nur in der Scharfrichterei, ein Ort, den man nicht nur in der Dunkelheit tunlichst mied, schien alles ruhig.

Kurz entschlossen sprang Jakob vom Zaun, wie er es schon ein Dutzend Mal und öfter getan hatte, und er erschrak zu Tode, als seine Füße nicht wie gewohnt auf dem feuchten Boden niederkamen, sondern mit einem widerwärtigen Geräusch und einem kaum zu beschreibenden Gefühl, das ihn bis in die Haarspitzen berührte, in etwas hineinfuhren, das da ausgestreckt auf der nackten Erde lag. Jakob fiel vornüber in trockenes Gesträuch und rutschte mit den Händen in eine Grube, die er hier noch nie bemerkt hatte.

Am liebsten wäre er blitzschnell und auf allen Vieren zum nächsten Zaun gekrochen, um dem zu entgehen, was da hinter ihm lag. Doch erstens war er ein neugieriger Mensch und kein Angsthase, und zweitens hatte ihn sein Oheim und Meister bereits hinreichend gelehrt, den Dingen, und seien sie noch so unangenehm, auf den Grund zu gehen. Also erhob er sich, um das Bündel, das seinen Sprung gehemmt hatte, in Augenschein oder vielmehr unter seine tastenden Finger zu nehmen, denn mehr als etwas Langes, Dunkles konnte er nicht wahrnehmen. Nicht ohne Furcht beugte er sich nieder. Das Ding oder was immer es sein mochte, war mit festem Stoff umhüllt, den ein Gurt zusammenhielt. Und als Jakobs tastende Finger weiterglitten, gelangten sie an etwas Ledernes, das sich als ein sandiger Stiefel erwies, in dem ein menschliches Bein steckte. Es ließ sich bewegen, als Jakob es anzuwinkeln versuchte, bevor er sich nun schon mit professioneller Aufmerksamkeit dem anderen Ende des Bündels zuwandte und erschauernd ein kaltes und ebenfalls mit Sand bestäubtes Gesicht berührte. Seine Finger zuckten zurück. Vorsichtig sah er sich um. Aus der Finsternis schienen ihn tausend Augen zu beobachten. Er zögerte, bevor er sich endgültige Gewissheit verschaffte. Gründlich tastete er den Körper ab und widmete dem Kopf besondere Sorgfalt. Unter der sandigen Schicht, die den Mann vom Stiefel bis zum drahtigen Kopfhaar zu umhüllen schien, fühlte er schlecht rasierte Wangen, eine scharf vorspringende Nase und einen kräftigen, ebenfalls mit Sand durchsetzten Schnauzbart. Kein Zweifel, es handelte sich um den Leichnam eines vor nicht allzu langer Zeit Verstorbenen. Blut oder eine Wunde fand er nirgends, wollte aber den schweren Korpus auch nicht bewegen oder gar umdrehen. Nur die Finger an der rechten Hand schienen verkrüppelt.

Woran mochte der Mann gestorben sein? Und weshalb lag er, mit grobem Sand bestreut, ausgerechnet hier, im letzten Winkel des Gartens eines reichen Juden? Oder hatte man die Leiche gerade erst ausgegraben? Dagegen sprachen die Beweglichkeit der Glieder und die körperliche Frische des Toten. Als Jakobs Hand unter das sandige Wams fuhr, fand er den Körper nicht einmal völlig erkaltet.

Und plötzlich wurde ihm klar, was hier vorgefallen war: Er hatte jemanden dabei überrascht, einen Toten zu vergraben! Einen Augenblick hockte er starr vor Angst und wartete auf den Schlag mit dem Spaten, der unweigerlich auf ihn niedersausen musste. Alles, was er über die Juden gehört hatte, fuhr ihm blitzschnell durch den Kopf: dass sie in der Osterzeit das Blut christlicher Kinder für ihre Zaubereien benutzten, dass sie Wucherer, Diebe und Hehler waren – aber dass sie einen christlichen Mann auf dem Grund und Boden ihrer Häuser niederstreckten und vergruben, hatte er noch nie vernommen.

Christian, Nachbar der Synagoge, aus der an jedem Freitagabend die Gesänge der Juden tönten, tat solche Vorurteile als Phantastereien einfältiger Dummköpfe ab. »Ich habe Heiden, Franzosen, Juden, Türken und sogar den Leibmohren des Kurfürsten zur Ader gelassen«, pflegte er zu sagen. »Ihr Blut ist so rot wie das deine oder meins und davon nicht zu unterscheiden. Es liegt nicht an der Religion oder Hautfarbe, ob einer ein Schelm oder ein ehrlicher Mann ist.«

Nun, ob der vor ihm Liegende ein ehrlicher Mann gewesen, würde sich herausstellen. Auch ohne Jakob. Was ging ihn überhaupt ein fremder Toter auf fremdem Grund an? Niemand außer Florine wusste von seinen abendlichen Ausflügen durch die Höfe und Gärten, also konnte ihn auch niemand verdächtigen, etwas mit dem Leichnam zu tun zu haben. Er brauchte nur seinen Weg fortzusetzen und zu behaupten, den Abend über seinen Büchern verbracht zu haben.

Und wenn ihn doch jemand gesehen oder Florines Rufen vernommen hatte? Oder Florine leichtfertig seinen Besuch bei ihr eingestand? Jakob fühlte sich unwohl in seiner Haut, und das lag nicht daran, dass er nun an der rückwärtigen Wand der

Scharfrichterei entlangschlich und so leise wie möglich den Zaun zum Fahrenholtzschen Besitz überstieg. Natürlich brach ausgerechnet an diesem Abend eine der morschen Latten Gewicht. In Jakobs Ohren klang es wie ein Musketenschuss.

Er wagte nicht, wie gewohnt über das Regenfass den Schuppen zu erklimmen und durch das angelehnte kleine Fenster in seine Kammer zurückzukehren. Stattdessen suchte er das übel riechende Privet im Hof auf. Es war unverdächtig, wenn er von dort ins Haus zurückkehrte, selbst wenn ihn niemand hatte dorthin gehen hören.

Er hatte nicht damit gerechnet, dass Christian die Hintertür bereits fest verschlossen und verriegelt hatte. In der Küche, deren schmales Oberlicht zum Hof hinaus führte, rumorte Marie herum, die ihm mit einem mitleidigen Lächeln die Tür öffnete und fragte: »Nun? Einmal mehr erfolglos gebalzt?«

Jakob spürte, wie Röte sein Gesicht überzog. Marie hatte ihn einmal beim versunkenen Betrachten seiner Zeichnung von Florine überrascht, sich aber jeder anzüglichen Bemerkung enthalten und ihm stattdessen mütterlich übers Haar gestrichen.

Auch Florine wusste von der Zeichnung. Er hatte sie ihr im vergangenen Jahr zum Geburtstag verehren wollen, damit aber anscheinend nicht ihren Geschmack getroffen. »Ich sehe ja furchtbar aus!«, war alles, was sie dazu sagte, und so hatte er das Blatt wortlos wieder eingerollt, bevor sie es zerreißen konnte. Seitdem steckte es in einem der medizinischen Bücher, zu deren Anschaffung ihm Christian geraten hatte.

Jetzt sah Marie ihn forschend an. »Ist irgendetwas vorgefallen?«, erkundigte sie sich besorgt. »Du siehst ja aus, als sei dir der heilige Seibeiuns begegnet!«

»Der nicht«, sagte Jakob. Am liebsten hätte er seinen Kopf an Maries Busen gelegt und an gar nichts mehr gedacht.

Julius und der Fremde

Der Mann, der nun schon seit einigen Wochen jeden Abend allein in der Ecknische einer Winkelschenke in der Dorotheenstadt saß, sein Mahl verzehrte und dazu Landsberger Bier trank, schien wenig Wert auf Gesellschaft zu legen, oder darauf, von anderen Gästen bemerkt oder gar erkannt zu werden. Dunkel gekleidet, saß er stets mit dem Rücken zum Gastraum, den Kopf unter einer struppigen Allongeperücke verborgen, die zumindest in der Färbung nicht zu dem wenig gepflegten schwarzen Bart passen wollte, der sein Gesicht zierte. Das aber wandte er kaum jemandem zu, sondern signalisierte dem Wirt seine Wünsche durch ein Handheben. Betrat oder verließ er den Raum, so überschattete ein mächtiger Dreispitz seine Züge, die selbst die wenigen Stammgäste nach all den Wochen nicht hätten beschreiben können.

Der Wirt, ein ehemaliger Unteroffizier des kurbrandenburgischen Corps und von Natur aus ein neugieriger Mensch, versuchte auch gar nicht mehr, diesem seltsamen Gast ins Gesicht zu blicken und empfing dafür allabendlich ein Trinkgeld.

Nur zwei-, dreimal hatte sich bisher ein anderer Mann am Tisch des Fremden niedergelassen, ein Herr vielmehr, vermutlich vom Hofe, wo er anscheinend so reichlich zu Abend gegessen hatte, dass er nur noch Bier trank. Davon allerdings etliche Krüge, während es der Fremde bei zwei bis drei pro Abend beließ. Die beiden unterhielten sich, stritten wohl auch

miteinander, verstummten aber sofort, sobald sich jemand näherte.
Längst hatte der Wirt den Namen des Kammerherrn herausgefunden, den des Fremden jedoch nicht, obwohl er mehrfach danach gefragt worden war. Es hieß, dass in den Residenzen samt ihren Vorstädten inzwischen an die dreißigtausend Menschen lebten. Dennoch blieb der Einzelne nicht unbemerkt von der Obrigkeit. Mit der wiederum hatte sich ein Schankwirt gut zu stellen, wollte er nicht in Schwierigkeiten geraten. Der Name des Kammerherrn jedenfalls reichte aus, um weitere Erkundigungen zum Verstummen zu bringen. Dass dem Fremden manchmal ein Weib auflauerte, wenn er die Schenke verließ, und die beiden ein paar Sätze wechselten, bevor der Fremde ihr ein Geldstück zusteckte, war ihm ohnehin entgangen.
Der Fremde saß auch heute Abend wieder an seinem Stammplatz und wandte den Kopf um keinen Zoll, als neben ihm eine einschmeichelnde Stimme fragte, ob es ihm genehm sei, wenn man bei ihm Platz nähme.
»Ich wollte ohnehin aufbrechen«, sagte er, ohne auch nur davon Kenntnis zu nehmen, wer der Fragende war. Der jedoch schob ohne Umschweife den Dreispitz auf der Bank um einen Platz weiter und ließ sich ungebeten nieder. Er war ein glatthäutiger, blasser Mensch mit weichen Zügen, der ebenfalls eine Perücke trug, die in einem blonden Haarknoten endete. Nur wenn man ihn genau betrachtete, bemerkte man den schmalen Strich eines Oberlippenbärtchens.
Der Fremde wollte sich erheben, doch der Hinzugekommene, um einiges jünger, legte beruhigend die Hand auf die seine und sagte: »Bleibt sitzen. Ich habe mit Euch zu reden.«
»Ich wüsste nicht worüber«, knurrte der Angesprochene, zögerte aber doch mit dem Aufstehen.

»Ich will Euren Namen nicht nennen. Doch wir sind uns einige Male bei einem gewissen Geschäft begegnet.« Der Glatthäutige, dem etwas Weibisches anhaftete, senkte seine Stimme. »Sagt Euch der Name von Wedell etwas?«
Der Fremde fuhr auf und blickte den anderen zum ersten Mal an. »Nennt nicht diesen Namen!«, zischte er. »Wer seid Ihr und was wollt Ihr von mir?«
Wieder machte der Jüngere eine beruhigende Handbewegung. »Nicht mehr als ein Gespräch unter – Freunden ... Oder Leidensgenossen. Ganz wie Ihr wollt.«
Der Wirt nahte. Statt seine Zeche zu zahlen, bestellte der Fremde einen weiteren Krug Bier, während der andere sich über die Vorzüge der angebotenen Weine beraten ließ und sich zu einem Schoppen schweren Rotweins entschloss. »Ich war nie ein Freund des Biertrinkens«, meinte er. »Und seit ich am Rhein lebe, habe ich mich an einen guten Tropfen gewöhnt.«
Sein unfreiwilliger Tischgenosse musterte ihn mit unverhohlenem Misstrauen, ohne gleich herauszufinden, wo er dem aufdringlichen Menschen schon einmal begegnet sein sollte. Dann jedoch verfinsterte sich seine Miene, und er sagte: »Ihr seid Wedells Diener!«
Der andere lächelte schwermütig. »Ich war es.«
Der Wirt setzte den Schoppen vor ihn hin und tauschte den leeren Bierkrug des Fremden gegen den gefüllten. Kaum war er verschwunden, fuhr der Fremde den Jüngeren an: »Was willst du von mir? Dein Herr hat vor mehr als zwölf Jahren das Zeitliche gesegnet. Zu seinem Glück, wie ich hinzufügen möchte, denn seine Bekanntschaft hat mir nur Not und Scherereien eingebracht!«
»Wem sagt Ihr das! Ich habe jahrelang in Todesfurcht gelebt vor seinem Mörder. Bis ich ihm unlängst begegnete und er mir

lachend auf die Schulter schlug und scherzte, als wäre nie etwas vorgefallen …«

»War dein Name nicht Michel?«

Der so Angesprochene lächelte gezwungen. »Das ist längst vergessen. Nennt mich einfach Julius. Und Ihr seid …«

Warnend hob der Fremde die Hand.

»Richtig«, stimmte ihm Julius zu. »Keine Namen. Nur so viel: Ihr habt ein Haus gekauft, wie man hört …«

Der Fremde schien am Tisch zu wachsen. »Woher weißt du davon?«, zischte er drohend.

Julius schien den unfreundlichen Ton zu überhören. Genüsslich kaute er an seinem Wein. »Man hört so manches, wenn man die rechten Leute trifft …«, murmelte er. »Es gibt da einen klugen Plan …«

Er hob beruhigend die Hand, noch ehe der Fremde wieder aufbegehren konnte. »Das alles geht mich nichts an. Ich spreche nur davon, um Euch zu zeigen, dass Ihr mir vertrauen könnt. Mein Herr, der Kriegsrat, steckt sozusagen mit in dem Geschäft. Er vermittelt mancherlei Geschäft mit Antwerpen und ist ein alter Freund des Grafen … Ja, ich weiß: keine Namen. Doch der Eure fiel in den Gesprächen. Es war nicht einfach, Euch zu finden …«

Die Miene seines Tischgenossen hatte sich mehr und mehr verdüstert, und seine Hände umspannten den Bierkrug, als wollten sie ihn zerdrücken. »Man hat mich zu diesem Kauf gezwungen, wenn du es wissen willst«, erklärte er schroff. »Seit der Sache mit deinem Wedell glaubt ein jeder, ich gäbe einen Fußsack ab, auf den man trampeln kann! Es ist genug! Sag das deinem Herrn Kriegsrat! Ich kenne keinen Grafen! Und ich will nichts von irgendwelchen Geschäften hören, bei denen ich am Ende stets der Betrogene bin!«

Mehrfach hatte Julius versucht, ihn zu unterbrechen. »Gemach, gemach«, sagte er ein ums andere Mal. »Von all dem ist ja nicht die Rede zwischen uns! Wichtig ist allein eine ganz andere Sache, die nur uns beide betrifft. Euch wie mich.«

Der Fremde, noch immer hoch aufgerichtet auf seinem Platz, wie auf dem Sprung, die Schenke zu verlassen, starrte ihm argwöhnisch ins glatte Gesicht.

»Herr von Wedell ...«, begann Julius, und sofort verdrehte der andere die Augen gen Himmel.

»Hört mir doch erstmal zu. Er hat so etwas wie seinen letzten Willen hinterlassen. Ich ahnte nichts davon und ließ es mir in Ravensberg und dann in Kleve bei meinem Kriegsrat wohl ergehen. Nur manchmal dachte ich mit Wehmut an den guten Herrn von Wedell. Das werdet Ihr verstehen. Dann rief man uns zur Krönung nach Königsberg. Ich sage Euch: Entsetzlich! Nur Schnee und Eis und Schlamm ...«

Der Fremde schien die Geduld zu verlieren. »Willst du mir etwas mitteilen oder soll ich dich bedauern?«, höhnte er, doch Julius ließ sich nicht aus der Ruhe bringen.

»Jedenfalls gelangte ich endlich wohlbehalten in die Residenz, und die Erinnerung brach auf in mir wie eine schlecht verheilte Wunde ... Ich glaubte schon lange, dass der Herr von Wedell mich bedacht haben müsste in seiner Güte – das ist der eine Teil. Der andere aber ist ein Schriftstück. Ein Büchlein mit schwarzem Deckel ... Ihr kanntet ja den guten Herrn. Ein vortrefflicher und mustergültiger Mensch in seinem Amte. Niemals hätte er etwas Unrechtes getan. Es sei denn, auf höheren Befehl. Und selbst dazu brachte er seine Zweifel zu Papier. Kurzum: In diesem Büchlein schrieb er alles auf ...«

Die letzten Sätze vernahm der Fremde mit wachsender Spannung. »Alles, sagst du? Auch die Namen und die Daten?«

Julius nickte.
»Was willst du dafür haben?«
Auf diese grobe Frage hin lächelte Julius schmerzlich, und diesmal war die Trauer echt. »Wenn ich das Dokument besäße, hätte ich Euch nicht belästigt.«
»Aber du weißt, wo es ist.«
»Das ist der Kern des Handels, den ich Euch vorschlage. Wie ich hörte, ist ein Jude eingebunden in die Geschäfte der hohen Herren ...«
Der Blick des Fremden glich jetzt einem Dolch. »Du weißt entschieden zu viel, mein Freund«, stieß er leise zwischen den Zähnen hervor. »Das ist sehr gefährlich ...«
»Niemand ahnt etwas von meinen Kenntnissen. Nur Ihr habt mein Vertrauen.«
»Dann erzähle mir alles. Alles, was du weißt.«
Schief lächelnd schüttelte Julius den Kopf. »Das wäre gar nicht gut für Euch. Und für mich noch weniger. Nur so viel will ich sagen: Schon der Herr von Wedell war mit diesem Juden im Geschäft. Er besaß nicht viel von Wert, doch er traute niemandem. Nicht einmal mir ...«
Julius zog ein bekümmertes Gesicht, doch der andere nickte nur und sagte: »Das kann ich verstehen.«
Julius schien es zu überhören. »Bei diesem Juden jedenfalls liegen noch heute Pfänder, und neben anderem auch das gewisse kleine Buch ... Vielleicht auch mehrere.«
»Bist du sicher?«
»Ganz sicher. Der Herr von Wedell sprach selbst davon, ohne dass ich damals sonderlich darauf achtete. Ich hatte es vergessen. Bis ich jüngst den Namen dieses Juden vernahm ...«
»... als du deinen Kriegsrat und seine Kumpane belauschtest«, vermutete der Fremde.

Julius widersprach ihm nicht und meinte: »Es ist in Eurem Sinne so gut wie in meinem, dass die Papiere nicht in unrechte Hände fallen.«

»Dann sag mir alles, was du von dem Juden und von den Plänen der Herren weißt.«

Wieder schüttelte Julius den Kopf. »Davon kann nicht die Rede sein, denn ich weiß gar nichts. Nur den Namen habe ich ganz zufällig gehört.«

»Und den meinen gleich dazu. Wer weiß noch von diesem – schwarzen Buch?«

»Niemand. Ich versichere Euch …«

Jäh streckte ihm der Fremde seine Hand hin. Julius fuhr zurück. »Siehst du das Schwarze unter meinem Nagel? So viel sind mir deine Versicherungen wert!«

Julius wand sich. »Mein Herr, der Kriegsrat … Damals habe ich ihm in meiner Verzweiflung alles anvertraut. Er hat mich gerettet und von hier fortgebracht. In meinem ersten Schrecken habe ich ihn ganz harmlos nach diesem Juden gefragt. Da wollte er natürlich die Gründe hören …«

»Da hast du ihm von diesem Büchlein erzählt …«

»Nicht direkt. Auf jeden Fall verbot er mir bei hoher Strafe, mich selber an den Juden zu wenden …«

Der Fremde trank den letzten Schluck aus seinem Krug und erhob sich. Von oben sah er auf Julius herab und sagte ohne jede Gemütsbewegung: »Du solltest deine Geheimnisse künftig für dich behalten. Im Übrigen: Ich kenne keinen Juden.«

Nächtliche Abenteuer

Wahrscheinlich tat er Marie einfach Leid. Vielleicht waren es auch etwas mehr als mütterliche Gefühle, die sie für den schlaksigen Lehrjungen mit der störrischen blonden Mähne empfand, der eine halbe Stunde zuvor so bleich und mit so entsetzten Augen von seinem allabendlichen Ausflug zurückgekehrt war, dass man ihm das Unheil ansah, das ihm widerfahren war. Hat jemand ihn und seine Angebetete in einer verfänglichen Lage überrascht? Das konnte Marie sich nicht recht vorstellen. Was aber sonst sollte Jakob so erschreckt haben?

All ihre Mühe, ihn zum Reden zu bringen, fruchtete nichts.

»Ich muss mit dem Oheim sprechen«, war alles, was er kopfschüttelnd hervorbrachte, und sie konnte ihn trotz der eindeutigen Geräusche, die von oben zu hören waren, nicht davon abhalten, die Stiege hinaufzuklettern und heftig an der Fahrenholtzschen Schlafstube anzuklopfen.

Nur ein paar Minuten später tauchte er wieder unten auf, nicht mehr ganz so bleich im Gesicht, eher von Scham gerötet, musste er doch erkannt haben, bei welcher lieblichen Beschäftigung er den Oheim und die Base gerade gestört hatte. Bis hinunter in die düstere Küche vernahm Marie die ungewohnt heftige Stimme des Hausherrn, der für gewöhnlich nicht zu Gefühlsausbrüchen neigte.

Lächelnd hatte sie Jakob zu trösten versucht. Der aber wusch sich nur ausgiebig die Hände und hockte dann ernst und ganz gegen seine Art verschlossen am Tisch und starrte vor sich hin. Von oben war lange nichts zu hören, bis endlich wieder knarrendes Geräusch einsetzte.

»Trink ein Glas Wein«, hatte sie ihm zugeredet, und als er sich in Gedanken verloren dazu herabließ, trank auch sie einen Schluck von ihrem heimlichen Vorrat. Allmählich kehrte die frische Farbe in Jakobs Gesicht zurück, und als es oben nach einem ungestümen Gerüttel totenstill wurde, sahen sie sich an und brachen in Gelächter aus.

»Dabei sollte man niemanden stören«, sagte sie mit weicher Stimme und strich ihm über die Wange. Er hielt ihre Hand fest und griff mit der anderen nach ihr. Wie sie so vor ihm stand, klein und drall, war sie kaum größer als er im Sitzen, und als er sie auf sein Knie zog, erreichten ihre Füße nicht mehr den Boden. Dennoch fühlte sie sich sehr geborgen an seiner knochigen Schulter, gegen die sie ihre Wange legte. Das glosende Herdfeuer strahlte behagliche Wärme aus, und der Wein, von dem sie vorher schon gekostet hatte, wärmte zusätzlich. Selbst als Jakob sich an ihrer Kleidung zu schaffen machte, wurde ihr nicht kalt.

Erst als sie ein, zwei Stunden später voneinander abließen, merkte sie, dass das Feuer längst erloschen war.

Während sie in der Küche für Ordnung sorgte, schlich Jakob im Dunkeln die knarrende Stiege hinauf und in seine Kammer, in der das Fenster noch immer offen stand. Es schien ihm eine Ewigkeit her, dass er sich auf den Weg zu Florine gemacht hatte, und der Gedanke an sie peinigte ihn für einen Augenblick. Wozu hatte er sich hinreißen lassen? Doch der Gedanke an Maries glatte Haut unter seinen Fingern überdeckte alle anderen Überlegungen. Florine war schließlich selber Schuld, dass er sich mit einer weniger Spröden tröstete. Erst spät fiel er in ei-

nen unruhigen, von verworrenen Träumen geplagten Schlaf, aus dem ihn im Morgengrauen Christians Stimme unsanft weckte.
»Was war das gestern Abend mit dem Judengarten?«, wollte der Oheim wissen.
Mit aufgerissenen Augen starrte ihn Jakob an. »Ich weiß nicht«, murmelte er verwirrt, und im Augenblick hätte er wirklich nicht sagen können, ob das unsägliche Gefühl unter den Füßen, als er auf die am Boden liegende Gestalt gesprungen war, nicht zu den bösen Träumen der letzten Nacht gehörte.
Kaum war Christian nach unten gegangen, stieg Jakob hinaus aufs Dach. Auf die Gefahr hin, zu dieser frühen Morgenstunde von einem Nachbarn bemerkt zu werden, spähte er von der äußerstern Kante nach der Gestalt im Judengarten.
Da lag niemand. Und eine Grube gab es auch nicht. Dessen war sich Jakob sicher. Er konnte die verdächtige Stelle am Zaun genau sehen; helle Erde schimmerte dort, sonst nichts. Was ihn einerseits beruhigte, enthob es ihn doch jeder weiteren Sorge um den Toten, ihm andererseits jedoch neue beklemmende Fragen eingab. Wer hatte den Leichnam noch in der gleichen Nacht begraben? Nur jemand, der sicher war, keinen Zeugen zu haben, ihn, Jakob, also nicht bemerkt haben konnte. Das wiederum erschien ihm unwahrscheinlich.
Den ganzen Tag lief er wie im Taumel umher, schnitt beim Rasieren gar dem Wallmaurer Prechel in die Wange, was der mit einem kräftigen Fluch quittierte und sich beim Meister beklagte. Es half nichts. Der Tote ging Jakob nicht aus dem Sinn, und als er gegen Mittag zum Goldschmied Meißner in der Georgenstraße geschickt wurde, nahm er den Hin- und Rückweg durch die Büttelgasse. Während jedermann sich eilig am Haus des Scharfrichters vorbeistahl, verharrte er jeweils längere Zeit

in der Nähe des Loebschen Hauses daneben, wo sich indes nichts Verdächtiges zeigte. Was erwartete er?
Nach dem Mittagessen, bei dem sich die Hausherrin Henriette mitfühlend erkundigte, weshalb er denn so blass aussehe, während Marie beim Auftragen ihm verschwörerisch und keineswegs zurückhaltend zublinzelte, entschuldigte er sich, er habe etwas in seiner Kammer vergessen, und stieg noch einmal aufs Dach. Der Judengarten schien unverändert. Der helle Sand schimmerte in der Mittagssonne. Aus der Scharfrichterei erklangen Hammerschläge, nirgendwo war jemand zu sehen. Dennoch beschlich Jakob das unbehagliche Gefühl, als beobachte ihn jemand. Ein Weilchen tat er so, als interessiere ihn ein morscher Balken in der Mauer des Nachbarhauses, polkte ein bisschen daran herum und kehrte in seine Kammer zurück.
Von unten rief Christian schon: »Wo bleibt der Bursche nur wieder?«, und so beeilte er sich, um den Meister nicht noch mehr zu erzürnen. Der sah ihn bei der Arbeit öfter von der Seite an, als erwarte er eine Äußerung, doch Jakob getraute sich nicht, von selbst die Sprache auf die Ereignisse der letzten Nacht zu bringen.
Außerdem hatte er sich im Laufe des Tages zu einem Entschluss durchgerungen, dessen Ausführung ihm Christian beinahe unmöglich machte, indem er beim Abendessen ganz beiläufig sagte: »Wenn du zu deiner Französin gehst, dann benutze die Gasse wie jeder rechtschaffene Mann.«
Jakob schoss das Blut in den Kopf, zumal Marie just in diesem Augenblick die Schüssel vom Tisch räumte, ihren Kopf hob und ihn aufmerksam ansah.
»Du siehst ja ganz rot aus«, stellte Charlotte fest, die Vorwitzige der beiden Fahrenholtz-Töchter.
»Schsch…!«, mahnte Henriette.

»Ich gehe heute nicht zu den Coulards«, verkündete Jakob leichthin. Worauf Christian nur die Handflächen anhob und einen schnellen Blick mit Henriette wechselte. Die Mädchen kicherten. Marie hingegen schien die Antwort zu befriedigen. Mit erhobenem Kopf rauschte sie aus dem Zimmer.

»Du bist auch noch zu jung für derlei«, belehrte ihn Henriette freundlich. »Und überhaupt ... Sie ist älter als du, und noch dazu eine Reformierte ...«

Das sprach sie aus, als handle es sich um eine Krankheit. In ihr steckte die alte, von den Pastoren noch immer kräftig genährte Unduldsamkeit der Lutheraner gegen die Calvinisten.

»Selbst unser König ist ein Reformierter«, wagte Jakob zu erwidern, was Henriette zu einer höhnischen Grimasse veranlasste. Ihre Abneigung gegen den schiefen Fritz pflegte sie seit Christians Haft in der Hausvogtei und seit dem schrecklichen Tod ihrer Mutter. Der Stiefvater hatte seine eigene Frau vergiftet. Christian hatte es herausgefunden und ebenso, welche Rolle der jetzige König dabei insgeheim gespielt hatte. War der nicht letztlich dafür verantwortlich, dass Jakob seinen Vater verloren hatte?

Christian hingegen empfand nicht mehr als den gemeinhin üblichen Unmut gegen den eitlen Herrscher, der die Steuern seiner Untertanen verprasste. Auch religiösen Disputen ging er gern aus dem Wege, behandelte und barbierte er doch täglich Lutheraner wie Kalvinisten, ja selbst Juden, wenn sie den Weg zu ihm fanden. Jetzt stand er wortlos auf, tätschelte Henriette beruhigend die Schulter und küsste seine Kinder. Es war Mittwoch, der Abend, an dem er sich mit den anderen Barbieren und Wundärzten der Zunft im Goldenen Löwen in der Georgenstraße traf. Bis er von dort wiederkam, blieb Jakob genügend Zeit, sein Vorhaben zu verwirklichen.

Er wartete etwas länger als gewöhnlich, bis er seine Kammertür verriegelte und aus dem Fenster kroch. Henriette hatte abends genug mit ihren beiden munteren Mädchen zu tun, und Marie würde es hoffentlich nicht wagen, ihn in seiner Kammer aufzusuchen. Der Gedanke an sie ließ ihn für einen Augenblick zögern.

Er starrte in die Dämmerung, die im Schatten der Häuserfronten bereits in Dunkelheit übergegangen war. Am Nachmittag hatte er einen Spaten aus dem Schuppen am Zaun versteckt. Den schob er nun vorsichtig über die Latten und kletterte selbst hinüber. Bis auf die abendlichen Geräusche aus den Nachbarhäusern wie Kinderplärren oder das Keifen einer Frau blieb alles ruhig. Jakob schloss die Augen, um sich an die Finsternis zu gewöhnen, und verharrte eine ganze Weile hinter den Zaunplanken, bevor er sich auf die Hintergebäude der Scharfrichterei zu bewegte.

Rechts drohte dahinter düster und beunruhigend das Haus des Juden mit seinem unheimlichen Garten. Nur im Erdgeschoss schimmerte heute ein schwacher Lichtschein. Wieder zögerte Jakob ein Weilchen, überwand aber schließlich seine Furcht und überstieg entschlossen das nächste Hindernis.

Zu seiner Überraschung hob sich in der Nähe des Coulardschen Zauns kein heller Fleck von der Umgebung ab. Er schlich zum Zaun und tastete mit dem Spaten behutsam nach dem Holzklotz auf der anderen Seite. Kein Zweifel, genau hier war er gestern Abend auf den Leichnam gesprungen und anschließend beinahe in eine Grube gestürzt. Er tastete den Boden ab, vermochte aber nichts Auffälliges zu finden. Hier gab es keine Grube, nicht einmal eine Vertiefung. Eher formten festgestampfte, dunkle Erde und trockenes Gesträuch eine leichte Erhöhung von der Größe eines Grabhügels. Jemand hatte da-

mit den verräterischen hellen Sand aus dem Untergrund abgedeckt.
Diese Entdeckung ließ Jakob schaudern. Am liebsten hätte er sein Grabscheit liegen gelassen und wäre über die Zäune auf und davon. Über den Coulardschen Grund gelangte man leicht in den Bullenwinkel und durch die Wallstraße ganz schnell nach Hause. Eine Erklärung, woher er kam, würde ihm einfallen.
Andererseits – wenn der Jude hier einen Toten verscharrt hatte, und er konnte das beweisen … Das musste auch Meister Christian davon überzeugen, dass er kein Nichtsnutz und kein Märchenerzähler war, sondern den Dingen auf den Grund ging, wie es der Oheim immer verlangte.
Entschlossen packte er den Spatengriff und begann bedachtsam die obere Schicht abzutragen. Das Erdreich türmte er fast lautlos zu einem kleinen Hügel auf. Trotz des geringen Geräuschs hielt er immer wieder inne und lauschte, bevor er weiter arbeitete. Bald hatte er hellen Sand erreicht und stach vorsichtig hinein.
Plötzlich drangen dumpfe Schläge an sein Ohr. Erschrocken fuhr er auf. Woher kamen die? Ein Scharren war da noch zu hören, und noch ein dumpfer Schlag, dessen Erschütterung er unter seinen Füßen zu spüren vermeinte. Dann war es wieder ruhig.
Auf den Spaten gestützt, horchte Jakob in die Dunkelheit. Aus dem Judenhaus waren die Laute nicht gekommen. Eher von der anderen Seite, von der Wallstraße her. Neben dem halbfertigen Bau befand sich die Wallschmiede. Wer wusste, ob nicht der Schmied noch zu abendlicher Stunde tätig war oder jemand in dem neuen Haus einen Balken bewegte? Wie Holz hatte es jedenfalls geklungen.

Jakob sprach sich selber Mut zu. Wer immer mit einer groben Arbeit beschäftigt sein mochte, hatte sicher keine Zeit, auf das sachte Schürfen eines Spatens zu lauschen.
Also setzte er seine Arbeit fort und hatte trotz aller Behutsamkeit schon nach kurzer Zeit eine knietiefe Grube von zwei, drei Ellen im Durchmesser ausgehoben, ohne auf etwas Verdächtiges zu stoßen. Widerstandslos glitt der Spaten in den Boden, und der Sand fiel so locker vom Blatt, als hätte ihn zuvor jemand umgegraben. Obwohl Jakob mit Schaudern daran dachte, was er in der Grube finden würde, spornte ihn die Leichtigkeit des Grabens an und ließ ihn die nötige Vorsicht vergessen. Gerade ertappte er sich dabei, wie er erschrocken dem hellen Klang des Werkzeugs gegen einen Stein nachlauschte, als ein mächtiger Schlag seinen Kopf traf und rote Feuerräder vor seinen Augen kreisten. Unwillkürlich entfuhr ihm ein gellender Schrei, bevor ein zweiter, noch heftiger geführter Hieb sein Denken auslöschte.

Kolbe von Wartenberg

Der Premierminister saß in seinem Gemach und arbeitete. Zumindest war er sehr beschäftigt, denn all die Papiere, die ihm der Staatssekretär Ilgen und die anderen Räte täglich auf den Tisch schoben, wollten wenigstens flüchtig besehen und abgezeichnet werden. Wobei er sich auf den Ilgen verlassen konnte. Das war ein emsiger und gescheiter Mann, der wusste, was er seinem Amt und seinem vorgesetzten Generalökonomiedirektor schuldig war. Dabei trotz seiner bürgerlichen Herkunft ein beweglicher und einfühlsamer Charakter auch für die diffizilen Hofgeschäfte. Im Übrigen ein dickköpfiger Westfale und kein Brandenburger.

Anfangs hatten ihn diese norddeutschen Wenden, wie Kolbe sie insgeheim nannte, zur Verzweiflung getrieben. Als eine echte Frohnatur, leichtblütig und gefällig, liebte er den Gesang und seinen Schoppen Wein. Hierzulande jedoch soffen die Bürger ihr trübes Bier und grölten unbedarft ihre zotigen Lieder. Stolz auf die eigene Einfalt und ohne jede Lebensart verspielte man in den Schenken das Geld, das man dem König gern schuldig blieb.

Kolbe wusste nur zu gut, was Geld bedeutete. Für einen Hungerlohn hatte er sich zwanzig Jahre lang schinden müssen. Er entstammte dem armen Adel aus dem Pfälzischen und hatte dort nur ein paar kümmerliche Dörfer geerbt, wie dieses Aschbach, dessen Name gut für eine Baronie war, und die alte Feste

Wartenberg. Nie hätte ein Kolbe geahnt, dass die Ruine noch einmal zu reichsgräflichen Ehren gelangen würde.
In jungen Jahren war Kolbe als Stallmeister in den Dienst des Pfalzgrafen von Simmern getreten, einer höchst unberechenbaren Herrschaft. Bei seinem Eintritt war die galante Pfalzgräfin Marie, eine Prinzessin aus dem Haus Oranien und Schwester der brandenburgischen Kurfürstin Luise Henriette, obwohl nicht viel älter als er, schon eine gebieterische Frau, nicht ohne Reiz und mit viel Erfahrung in Liebeshändeln, wie man ihr nachsagte. Nicht zu Unrecht, wie Kolbe bald genug am eigenen Leib erfuhr. Jahrelang führte er ein recht ersprießliches Leben an ihrer Seite als Oberstallmeister und Geheimer Sekretär und nach dem Tode des Pfalzgrafen als ihr einziger verbliebener Vertrauter und Liebhaber. Ein zunehmend aufreibendes Geschäft jedoch, an dem er schnell die Lust verlor. Sie allerdings hing an ihm und gab ihn nicht frei, obwohl er schon bei ihrem ersten Berlin-Besuch Anno 82 die Aufmerksamkeit des Großen Kurfürsten erregt hatte und gern in dessen Dienst gewechselt wäre.
Sechs lange Jahre später starb sie plötzlich und hinterließ ihm weniger als erhofft. Doch war er endlich frei. Der aufstrebende Hohenzollernhof zu Cölln schien ihm auch jetzt der rechte Ort für seine Pläne, obwohl sein Gönner Friedrich Wilhelm gerade in den letzten Zügen lag. Kolbe verstand es, auch dem Sohn zu gefallen. Gut ein Jahr später war er Hauptmann von Oranienburg und im folgenden Jahr schon Schlosshauptmann zu Cölln. Es fiel ihm nicht schwer, sich unter den schwerblütigen Brandenburgern auszuzeichnen, für die anscheinend auch der junge Herrscher keine besondere Liebe empfand.
Nur die Weiber waren wie überall. Sittsam parfümiert und gepudert und hinter den Kulissen außer Rand und Band. Die

Pöllnitz beispielsweise hatte sich Kolbe sofort an den Hals geworfen, war jedoch auf wenig Gegenliebe gestoßen und hatte ihn deshalb zu alt gefunden. In Wahrheit wohl auch zu arm. Sie war eher für jüngeres Fleisch zu haben, musste jedoch oft genug auch anderwärts ihre Spielschulden abarbeiten. Die Ablehnung aber hatte sie ihm nie verziehen.
Die Kurfürstin nahm ihn anfangs mit Wohlwollen auf, vermutete sie doch in ihm einen weiteren Verbündeten in ihrem verbissenen Kampf gegen den übermächtigen Oberpräsidenten Danckelmann, der ihr so ungebührlich die Flügel beschnitt. Er selber bewunderte den Mann, einen Bürgerlichen, der es zu den höchsten Weihen gebracht hatte. Und nicht etwa unverdient. Doch nach und nach, je mehr er mit Danckelmann umging und der ihn förderte, sah er die Fehler, die der alte Knauser und Besserwisser machte. Stets blieb er der Lehrer und Erzieher des zu klein gewachsenen Kurfürsten, der sich fühlen musste wie die Fliege im Honigtopf.
Kolbe, inzwischen zum Oberstallmeister aufgestiegen und nach Dönhoffs Tod zum Oberkammerherrn berufen, spürte, dass er hier ansetzen musste, wollte er am Hofe etwas ändern. Und das wollte er. Anfangs eher spielerisch, dann von der eigenen Leidenschaft übermannt. Danckelmanns Tage waren gezählt. Und wer kam danach? Der schlaue von Fuchs? Der bärbeißige Barfus? Der eitle von Lottum und Wylich oder von Dohna, dessen Erziehungskünsten gegenüber dem renitenten Kronprinzen die Königin zutiefst misstraute? Oder der von Kolbe? Ja, warum nicht der?
Seine Catharina erwies sich als die rechte Frau dabei. Dass Kolbe sein Verhältnis zu ihr auch vor Gott legitimiere, hatte Danckelmann beim Kurfürsten verlangt. Also schloss er mit ihr die Ehe, seine erste mit immerhin schon dreiundfünfzig Jahren.

Unbekümmert um jedes fremde Urteil trieb sie ihn voran und wusste es ihm zu lohnen. Marie von Oranien, die Vielgeliebte, hatte ihn mancherlei gelehrt, und Catharina erwies sich als eine ebenso begabte wie gelehrige Schülerin. Ihr Biedekap, der brave Tropf, was hatte der verstanden? Nichts. Er erst erweckte sie.

Man sprach von ihr als der Matrosenhure. Was wussten diese Schandmäuler! Selbst in Versailles hätte seine Catharina mit ihren Künsten Furore gemacht.

Bitter genug, dass sie die bald nicht allein an ihm erprobte. Doch was tat es. Er war ihr dankbar für jede zärtliche Stunde, die sie ihm schenkte, und er hätte auch seinem König den Genuss gegönnt. Glaubte nicht ohnehin alle Welt, er hätte Friedrich seine Frau dargeboten, um ihn sich gefügig zu machen? Als bedurfte es dazu einer Frau! Dieser König, so sehr er auch von Frankreichs Hof träumte und begierig jede Neuigkeit von dort aufnahm, um sie nachzuahmen, war kein katholischer Genussmensch wie Ludwig der Vierzehnte, sondern nur ein stocksteifer und noch dazu wenig ansehnlicher Calvinist, dem selbst die harmlosen Vergnügungen der eigenen Königin oft genug ein Dorn im Auge waren. Er wäre in Versailles erblindet!

Es klopfte an der Tür. Kolbe ließ ein herrisches »Herein!« hören und wandte sich mit besonderer Emsigkeit wieder den Papieren zu. Der Kerl, der da kam, konnte gut noch einige Zeit warten. Von Retzlow. Aus altem märkischen Adel wie es hieß, in Wahrheit weit eher wendisch-kaschubischer Herkunft und nur durch sein dreistes Intrigantentum zum Kammerherrn aufgestiegen. Als Pferdeknecht hätte so einer sein Leben lang gedient, wäre es nach Kolbe gegangen. Oder nicht einmal das. Kolbe verstand etwas von Pferden. Und Retzlow hatte einen

rücksichtslosen Zug an sich, den man den empfindsamen Tieren besser nicht zumutete.
Doch was half es, für gewisse Gelegenheiten benötigte man auch solche Kerle. Retzlow war für mancherlei Obliegenheiten gut zu gebrauchen und ein annehmbarer Zuträger zudem. Mit Kolbes Todfeindin, der hinterhältigen Pöllnitz, verband ihn eine undurchsichtige, wahrscheinlich auf Spielschulden beruhende Affäre, was wiederum Kolbes Kenntnissen über den Lietzenburger Hof zugute kam.
Umgeben von Heuchlern, Schurken und Intriganten konnte man gar nicht vorausschauend und vorsichtig genug sein in dieser verdorbenen Hofgesellschaft. Er hatte nicht vergessen, wie leicht es schließlich gefallen war, den Danckelmann auf ewig nach Peitz zu verbringen und ihm hunderterlei Vergehen anzuhängen. Das würde ihm nie passieren! Wirkliche Schurkereien lohnten sich nur in großem Maßstab.
Der Reichsgraf hob den Kopf und blickte zur Tür, neben der sich Matthes von Retzlow in ehrerbietiger Haltung aufgebaut hatte, ein fett werdender Mann noch in den besten Jahren, doch bereits mit der stumpfen Abgeklärtheit des Alt-Brandenburgers. Huldvoll winkte ihn Kolbe näher. »Na, was hört man?«, fragte er jovial.
Von Retzlow berichtete und beugte sich dabei vertraulich zu Kolbe nieder. Im Grunde war das alles nur Gewäsch, was er vortrug, nichts, womit man einen der ihm Übelwollenden wirklich zur Strecke bringen konnte. So winkte Kolbe denn grämlich ab und sagte: »Ich werde den Verdacht nicht los, Retzlow, Er trägt auf beiden Schultern und sagt mir nur die halbe Wahrheit!«
Matthes von Retzlow fuhr auf. Sein gerötetes Gesicht mit dem zierlich gekräuselten Bart nahm eine noch dunklere Färbung

an. Doch ehe er sich empören konnte, fragte Kolbe scharf: »Genug davon. Wie steht es um die bewusste Angelegenheit? Werde ich das Geschenk pünktlich in den Händen halten?«

Sofort schien sich von Retzlow wieder auf festem Boden zu bewegen. Hier wie in Antwerpen stünde alles zum Besten, wusste er zu berichten, und verliefe nach Plan. Nur eben das leidige Geld …

Kolbe hatte nichts anderes erwartet. Sein Leben lang hatten ihn käufliche Seelen umgeben, und in der preußischen Residenz war es nicht anders. Die Armut hatte ihn lange genug geplagt, um zu wissen, wie der Kammerherr an jedem der Taler hing, die er ihm jetzt wie Brosamen in einem Beutel zuwarf.

»Enttäusche Er mich nicht, Retzlow!«, sagte er. Die Drohung in seiner Stimme war nicht zu überhören.

Ein himmlischer Schutzengel

Jakob hatte das Gefühl, jemand sei dabei, ihm etwas über den Kopf zu ziehen. Er sank zurück und schloss die Augen wieder, weil ihn ein Lichtschein blendete.

»Seid Ihr noch am Leben?«, fragte eine Stimme, die ein wenig heiser klang und einen fremden, singenden Tonfall besaß.

Jakob stöhnte und versuchte sich zu erinnern, was ihm widerfahren sein mochte. Weshalb dröhnte sein Schädel dumpf wie eine riesige Trommel?

»Wie kommt Ihr hierher?«, fragte die Stimme weiter.

Wo war er überhaupt? Unter seinen Fingern spürte er nackten, kalten Erdboden. Sand …

Richtig. Er hatte gegraben. Daran erinnerte er sich.

»Was hat man Euch angetan?« Die Stimme gab keine Ruhe. Sie klang auch nicht eigentlich heiser. Eher brüchig und ein wenig belegt. Der fremde Tonfall erinnerte Jakob an jemand. An wen? Wenn nur dieser dumpfe Schmerz in seinem Schädel nicht gewesen wäre! Er versuchte den Kopf zu drehen und schrie leise auf. Eine kühle Hand berührte seine Stirn. Das war angenehm. Der Schmerz saß im Hinterkopf.

»Ihr seid zu schwer. Ich kann Euch nicht tragen«, bedauerte die Stimme in ihrem Singsang. »Aber ich kann Euch nicht allein lassen.«

Jakob öffnete die Augen und blickte in die Flamme einer Laterne.

»Wer seid Ihr?«, flüsterte er.

»Ganz ruhig. Erst muss man Hilfe holen.«

Jakob schüttelte den Kopf und hatte dabei das Gefühl, eine bleierne Kugel rolle in seinem Schädel herum. Ihm wurde übel, und er erbrach sich. »Keine Hilfe!«, brachte er mühsam hervor.

»Wenn Ihr mich ein wenig stützt, werde ich aufstehen.«

Die Laterne wurde auf den Boden abgesetzt. Er erkannte eine dunkel gekleidete Frau, die auf ihn zutrat. Sie legte ihm die Hand ins Genick und zog sie erschreckt wieder zurück. »Blut!«, sagte sie und Jakob merkte, dass sie sich davor ekelte. Es gelang ihm nicht, sich allein aufzurichten.

Sie jedoch überwand anscheinend ihren Widerwillen, wischte die Finger an dem Tuch ab, das ihren Kopf und Hals umschlang, und ergriff beherzt seine Schulter. »Lehnt Euch gegen den Zaun«, befahl sie sanft.

Erleichtert spürte Jakob die Stütze im Rücken. Wieder rollte die Bleikugel in seinem Kopf und eine neue Welle von Übelkeit überkam ihn.

Die Frau hatte die Laterne aufgenommen, hinter deren Schein Jakob sie nur schemenhaft wahrnahm.

»Was ist mit Euch geschehen?«, wollte sie wissen.

Jakob wusste jetzt, wo er sich befand. Und er erinnerte sich, dass er ein Loch gegraben hatte. Aber wozu?

»Du bist Rahel«, sagte er. Das war keine Frage.

»Wer sollte ich sonst sein? Außer mir und meinem Vater wohnen nur noch die alte Lea und Golde in unserem Haus. Sie fürchten sich im Dunkeln noch mehr als ich, wenn plötzlich jemand schreit im Hofe.«

»Habe ich geschrieen?«

»Wer sonst? Warum hat man Euch den Sack über den Kopf gestülpt?«

Jakob verzichtete darauf, den schmerzenden Schädel zu bewegen. »Ich weiß nicht«, sagte er matt. Vom Erdboden kroch ihm die Kälte ins Gebein, doch fehlte ihm die Kraft aufzustehen,.

»Da waren Leute«, sagte Rahel mit ihrer spröden Stimme und wies auf die Grube. Im Schein der Laterne erschien sie Jakob viel flacher als in der Erinnerung. Es sah aus, als hätte sie jemand halb zugeworfen.

»Habt Ihr irgendwen gestört beim Graben?«

Jakob antwortete nicht. Mühevoll versuchte er sich am Zaun aufzurichten. Sie half ihm dabei, und er bemerkte, wie klein und schmal sie war.

Er fragte: »Wie lange habe ich hier gelegen?«

»Ich weiß nicht. Wann seid Ihr hierher gekommen?«

Als es dunkel wurde, hätte er sagen müssen. Doch er schwieg. Wie sollte er ihr erklären, was vorgefallen war. Er wusste es ja selber nicht. Seine Füße blieben in dem groben Sack hängen, der auf dem Boden lag.

»Wonach sucht man auf unserem Grund? Ist hier ein Schatz vergraben?«

Nein, wollte er sagen, etwas viel Schlimmeres. Aber das würde sie nur verwirren. Wenn nicht der Jude den Toten vergraben und ihn niedergeschlagen hatte – wer sonst?

Er hatte sich endlich zu seiner vollen Körperlänge aufgerichtet und stützte sich auf den morschen Zaun. »Wo ist dein Vater?«, fragte er rau.

Diesmal blieb sie ihm die Antwort schuldig. Die Laterne hoch erhoben, tappte sie am Zaun entlang auf das dunkle Haus zu. Wohl oder übel musste er ihr folgen.

Sie führte ihn ein paar Stufen hinauf in ein herrschaftlich eingerichtetes Zimmer, in dem sie einige weitere Kerzen anzündete. Endlich konnte er ihr blasses Gesicht betrachten, aber alles verschwamm vor seinen Augen. »Ist dein Vater nicht zu Hause?«, fragte er noch einmal. Sie sah ihn unter ihren auffallend dunklen Augenbrauen an. »Setzt Euch hierher. Ich werde die Wunde verbinden.«

Er schüttelte den Kopf, und die Bleikugel rollte. »Ich bin selber Barbier«, ächzte er und schloss die Augen.

Als er sie wieder öffnete, stand Florine vor ihm und wusch ihm mit einem nassen Tuch den Kopf. »Überall Sand und Schmutz«, klagte sie. »Wie kann man nur so ungeschickt stürzen!«

Jakob beließ es dabei. Ihre Gegenwart erschien ihm wie ein Wunder. Endlich einmal berührte sie ihn mit ihren zarten Händen. Nur empfand er nicht den rechten Genuss dabei. Im Gegenteil. Ein ätzender Schmerz durchfuhr ihn wie ein Feuerstrahl, und Florine schrie auf: »Was für eine riesige Beule! Bist du auf einen Stein gefallen?«

Eilig brachte Rahel aus der Küche eine breite stählerne Klinge, die sie gegen Jakobs Hinterkopf presste. Er rang nach Atem, und die Übelkeit kam wieder.

»Wie konntest du das nur tun!«, jammerte Florine, die nicht einmal ahnte, was er getan hatte. Vermutlich nahm sie an, er sei wie üblich auf dem Weg zu ihr gewesen und vom Zaun gestürzt. »Dein Onkel wird dich verarzten müssen«, sagte sie. »Wir bringen dich heim.«

Jakob hob abwehrend die Hand. Nur das nicht! Hatte er Christian nicht versprochen, Florine heute nicht zu besuchen? Und schon gar nicht auf dem verbotenen Weg durch die Gärten und Höfe. Und hatte er sich nicht vorgenommen, Florine überhaupt nie wieder zu besuchen?

Das war jetzt alles hinfällig. Er konnte niemandem erklären, was er im Judengarten gesucht hatte. Ein missglückter Besuch bei Florine schien noch der beste Vorwand.

An der Haustür klopfte es laut und herrisch. Jakob zuckte zusammen, doch Rahel eilte mit einem erleichterten: »Endlich der Tate!« hinaus.
Aus der Nähe betrachtet, war Veitel Loeb kein besonders großer, wohl aber ein Achtung gebietender Mann mit ausdrucksvollen Gesichtszügen und wachen Augen, aus denen er Jakob nachdenklich musterte, nachdem ihm Rahel mit einem hastigen Redefluss überschwemmt hatte, von dem Jakob kaum die Hälfte verstand.
Er war gekleidet, wie es sich für einen wohlhabenden Mann gehörte, der sein graues Haar nicht unter einer Perücke versteckte. Allein die Knöpfe an seinem gediegenen Überrock kosteten mehr, als ein Barbier in der Woche verdiente. Jakob war erstaunt, dass der Jude zu dieser späten Stunde auf der Gasse gewesen war. Der aber riet ausgerechnet ihm ohne besonderen Vorwurf: »Ihr solltet des Abends die dunklen Höfe meiden.« Er sprach mit einem ähnlichen Tonfall wie seine Tochter. »Allerhand Gesindel treibt sich herum. Es ist gefährlich, wie Ihr seht.«
Jakob nickte schwach. Die Schmerzen im Genick und am Hinterkopf ließen nicht nach.
»Er war auf dem Weg zu mir«, sprang ihm Florine bei.
Veitel Loeb wiegte den großen Kopf hin und her. »Es gibt gut beleuchtete Straßen und Gassen in Berlin«, sagte er mild. »Ich werde Eurem Oheim Bescheid geben, dass er Euch abholt.«
»Nein!«, widersprach Jakob ungestüm und erhob sich. »Das ist nicht nötig!« Dabei sank er gleich wieder in den Lehnstuhl zurück. Erst jetzt fiel ihm auf, dass er vermutlich den Platz des Hausherrn einnahm.
»Seid ganz beruhigt. Ich werde nie wieder über die Zäune steigen. Und nie wieder so unglücklich stürzen.«

»Stürzen?« Loebs Gesicht drückte ungläubiges, ja spöttisches Erstaunen aus. »Ihr trugt einen Sack über den Kopf, sagt Rahel.«
Auch das noch! Jakob stammelte: »Das ... das kann ich mir auch nicht erklären ... Vielleicht glaubte jemand, er hätte einen Dieb gefangen ...«
Loeb schien das zu bezweifeln. »Auf meinem Grund und Boden?«, fragte er argwöhnisch. »Wer sollte das gewesen sein?«
Wieder sagte Rahel etwas, was Jakob nicht verstand.
Ihr Vater beruhigte sie. »Ich lass ihn ja in Ruhe, Tochterleben. Soll er sich erholen daheim beim Fahrenholtz. Möglicherweise erinnert er sich dann, wer es so schlimm mit ihm meint.«
»Was ist das für eine Geschichte mit dem Sack?«, wollte Florine wissen.
Weder Jakobs noch Rahels Erklärungen überzeugten sie. Und dass Rahel jemanden hatte graben hören, verwirrte die Angelegenheit zusätzlich.
Siedendheiß fiel Jakob ein, dass der Spaten liegen geblieben war, doch dessen Erwähnung hätte wieder neuer Rechtfertigungen bedurft, die der Wahrheit gefährlich nahe kommen konnten.
Es wurde Zeit, dass er hier verschwand. Also ermannte er sich und stand mit weichen Knien auf. Veitel Loeb streckte hilfsbereit die Hände aus. »Ich bringe Euch wenigstens bis zum Haus um die Ecke.«
Auch Florine wollte ihn begleiten, aber das redeten sie ihr aus. Auf die Schulter des Juden gestützt, trat Jakob auf die Gasse. Die nächste Laterne brannte am Haus des Scharfrichters. Dort angelangt, sagte Jakob, der sich in dieser Begleitung höchst unwohl fühlte: »Von hier an geht es allein«, doch Loeb hielt seinen Arm fest und widersprach. Kurz vor der Einmündung zur

Spandauer Straße verhielt er den Schritt. »Ruht Euch etwas aus«, gebot er.

Schwer atmend blieb Jakob stehen.

»Habt Ihr tatsächlich nicht gesehen, wer Euch niedergeschlagen hat?«, fragte der Jude. Seine Stimme klang beunruhigt.

»Nein«, antwortete Jakob. »Es war ein Schlag aus dem Dunkeln. Ich stand an Eurem Zaun ...«

Mehr sagte er nicht. Der Jude würde am nächsten Tag selber die Reste der Grube vorfinden. Vielleicht war er auch mutig genug, im Dunkeln hinauszugehen. Und dabei das Grabscheit finden ...

Jakob stöhnte. In was für einen Schlamassel war er da geraten! So sagten ja wohl die Juden. Christian kannte allerlei Wörter aus ihrer Sprache.

»Geht es wirklich?«, erkundigte sich Loeb besorgt.

»Ja, ja!«, beruhigte ihn Jakob. »Darf ich Euch auch etwas fragen?«

»Natürlich.«

»Hattet Ihr gestern Abend Besuch?«

Loeb antwortete nicht sofort. Jakob konnte sein Gesicht nicht erkennen, nahm aber an, dass dem Juden die Frage nicht gefiel.

»Zu mir kommen viele Leute«, sagte er schließlich. »Und nicht jeder möchte gesehen werden.«

»War gestern ein Mann ... mit einem Schnauzbart dabei?«

Loeb wandte sich zum Gehen. »Ihr geht jetzt besser nach Hause«, sagte er ausweichend, ja ablehnend. »Man redet nicht auf der Gasse über Geschäfte.«

»Also kennt ihr einen solchen Mann«, beharrte Jakob, obwohl er wusste, dass er gegen die einfachsten Regeln der Höflichkeit verstieß.

»Ich kenne viele Leute«, sagte Loeb noch einmal und ging endgültig, blieb jedoch nach ein paar Schritten stehen und fragte: »Was soll Besonderes sein an diesem Mann?«

»Ich habe gestern den gleichen Weg genommen wie heute. Er war in Eurem Garten.«

Loeb kam die paar Schritte zurück. »Das ist seltsam«, sagte er. »Ich bin noch nie in diesem *Garten* gewesen. Ich brauche ihn nicht. Wenn es nach mir ginge, würden wir das Haus hinten zumauern. Aber Rahel behauptet, sie brauche die frische Luft. Und diesen – Garten für ihre Kräuter … Und manchmal trifft sie dort die Mademoiselle Florine.«

Er sah plötzlich auf, als käme ihm ein schrecklicher Gedanke. »Oder etwa – Euch?«

Es fiel Jakob schwer zu lächeln. »Nein, nein«, sagte er. »Ich habe sie heute zum ersten Mal gesehen. Ich bin ihr sehr zu Dank verpflichtet. Ohne sie läge ich noch immer dort.«

Loeb schien beruhigt. »Sie ist ein gutes Mädchen«, sagte er und wandte sich endgültig zum Gehen.

Und ein hübsches noch dazu, dachte Jakob, aber er rief ihm nur nach: »Sagt ihr noch einmal meinen Dank.«

Schön Käthchen

Die Frau posierte in einem weiten, fast durchsichtigen Hemd vor dem hohen Spiegel und bewunderte sich. Sie war eine auffallende Erscheinung, mochten ihr die Neiderinnen auch jede Schönheit absprechen. Selbst dem frommen König glitzerten mitunter die Augen, wenn er ihrer ansichtig wurde, und der eigene Gatte bestätigte ihr öfter als sie es hören wollte, dass sie noch genauso hinreißend sei wie an jenem Tag, an dem sie ihm zum ersten Mal begegnet war. Sie erinnerte sich nur dunkel daran, war der damalige Oberstallmeister anfangs doch nur einer von vielen Galanen gewesen, die der jungen Frau aus dem fernen Kleve die Cour schnitten. Erst ganz allmählich war sie seiner Eleganz, seinem weltmännischen Charme und seiner Beredsamkeit erlegen und hatte erkannt, welche Karriere vor einem Mann solchen Charismas und solcher Begabung noch liegen konnte.

Sie legte eine schmale goldene Kette mit einem funkelnden Brillantanhänger um ihren Hals und bewunderte sich von allen Seiten. Schade, dass sie das Collier nicht tragen konnte, wollte sie nicht Kolbes Frage nach der Herkunft heraufbeschwören. Er besaß ein gutes Gedächtnis, was seine großzügigen Geschenke betraf.

Was mochte der Schmuck wohl wert sein? Nun, da gab es jemanden, der das unauffällig für sie herausfinden konnte. Ein Verkauf kam zwar vorläufig nicht infrage, solange sich ein ge-

wisser ausländischer Gesandter noch in der Residenz aufhielt – oder vielleicht doch?
Sie blickte wieder in den Spiegel. Die blauen Smaragdtöne standen ihr ohnehin nicht gut zu Gesicht. Sie bevorzugte das Rot des Rubins. Vielleicht hatte ja der Jude, den die gewisse Person angeblich so gut kannte, etwas im Angebot.
Nur mit geringer Wehmut, aber nie ohne eine Spur von Dankbarkeit dachte sie manchmal an den braven Biedekap, der sie vor elf Jahren vom heimatlichen Niederrhein hierher in die märkische Sandwüste verpflanzt hatte. Als junges Mädchen hatte sie von Den Haag geträumt und von Paris, und das hatte ihre Lust an der französischen Sprache beflügelt. Das Deutsch hingegen, das man hierorts sprach, klang in ihren Ohren wie ein gründlich verdorbenes Flämisch.
Sie hatte gerade zum richtigen Zeitpunkt nach Berlin geheiratet, wie sich herausstellte, denn nur wenige Monate nach der festlich begangenen Hochzeit starb ihr Vater in Emmerich. Sie lachte unwillkürlich auf, als ihr einfiel, was böse Zungen inzwischen in der Residenz über diesen treu-brandenburgischen Beamten und streng calvinistischen Kirchenältesten verbreiteten, nur um ihrem Ansehen zu schaden. Die Gassenbuben sangen angeblich Spottverse über ihn und seine leichtsinnigen Töchter, und das kränkte sie wirklich. Schankwirt einer schlecht beleumdeten Schifferkneipe sollte er, der Kommerzienrat und kurfürstlich-brandenburgische Zollinspektor, gewesen sein, dessen Töchter den Matrosen und Schifferknechten zur Verfügung gestanden hätten. Welch ein Glück, dass ihm derlei Schimpf zu Lebzeiten erspart geblieben war.
An ihr hingegen perlte das Gespött ab wie Schmutzwasser vom Gefieder eines Schwans. Im fernen brandenburgisch-klevischen Land kannte man sie und ihre wohl beleumdete Familie

und benannte sie noch heute gern mit ihrem Kindernamen: Schön Käthchen. Allein der Name erinnerte sie an ihre glückliche Kindheit in dem großen, reich ausgestatteten Haus am Emmericher Geistmarkt. Wie hatte sie den hellen Erker im Anbau Hinter dem Hirsch geliebt und all die milden Sommer im Landhaus Borghees. Beide Häuser, dazu der Uferhof und das Gut Rosskaten samt Grundbesitz gehörten ihr noch immer, mochten die Neidhammel in der Residenz auch ständig von der aus ärmlichen Verhältnissen stammenden Matrosenhure faseln.

Der selige Peter Biedekap, geheimer Sekretär und Kammerdiener noch unter dem Großen Kurfürsten, war der erste Mann in ihrem Leben gewesen, und sie hatte ihm getreulich zwei Kinder geschenkt, die ihm leider kaum mehr Freude bereiten konnten, starb er doch gänzlich unerwartet ein halbes Jahr nach der Geburt von Eleonora Sophia. Eberhard Christoph gar erblickte erst im Januar des darauf folgenden Jahrs das Licht dieser schlechten Welt, in der sich schnell genug Gerüchte über einen Giftmord an dem braven Biedekap und Zweifel an dessen Vaterschaft ausbreiteten.

Sie wusste sehr genau, wer hinter all diesen üblen Gerüchten steckte: die Hannoversche Fronde um die Familie der Königin, die nicht einmal davor zurückschreckte, den frommen König selber zum Vater der Biedekapschen Kinder zu erklären. Als hätte sie es nötig gehabt, mit diesem possierlichen und ihr durchaus wohl gesonnenen Männlein ins Bett zu steigen, das in ihrer Gegenwart mitunter erstaunlich gelöst tat, sich jedoch stets im rechten Augenblick auf seine calvinistische Tugend besann. Mitunter tat er ihr Leid mit seinem versteckten Buckel und der nicht weniger lästigen Behinderung einer kalten Ehefrau. Allein deswegen hätte sie ihm etwas Zärtlichkeit und Lie-

be gegönnt, die ihm seine Angetraute wohl von jeher verweigerte.
Ihr dagegen mangelte es wahrhaftig nicht an Verehrern von angenehmerer Gestalt, und Kolbe hatte ihr vom Beginn ihrer Beziehung an eine gewisse Freizügigkeit zugestanden, die sie selten genug in Anspruch nahm. Immerhin vollendete er sein achtundfünfzigstes Jahr, und es lagen harte Zeiten hinter ihm. Und vor ihm wohl auch, denn seine Feinde bei Hof, allen voran der stumpfsinnige Barfus und der beschränkte Lottum, gaben keine Ruhe und nahmen jede Kleinigkeit zum Anlass, heimlich neue Ränkespiele gegen ihn – und damit auch gegen sie – zu entfachen. Den offenen Kampf hatten sie längst aufgegeben. Doch gerade jetzt, wo Friedrich sich nicht in Berlin aufhielt und Sophie Charlotte sich wie üblich ohne ihn in ihrer Lietzenburg vergnügte, braute sich etwas Ungutes zusammen. Sie spürte es fast körperlich, wie die Lakaienseelen um sie herum erkalteten, ihr Ton dreister wurde.
Wieder lächelte sie. Diesmal ein bisschen böse. Ein Wort würde genügen – und alle würden tiefer katzbuckeln als je zuvor. Ein Wort zur rechten Zeit ins königliche Ohr. Darin war ihr Johann Casimir im Gegensatz zu ihr ein wahrer Meister. Obwohl sie nun seit elf Jahren am Hofe lebte, verstand sie es noch immer nicht, eine Kabale so fein einzufädeln, dass niemand das Gespinst bemerkte. Nur allzu oft beging sie den unverzeihlichen Fehler und sagte, was sie dachte. Er hingegen konnte Tage und Wochen abwarten, bis er Friedrich in der richtigen Stimmung antraf, in der ein halber Satz, oft nur ein Wort im Abgehen genügten, und der König glaubte, die Idee sei seinem eigenen Kopf entsprungen. Vehement verteidigte er sie dann selbst Kolben gegenüber, brachte der seine Bedenken gegen die eigenen Anregungen vor.

Die einzige, die das durchschaute, war Sophie Charlotte. Und die schwieg dazu. Jedenfalls ihrem buckligen Äsop gegenüber, von dessen Verstand sie nicht viel hielt, wie jedermann bei Hofe wusste. Zwei Dinge nur verlangte sie von ihm: ausreichend Geld und ihre beinahe uneingeschränkte Eigenständigkeit. Und hätte doch viel mehr erreichen können bei dem braven Kerl, der sie verehrte und sogar bereit war, ihre beständigen Tändeleien mit der welfischen Verwandtschaft zu übersehen. Als wüsste er nicht ebenfalls, was in all den langen Briefen stand, die zweimal in der Woche nach Hannover und nach Paris abgingen.

Dort saßen ihre wirklichen Feindinnen, wie Schön Käthchen nur zu gut wusste. Seit Kolbe zu allen übrigen Ämtern auch noch das des Generalerbpostmeisters aufgebürdet worden war, fiel es umso leichter zu erfahren, wie man über sie dachte. Und schrieb. Jene Sätze aus dem Brief der größten Klatschbase von allen, in dem diese unsägliche Lieselotte von der Pfalz sich selbst darstellte, hatte sie sich gut gemerkt: »Meine Taille ist monströs, denn ich bin klein und habe dicke breite Achseln, einen abscheulich dicken Hintern und Hüften und Bauch, gar keine Brüste ...«

Kein Wunder, dass so einem Monstrum nichts anderes im Leben blieb, als über ein gerade gewachsenes Weib mit Charme und Anmut bösartig herzuziehen. Fett zu werden lag wohl in der weiblichen Linie der hannoverschen Familie, die sich so gern auf die Abstammung von Heinrich dem Löwen berief. Auch die viel gepriesene Schönheit von Lietzenburg litt darunter, dass ihre Taille an Umfang zunahm, und Gesicht und Kinn sich rundeten. Mit einer gewissen Schadenfreude hatte Käthchen sich bei ihrem ersten Besuch in Lietzenburg davon überzeugt.

Wie sich erwies, wirkte Sophie Charlotte in all ihrer hoffärtigen Überlegenheit nicht einmal unsympathisch. Selbstredend musste sie die Etikette und ihr gestelztes Französisch an der klevischen Bürgerstochter erproben. Schön Käthchen hatte ihr das geringe Vergnügen bereitet und getan als verstünde sie nicht, jedoch im besten Holländisch die rechten Antworten gegeben. Sophie Charlotte jedenfalls begriff und plauderte fortan ganz ungezwungen mit ihr. Beinahe ergab sich so etwas wie ein stummes Einvernehmen zwischen ihnen, das selbst nach diesen abscheulichen Krönungsfeierlichkeiten in Königsberg anhielt. Die anstrengende Reise in den kalten Norden missfiel ihnen beiden gleichermaßen. Sophie Charlotte sehnte sich nach der Musik und ihrer Lietzenburg und räsonierte ein ums andere Mal, dass sie der Krönung wegen in diesem Jahr den Karneval in Hannover versäume, und Catharina hätte in Berlin auch angenehmeren Zeitvertreib gefunden als unter den dickblütigen und dickköpfigen Einwohnern dieses unwirtlichen Landstrichs. Nur der Gedanke an Berlin und seine Reize, an ihre Kinder und an ihre prächtigen Räume im Schloss erleichterte ihr die Vorstellung, sich in rüttelnder Kutsche über preußische Schlammwege zurück in die Residenz zerren zu lassen. Zudem genoss sie auf der Reise wie allerorten die Fürsorge des Reichsgrafen Kolbe von Wartenberg.

Ohne Zweifel: Nach dem braven Biedekap war mit Kolbe ein zweiter, ungleich größerer Glücksfall in ihrem Leben eingetreten, ein Gatte, der ihr mehr bot, als sie je zu träumen gewagt hätte. Vom einfachen Oberstallmeister war er aufgestiegen zum ersten Mann im Staat – natürlich nach dem König, doch der tat nichts ohne ihn – und sie damit zur ersten Frau im neuen Königreich Preußen. Catharina Rickers, Freifrau von Aschbach, Reichsgräfin von und zu Wartenberg. Sie sprach den lan-

gen Titel gern aus, hob stolz den rotblonden Schopf dabei und blickte in den Spiegel. Was sie sah, gefiel ihr. Ein zarter Teint, ein wohlgeformtes Gesicht ohne Doppelkinn. Zwei verträumt blickende Augen, von denen manche behaupteten, sie schimmerten grün. Im Schein der Kerzen war das nicht genau auszumachen. Sie wusste, dass sie braun waren. Nicht blaugrau wie bei all den Brandenburger Kühen um sie herum.
Nein, sie durfte zufrieden sein mit ihrem Aussehen. Man sah ihr die einunddreißig Jahre nicht an und nicht die Geburt von immerhin fünf Kindern.

Die Wasserleiche

Schräg gegenüber vom Fahrenholtzschen Haus führte die enge Gasse an der Kirche und am Kirchhof entlang zum Berliner Wursthof und zur Spree. Deren Ufer hatte der Kurfürst in den vergangenen Jahren erhöhen und mit einer starken Holzschälung versehen lassen, um nicht länger dem unerfreulichen Anblick der schlammigen Uferböschung ausgesetzt zu sein, wenn er vom Lusthaus im Lustgarten oder aus den Schlossgemächern herüberblickte. Die Straße, die sich neuerdings auf dieser Schälung hinzog, wurde Burgstraße genannt, und es war die Rede davon, sie mittels einer Laufbrücke mit dem Schlossufer zu verbinden. Andere Pläne sahen vor, die neue Wallstraße flussabwärts über eine weitere Brücke bis auf die Insel mit dem Pomeranzenhaus zu führen.

Christian Fahrenholtz ahnte, dass in den nächsten Jahren eher neue Steuern als neue Brücken zu erwarten waren. Dem Geheimen Rat Kraut, der die königliche Kasse verwaltete, vor allem aber dem wahren Herrscher Brandenburgs und nunmehr Preußens, Kolbe von Wartenberg, würde gewiss etwas einfallen, nachdem jetzt die Kutschen, die Perücken, ja sogar die anhaltende Jungfernschaft eines Mädchens und tausenderlei andere Dinge besteuert wurden.

Christian seufzte. Die unverschämten Steuern würden ihn noch an den Bettelstab bringen. Es ging ungerecht zu in der Welt, wo solche wie der Wartenberg und seine Gräfin täglich reicher und ein ehrlicher und zünftiger Meister immer ärmer wurden. Zudem lag ihm Henriette in den Ohren, wie andere Bürger auch ein neues, zeitgemäßes Haus in der Friedrichstadt zu bauen und das alte, eingezwängt zwischen Judenschul und Henker, wie sie sich ausdrückte, endlich zu verkaufen. Die Gegend gefiel ihr nicht mehr, obwohl seit der kurfürstlich angeordneten Tilgung der Freudenhäuser selbst die nahe Rosenstraße einiges von ihrem schlechten Ruf eingebüßt hatte.

Christian wollte von solchen Plänen nichts hören. Ihm fehlte nicht nur das Geld für einen solchen Bau. Ein Palais hätte es sein müssen, wäre es nach Henriette gegangen, die sich bei solcher Gelegenheit gern ihrer adligen Vorfahren mütterlicherseits entsann. Er hingegen hatte sich im Viertel um die Kirche zum Heiligen Geist gegen manchen Widerstand der Altansässigen seinen Platz als Meister erkämpft und sich einen festen Freundes- und Kundenkreis geschaffen. Er liebte das für Berliner Verhältnisse geräumige Haus mit dem kleinen Garten dahinter, und er liebte die Nähe der Spree. Oft ging er hinunter zum Ufer, und er kannte alle Fischer und die ihn, obwohl sie sich selten genug zum Barbieren bei ihm sehen ließen. Bei den kleinen und größeren Unfällen auf dem Wasser und an Land aber waren sein Rat und seine Erfahrungen öfter gefragt.

Jedenfalls sorgten die Berliner Fischer, die sich den Fang im Unterlauf der Spree mit den Spandauern teilen mussten, während die Cöllnischen oberhalb des Mühlendamms fischten, stets für frischen Fisch im Fahrenholtzschen Speiseplan. Als daher eines regnerischen Vormittags einer der Fischerjungen aus der Burgstraße mit dem Ausruf hereinstürzte: »Meister, Meister, Ihr müsst sofort kommen!«, dachte er zuerst an einen besonders fetten Wels im Netz, bevor ihn das verstörte Gesicht des Jungen eines anderen belehrte.

»Ist jemand zu Schaden gekommen?«, erkundigte er sich. Der Junge nickte heftig und war schon aus dem Haus, ehe Christian noch weitere Fragen stellen konnte. Um den einzigen Kunden, den Wirt der Ruppiner Herberge, brauchte er sich nicht zu sorgen. Der war bei Jakob, der ihm gerade hingebungsvoll den Bart schabte, in besten Händen.

»Du kannst ja nachkommen«, rief er dem Neffen zu und griff nach dem schweren Lederbeutel mit den chirurgischen Gerätschaften. Dass er damit einen Fehlgriff getan hatte, sah er sofort, als er neben dem Haus der Tuchmachergilde am Wursthof das Flussufer erreichte und die lockere Gruppe der dort Herumstehenden ihm bereitwillig Platz machte. Dem Mann, der da in seinen triefenden Kleidern auf dem nassen Boden lag, war mit keinem ärztlichen Besteck mehr zu helfen. Er war tot, wie der unnatürlich zur Seite verdrehte Kopf erkennen ließ, und das vermutlich seit etlichen Tagen. Das verriet der aufgedunsene Leib, den nur ein grobes, zerrissenes Hemd und eine schmierige Hose bedeckten. Um den blanken Knöchel war ein kurzer Strick geschlungen.

Fahrenholtz nahm nicht einmal den schweren Beutel von der Schulter. »Was soll das?«, fragte er ärgerlich. »Seit wann holt man mich zum Kurieren von Wasserleichen? Und noch dazu bei einem solchen Wetter!«

»Entschuldigt, Meister«, antwortete einer der Umstehenden, ein hohlwangiger Mann in der einfachen, vom Regen oder vom Spreewasser durchnässten Kleidung der Fischer. Christian erkannte den Vater des ausgesandten Jungen. Hieß er nicht Rahn? Er zog Christian vertraulich ein Stück zur Seite. »Der ist uns gar nicht weit von hier ins Netz gegangen.«

»Ja – und? Dann verständigt den Schinder. Der ist für die Ersoffenen zuständig, nicht ich.«

»Ich weiß, ich weiß«, murmelte der Fischer Rahn beruhigend und zog Christian noch weiter weg von der Menschenansammlung, die sich trotz des Regens stetig vergrößerte. »Ich wollte, dass ihn jemand sieht, der was von Toten versteht, bevor man ihn verscharrt.«

Christian, der Rahn als einen ruhigen und besonnenen Mann kannte, wurde aufmerksam. »Und weshalb? Glaubst du, es ist etwas nicht in Ordnung mit ihm?«

»Das glaube ich ganz bestimmt! Es ist nicht der erste Tote, den wir im Wasser finden ...«

Christian wischte sich die Nässe aus dem Gesicht. »Es ersaufen immer wieder Leute. Besonders, wenn es noch so kalt ist wie jetzt. Manche springen selber hinein. Das weißt du doch.«

»Natürlich. Aber der hier ist nicht ersoffen.«

»Sieh mal an! Und woran erkennst du das?«

Der Fischer sah sich um, als könne jemand ihr Gespräch belauschen, doch aus der Gruppe um den Toten guckte nur ein langer, zaundürrer Kerl mit narbigem Gesicht herüber, der sich abwandte, als Christians Blick den seinen kreuzte.

»An dem Strick hing einer von den Steinen aus ol' Fietkes Kahn, mit dem das Grundnetz festgemacht wird.«

Christian kannte diese durchlöcherten Steine. »Das ist kein Beweis«, wandte er ein. »Oder meinst du, einer von euch hat ihm den ans Bein gebunden?«

»Das nun ganz gewiss nicht!«, fuhr der Fischer auf. »Keiner von uns kennt den Mann! Und keiner will sich mit so was den Fang verderben.«

Das leuchtete ein. »Ich gucke ihn mir mal an«, sagte Christian nicht sonderlich bereitwillig, doch der Fischer hielt ihn am Ärmel zurück.

»Da ist noch etwas. Wenn einer ersäuft, hat er Schaum vor dem

Maul. Ist Euch das noch nie aufgefallen? Auch wenn sie die Frauen sacken, sieht man es hinterher.«

Es war Jahre her, seit Christian zum ersten und letzten Mal zugeschaut hatte, wie im Festungsgraben an der nahen Spandauer Brücke eine Kindsmörderin in einem selbst genähten Sack ertränkt worden war. Er liebte derlei Schauspiele nicht, die regelmäßig drei, vier Mal im Jahr stattfanden und das Volk anlockten, und er hatte auch damals nicht gewartet, bis der Scharfrichter die Leiche aus dem Sack befreit hatte. Was allerdings die Beobachtung des Fischers anging, so mochte sie wahr sein. Von einem Schaumpilz vor Mund und Nase war auch in medizinischen Werken über den Tod im Wasser die Rede.

Mit wenigen Schritten wandte er sich wieder dem nassen Leichnam zu. Respektvoll machte man ihm Platz, um ihm dann umso dichter auf den Leib zu rücken. Der dürre Kerl, der ihm vorhin aufgefallen war, hielt sich im Hintergrund. Die Weiber aber drängten sich, als könnten sie selbst bei dem schnürenden Regen dem Tod gar nicht nahe genug aufs Gerippe rücken. Wütend pflanzte der Barbier seinen Lederbeutel zwischen ihre Füße.

Ein Gerippe war das allerdings nicht, das da in der Pfütze am Boden lag, eher der Körper eines schwergewichtigen groben Kerls mit starken Armen und kräftigen Händen. Christian hob die Rechte an, von der sich die aufgeschwemmte weiße Haut zu lösen begann. Der Mittelfinger fehlte, der Ringfinger war um ein Glied verkürzt. Christian betrachtete die kurzen, dicken Finger und die Stümpfe. Es handelte sich um alte, längst vernarbte Verletzungen.

An der linken Hand starrten bereits Knochen durch die Haut. Christian griff dem Toten in das borstige, von grauen Strähnen durchzogene Haar und drehte den Kopf so, dass er dem Mann

ins Gesicht sehen konnte. Ein fleischiges, jetzt zusätzlich aufgedunsenes Gesicht mit Bartstoppeln und den Resten eines unsauber gestutzten Bartes unter der auffallend scharfen Nase. Von wem hatte sich der Kerl derart verunstalten lassen?
Christian schaute in die Nasenlöcher. Tatsächlich. Keine Spur von Schaum. Unter dem wollüstigen Aufstöhnen der Zuschauer hob er die Oberlippe des Toten an und entblößte eine unregelmäßige Reihe brauner Zähne. Auch hier kein Schaum. Nur gelbe Sandkörner, wie sie auf dem Grund der Spree vorkommen mochten.
Der Mann war mit Sicherheit nicht ertrunken, aber eine äußere Verletzung fand er nicht. Er wandte sich um. »Habt ihr ihn lange im Netz gehabt?«, wollte er von Rahn wissen. Der hob die Schultern. »Wir sind hier am Wursthof los. Hinter dem Pomeranzenhaus glaubten wir, es wäre ein guter Fang geworden …«
Plötzlich weitete sich der Kreis der Umstehenden wie durch ein Zauberwort. Ein strammer kleiner Mann mit breiten Schultern war die Ursache dafür und für das einsetzende Gemurmel. Jeder kannte ihn, den Meister Martin. Und jeder wusste, wie gut er sein Handwerk beherrschte. Er war kein Stümper wie dieser unselige Regimentshenker von der Garde, der unlängst fünf Hiebe gebraucht hatte, um einen zum Schwert begnadigten Duellanten zu richten.
Der Scharfrichter entblößte sein schadhaftes Gebiss zu einem breiten Grinsen und fragte spöttisch: »Habt Ihr versucht, ihm das Leben wieder einzuhauchen?«
Hinter ihm zerrten seine Knechte den Schlitten heran, der als Schinderkarren diente, und alle wichen noch weiter zurück. Dem Henker und seinen Gesellen wollte niemand nahe kommen. So gern man ihnen das angeblich Glück- und Gesundheit

verheißende Fett der Gehängten oder gar das Blut eines durch das Schwert Gerichteten abhandelte, so ungern zeigte man sich in ihrer Gesellschaft.
Christian erhob sich und schüttelte den Kopf. »Nehmt ihn nur mit«, sagte er ruhig. Er kannte keine Vorbehalte gegen den Schinder, auch wenn der Mann selbst ihm abstoßend erschien. Der tat seine Pflicht und er die seine.
Der Scharfrichter bemühte sich um eine amtliche Miene, was sein Gesicht nicht verschönte. »Zuerst muss ihn der Richter begutachten«, erklärte er wichtig.
Dazu enthielt sich Christian jeder Anmerkung. Der zuständige Richter unterhielt ein stadtbekanntes Brauhaus und verstand von Leichen so viel wie Christian vom Bierbrauen.
»Am besten überlasst Ihr ihn den Doktores zum Anatomieren«, schlug er deshalb vor. Die Mediziner suchten immer nach Leichen, um sie zu sezieren, und möglichst nicht nur die von verhungerten Bettlern. Der Mann sah gut genährt und kräftig aus. Vielleicht fanden sie heraus, auf welche Weise er wirklich zu Tode gekommen war.
Meister Martin nickte unbestimmt und sah sich im Kreis um, während seine Knechte den Leichnam an Schultern und Füßen aufhoben und auf den Karren warfen. »Kennt ihn jemand von euch?«, fragte er mit lauter Stimme. Nur Gemurmel antwortete. Schließlich keifte eine Frauenstimme: »Das ist dieses auswärtige Gesindel, das von überall herbeiströmt! Wer soll sich mit denen auskennen, wenn nicht Ihr!«
Der Scharfrichter blickte mit zusammengekniffenen Augen in die Menge und fand auch richtig die Frau. Er bleckte die Zähne zu einem schauerlichen Grinsen und sagte: »Sieh an! Bist du nicht selber erst vor Jahr und Tag mit deinem Pfälzer Tabakspinner hier angereist?«

Damit hatte er die Lacher auf seiner Seite. Die Frau wurde puterrot, die Umstehenden rückten von ihr ab. Christian, den der Regen allmählich durchnässte, fand es an der Zeit, sich seinen Tagesgeschäften zuzuwenden. Mit einer unbestimmten Handbewegung verabschiedete er sich von dem Fischer. Er nahm seine Tasche auf, da bemerkte er Jakob neben dem Schlitten, in die Betrachtung des Toten versunken.

»Ach, komm schon«, rief er verdrießlich. »Wir vertun hier nur unsere Zeit.«

Jakob aber, als hätte er ihn gar nicht gehört, beugte sich über den Toten und starrte dem ins Gesicht, ja strich ihm sogar über Nase und Mund, bis endlich der Schlitten sich schlurrend in Bewegung setzte, in gehörigem Abstand noch immer von Neugierigen umgeben. Der zaundürre Kerl mit dem narbigen Gesicht war nicht mehr darunter.

Ganz in Gedanken versunken sah Jakob dem traurigen Zug hinterher.

»Was stehst du wie die Gans wenn's donnert?«, fuhr Christian ihn an. Seit der Junge vor einigen Tagen vermutlich in eine Schlägerei geraten war, gefiel er ihm nicht. Maulfaul und stur behauptete er auf Nachfragen, er wäre gestürzt …

Die Menge, soweit sie nicht dem Schlitten folgte, hatte sich verlaufen. Nur der Fischer Rahn versuchte noch einmal, Christians Aufmerksamkeit auf sich zu ziehen. »Ich sage Euch, jemand hat ihn erschlagen und erst dann ins Wasser geworfen!«, beharrte er.

Immerhin war Christian als ein rechtschaffener Mann bekannt, der schon mancherlei Merkwürdigkeit aufgeklärt und dabei – doch davon ahnte der brave Fischer nichts – manchen bösen Hieb eingesteckt hatte.

»Wenn man wüsste, um wen es sich handelt«, sagte er deshalb

beruhigend, »ließe sich etwas unternehmen. Aber so ...« Er hob bedauernd die Schultern und versetzte Jakob einen aufmunternden Stoß. »Die Arbeit wartet ...«

»Ich habe ihn schon einmal gesehen«, rief der Fischer ihnen unsicher hinterher. »Wenn ich nur wüsste, wo ...«

»Kanntest du ihn?«, fragte Jakob, als sie endlich im Trockenen angekommen waren und die Nässe aus den Kleidern schüttelten. Christian war dafür bekannt, jeden wieder zu erkennen, den er einmal unter seinem Messer gehabt hatte. Oder dem er einmal bei einer besonderen Gelegenheit begegnet war.

»Und du?«, fragte Christian statt einer Antwort zurück, und da Jakob sich abwandte, setzte er sofort nach: »Woher kanntest du ihn?«

Das war das Schlimmste an diesem Onkel: Er durchschaute einen. Jakob druckste herum und wusste, dass es wenig Zweck hatte, sich zu verstellen. »Ich glaube, ich bin ihm einmal begegnet.«

»Aber du warst es nicht, der ihm den Bart gestutzt hat?«

Das wiederum war das Gute an Christian: Er nahm die Dinge nicht zu ernst. Denn dass kein Barbier dem Toten unter der Nase herumgesäbelt hatte, war so klar wie das Wasser aus einem besseren Brunnen als sie in Berlin gemeinhin üblich waren.

Eifrig ging Jakob auf die Ablenkung ein: »Wahrscheinlich trug der Kerl zu Lebzeiten einen Schnauzbart, und jemand wollte verhindern, dass man den Toten erkennt.«

»Richtig. Und wo ist dir dieser Mann mit dem Schnauzbart begegnet?«

Glasemann, der Geselle, der vom auswärtigen Barbieren zurückkehrte, enthob ihn einer Antwort, indem er sich beim Eintreten das Wasser vom Hut schüttelte und mit dröhnender

Stimme ausrief: »Es regnet und regnet! Kein Wunder, dass schon wieder ein Christenmensch ersoffen ist!

Der Freitag war ein guter Tag in der Barbierstube. Gegen Mittag hörte es auf zu regnen und die Aprilsonne wärmte zum ersten Mal. Da der Oheim zu einem Armbruch beim Seiler gerufen wurde und lange ausblieb, waren Glasemann und Jakob unaufhörlich beschäftigt. Jakob, beim Rasieren schon fast so schnell wie der Geselle, der in Abwesenheit des Meisters gern eine Pause einlegte, um mit erhobenem Messer seine Weisheiten von sich zu geben, tat sein Bestes, doch immer wieder liefen ihm die Gedanken davon.

Natürlich hatte er den festen Willen gehabt, auf den Oheim zu hören. Nur – was hatte es mit dem Mann und der Grube im Judengarten auf sich? So viel war sicher: Bei dem Toten handelte es sich um denselben Mann, dessen Nase er in jener Nacht unter seiner Handfläche gespürt und dem inzwischen jemand auf sehr unsachgemäße Weise den Schnauzbart gestutzt hatte.

Was ergab sich daraus? Hatte man ihn als lästigen Zeugen niedergeschlagen und wahrscheinlich auch zu entführen versucht, weil er dem heimlichen Begräbnis im Judengarten auf die Spur gekommen war? Zweifellos hatte ihn Rahel gerettet. Danach hatten die Spitzbuben nicht mehr gewagt, den Toten an der alten Stelle zu verscharren, sondern sich des Leichnams in der Spree entledigt. Damit wiederum war klar, dass es sich um eine ganze Bande handeln musste. Um einen so schweren Körper zum Spreeufer zu befördern, waren mindestens zwei oder drei Männer notwendig.

Ihm zitterten nachträglich die Hände, als er an seine todesmutige Grabung im Judengarten dachte. Was hätten die Räuber – denn um wen anders als eine Räuberbande konnte es sich handeln – ohne Rahels Dazwischentreten mit ihm gemacht? Ihn gleich dem Schnauzbärtigen in die Spree geworfen? Aber der hatte keinen Sack über den Kopf getragen …

»Was ist heute mit dir?«, schnauzte ihn der Maurermeister Keitel an, dessen feiste Wangen er gerade unter dem Messer hatte. »Du zitterst und zagst, als bekäme dir das Saufen nicht! Warte damit gefälligst bis zum Blauen Montag!«

Sofort meldete sich Glasemann. »Bei den Barbieren gibt es keinen Blauen Montag. Aber es täte gut, wenn Ihr beim Meister diesbezüglich ein Wort einlegen wolltet.«

Er lachte meckernd über seinen Witz, den der Maurer gar nicht komisch fand. Dem bereitete die alte Handwerkertradition bei den eigenen Gesellen genug Ärgernis. »Nichts ist's vorläufig mit dem versoffenen Montag!«, grollte er. »Bis zur großen Entrée Seiner Majestät wird jede freie Stunde gearbeitet! Ohne Ausnahme. Und du sieh zu, dass du fertig wirst, ohne mich zu verschandeln. Man möchte beim Ball heute Abend schließlich eine gute Figur abgeben!«

Eine unerwartete Begegnung

Henriette Fahrenholtz ging abends selten aus dem Haus. Und allein schon gar nicht. Dazu waren die Verhältnisse auf den Berliner und Cöllner Straßen zu unsicher, und weiter kam man der Torwachen wegen ohnehin nicht. An diesem Abend aber hatte sie sich bei ihrer Schneiderin verplaudert, einer überaus gefälligen, leider mit einem Klumpfuß behafteten Französin, der sie den Weg in die Spandauer Straße nicht zumuten wollte. Deswegen war sie mit der zehnjährigen Luise hinüber zum Friedrichswerder gegangen. Bei all ihren Vorbehalten gegen die Reformierten war Henriette nicht so beschränkt in ihren Ansichten, die geschickte Handwerkskunst der Zugewanderten und ihren Geschmack bei der Fertigung und Auswahl feiner Tuche zu leugnen. Diese Mademoiselle Charlène war in jeder Beziehung eine Perle, und noch dazu eine, der die Religion nicht sonderlich nahe ging, so dass es bei ihren langen Gesprächen nie zu Streitigkeiten kam. Luise wühlte derweil verzückt in den Tuchen und zwischen den Bändern und Knöpfen, ohne dass ihr die Zeit lang wurde.

Im Übrigen schätzte Henriette ebenso wie der Lehrjunge Jakob die Möglichkeit, ihr Französisch kostenlos ein wenig zu vervollkommnen. Auch die Töchter erhielten inzwischen Sprachunterricht. Außerdem erfuhr man im Haus von Charlène allerlei über die französische Kolonie, also auch über die Coulards, mit denen Jakob in Verbindung stand. Die alte Ly-

nette galt als die reiche Erbin eines beträchtlichen Vermögens, das im Wesentlichen aus Grundbesitz bestand und nach ihrem Tode zweifellos auf die Nichte Florine übergehen würde.
Das vernahm Henriette mit Genugtuung. Nichts war ihr mehr zuwider, als sich ein Leben in Armut vorzustellen, obwohl sie sich wahrlich nicht für Jakobs späteres Auskommen verantwortlich fühlte. Sie mochte den Jungen, und sie gönnte ihm seine hoffentlich harmlose Liebelei mit der Französin, die ihn von Maries fleischlichen Verlockungen fernhielt. Die bereiteten ihr schon eher Sorgen. Ihrem Christian glaubte sie diesbezüglich trauen zu dürfen. Außerdem wusste Marie, dass Henriette in dieser Frage keinerlei Spaß verstand. So ein junger Mensch wie Jakob jedoch blieb gefährdet, und irgendwo, so hieß es jedenfalls, musste sich ein baumlanger Kerl wie er bekanntlich die Hörner abstoßen. Von ihrem Christian hatte sie vergeblich versucht zu erfahren, wann und wo das bei ihm der Fall gewesen sein mochte.
Bei derartigen Fragen redete er sich gern ganz allgemein mit seinen Wanderjahren und den dabei gewonnenen Erfahrungen heraus, die ihn ja schließlich befähigten, ein erfolgreicher Barbier und Chirurg zu sein und einen guten Blick für mancherlei andere Dinge zu haben.
Genau dieser besondere Blick bereitete ihr Unbehagen und hatte ihn oft genug in Schwierigkeiten gebracht. Geschah etwas Unerwartetes oder Unerklärliches in der Gegend, holte man sich unweigerlich bei Christian Fahrenholtz Rat und Hilfe, als gäbe es keinen Aufseher im Marienviertel und keine neue Polizeidirektion auf dem Schloss. Sprach sie ihn darauf an, so lachte er und schloss sich dem allgemeinen Spott über die nichtswürdigen Beamten an. »Wie sollte es anders sein in einer Stadt, in der man den Bock zum obersten Gärtner erhebt …«, war

seine Antwort. Da blieb ihr nichts, als ihn vor den möglichen Folgen seiner losen Reden zu warnen.
Diesmal jedoch, als sie von der Wasserleiche hörte, hatte sie ihn sofort nachdrücklich ermahnt, an seine Frau und die minderjährigen Töchter zu denken und sich nicht erneut in Angelegenheiten zu verwickeln, die ihn wahrhaftig nichts angingen. War es nicht schlimm genug, dass Jakob sich in nächtliche Abenteuer verstrickte und mit blutigem Kopf heimkehrte? Sollte sich Christian gefälligst um dessen Wohl kümmern und ihm den Kopf gehörig zurechtrücken!
So weit war sie in ihren Überlegungen gelangt, ohne dass die zurückhaltende Luise sie mit einem Laut gestört hätte. Sie schien glücklich darüber, so spät noch auf der Straße zu sein und blickte ehrfürchtig um sich, während sie an Henriettes Hand den Schlossplatz mit der mächtig aufragenden neuen Schlossfassade überquerten. Die weiß schimmernde Lange Brücke vermittelte ihnen trotz der herrschenden Dunkelheit ein Gefühl von Sicherheit, dass sich auch in der mäßig beleuchteten Georgenstraße nicht verlor. An der Ecke, wo der Rathausturm aus der Straßenfront heraustrat, bogen sie in die Spandauer Straße ein. Die Laternen vor jedem dritten Haus verbreiteten vorschriftsmäßig ihren trüben Schein. Dennoch beschleunigten sie ihre Schritte, gönnten der ewigen Flamme beim Lampenschmidt, die zusammen mit einem steinernen Sühnekreuz an einen erschlagenen und längst vergessenen Bischof gemahnte, keinen Blick und hatten schon fast die nächste Gasse erreicht, als ihnen aus eben dieser Büttelgasse eine breitschultrige, füllige Gestalt entgegenkam, ja ihnen nach kurzem Stutzen direkt in den Weg trat.
Henriette erschrak zu Tode und hielt die Kinderhand eisern fest. Der Mann trug einen Degen, wie unschwer zu erkennen

war, was sie wiederum ein wenig beruhigte, konnte es sich doch um keinen ganz gewöhnlichen Bürger oder Halsabschneider handeln. Dem gemeinen Mann war das Tragen einer Waffe seit Jahren nicht mehr erlaubt.

Sie wollte ausweichen, doch er hielt beharrlich auf sie zu. Bereit, einen Hilferuf auszustoßen, nahm sie gerade noch wahr, dass er den Hut vom Kopfe hob und ausrief: »Henriette, mein Mädchen! Ja, willst du mich denn nicht mehr kennen?«

Das wollte sie in der Tat nicht. Mehr als zwölf Jahre hatte sie es vermieden, Matthes von Retzlow, dem Neffen ihrer Mutter, über den Weg zu laufen. Dass er inzwischen zum Kammerherrn bei Hofe aufgestiegen war, wusste wie wohl, und ebenfalls, dass man seinen Namen selten in Ehrfurcht, häufiger hingegen mit der gleichen Abneigung wie die der meisten Hofschranzen nannte. Aber nicht allein deshalb wäre sie wohl auch bei Tage an ihm vorbeigelaufen, ohne ihn zu erkennen, war doch aus dem einst wohlgestalteten jungen Mann, mit dem sie gern gelacht und ein wenig geschäkert hatte, inzwischen ein schwergewichtiger Herr in mittlerem Alter mit einem breit aufgedunsenen Gesicht geworden, den der Geruch von Tabak und Branntwein umwehte.

Anscheinend war er bei Hofe seinem Hang zum reichlichen Essen und Trinken vollends verfallen.

»Guten Abend, Matthes«, sagte sie denn auch nur. »Verzeih, aber wir sind in Eile.«

»Wir haben uns in diesem Jahrhundert noch nicht gesehen!«, dröhnte er. »Wohl nicht einmal im letzten! Da wird man doch ein Wort miteinander reden können, liebe Cousine. Und dein reizendes Töchterchen – weshalb hast du es mir nie vorgestellt?«

»Wir haben zwei Töchter. Das ist Luise.«

Schwerfällig sank Matthes in die Knie, um der Kleinen ins Gesicht zu schauen. Die wandte sich schüchtern, aber wohl auch abgestoßen von Matthes Dunstwolke, an Henriette: »Wer ist der Herr, Mutter?«
Matthes stippte ihr den dicken Zeigefinger ins Gesicht. »Ich bin der Neffe deiner Großmutter. Ein naher Verwandter, sozusagen. Und von deiner Mutter natürlich auch. Weißt du, dass ich sie mal heiraten wollte?«
»Matthes!«, mahnte Henriette. »Red dem Kind nicht solche Narrenpossen ein.«
»Es ist die blanke Wahrheit, wie du weißt. Der verfluchte Barbier hat dich mir weggeschnappt!«
Darauf sagte Henriette nur spitz: »Komm, Kind, wir müssen nach Hause.«
»Entschuldige.« Mühsam richtete Retzlow sich wieder auf. »Ich habe nichts gegen ihn. Aber ich wünschte, ich könnte einmal in Ruhe mit dir reden. Vielleicht wollen deine Töchter ja einmal das Schloss sehen.«
Er wandte sich wieder dem Kind zu. »Möchtest du das?«
Luise schaute fragend zu ihrer Mutter auf, bevor sie zaghaft nickte.
»Na, siehst du!«, triumphierte Matthes. »Ich werde euch alles zeigen. Selbst die Gemächer des Königs.«
»Ist dort wirklich alles aus Gold?«, wollte Luise wissen.
»Fast alles«, bestätigte Matthes. »Du wirst staunen!«
»Sie muss ins Bett!«, mahnte Henriette.
»Nicht bevor du mir in die Hand versprichst, dass wir uns im Schloss sehen. In deinem Haus bin ich wohl kaum willkommen.«
Du wirst wissen, weshalb, dachte Henriette, doch sie sprach es nicht aus. Was hatte es für einen Sinn, auf nächtlicher Straße

mit ihm zu streiten. Woher kam er überhaupt um diese Zeit? Gewiss aus einer Bierschenke, so wie er roch.
Als hätte Matthes ihre Gedanken erraten, spottete er: »Und ihr wohnt immer noch beim Henker ums Eck!«
»Hast du den besucht?«, fragte Henriette im gleichen Ton zurück.
Früher hatten sie oft solche Wortgefechte miteinander geführt. Da hatte ihre Mutter noch gelebt, und der Herr von Wedell, die beide eines schrecklichen Todes gestorben waren. Und Christian hatte herausgefunden, wer der letzte, nächtliche Besucher im Hause von Wedells gewesen war: Matthes von Retzlow.
»Komm jetzt!«, sagte sie ungewohnt barsch zu Luise und zog sie um Retzlow herum.
»Ich hoffe, es ergeht dir wohl mit deinem Barbier«, sagte der noch ein wenig hilflos hinter ihr her. Und als sie schon einige Schritte entfernt war, rief er: »Sag ihm, es ist besser, die Nase nicht so tief in fremde Häuser zu stecken! Das gilt auch für seinen langen Lehrjungen!«

Christian hört auf seine Frau

Der unermüdlichen Ratschläge seiner treu sorgenden Gattin eingedenk, war Christian fest entschlossen, sich nicht um den Toten aus der Spree zu kümmern. Ebenso wollte er dem Neffen seine Geheimnisse belassen. Sollte man dem seiner Florine wegen bei irgendeinem Liebeshändel eins ins Genick versetzt haben, so musste er es als eigene schmerzhafte Erfahrung verbuchen. Außerdem schien Marie die Medizin dagegen zu kennen. Worüber ihm schon wieder Henriette in den Ohren lag, die gleich das Schlimmste befürchtete, seit die dralle Magd allzu viel Gefallen an der Bohnenstange Jakob zeigte.

»Du weißt, wie viele Mägde in dieser sittenlosen Stadt alljährlich mit einem Bastard niederkommen!«, klagte sie. »Sprich du mit Jakob. Sonst muss ich es tun.«

»Ja, ja«, versprach ihr Christian und vergaß es im nächsten Augenblick, plagten ihn doch ganz andere Sorgen. Das Geschäft lief nur selten so gut wie an diesem Freitag – Geld war ansonsten knapp. Natürlich wäre es ein Leichtes gewesen, Henriette darum anzugehen, doch war er dessen Leid. Sie stopfte heimlich ohnehin manches Loch in der Kasse, wie er sehr wohl wusste. Die Steuern fraßen ihn auf, und die Königs-Entrée warf ihre Teuerungs-Schatten voraus. Den Leuten saß das Geld nicht mehr so locker wie noch ein Jahr zuvor. Und wo sparten sie zuerst? Beim Barbier. Zwar versprachen die angekündigten Festtage auch seinem Gewerbe manchen Gewinn – bis dahin aber zogen noch einige magere Wochen ins Land, in denen die Menschen andere Sorgen bewegten als Frisur und Barttracht. Bis dahin würde er wohl oder übel einmal mehr beim Juden Geld borgen müssen. Bei der Gelegenheit konnte er gleich unauffällig erkunden, was es mit dem verdächtigen Mann in Loebs Garten auf sich haben sollte.

In der Abenddämmerung machte er sich auf den Weg. Es war ihm nicht gelungen, einen Vorwand zu erfinden, um das Haus zu verlassen, zumal er Henriette nicht gern anlog. Während sie oben die Mädchen zu Bett brachte, murmelte er undeutlich etwas von einem kurzen Gang nach draußen und verschwand eilends, bevor ihn jemand nach seinen Absichten fragen konnte.

Das Haus des Juden lag nur um die Ecke in der Büttelgasse, die seit einiger Zeit Am Spandauer Tor hieß. Unglücklicherweise lehnte ausgerechnet Meister Martin in seiner Tür und grüßte respektvoll.

Christian erwiderte den Gruß und blieb für einen Augenblick bei ihm stehen. Auch der Scharfrichter, froh einmal einen Zuhörer gefunden zu haben, lamentierte über die schlechten Zeiten. Dabei schien das Jahr für ihn ganz aussichtsreich zu werden, hatte er doch gleich nach Neujahr einen Malefikanten enthauptet, den Körper auf das Rad gelegt und den Kopf oben aufgenagelt. Ein schönes Stück Arbeit, wie er Christian mitteilte, das nur ein-, zweimal im Jahr vorkäme, denn meist blieb es jetzt beim einfachen Enthaupten oder Hängen des vielen Diebsgesindels, wie jenes Kutschers etwa, der von des Markgraf Christian Ludwigs Kutsche die güldenen Fransen abgeschnitten und zu verhökern versucht hatte. Was seien das für Zeiten! Man munkelte, der König wolle ein Edikt erlassen, die gemeinen Hausdiebe der Abschreckung wegen gleich vor der

Stätte ihrer Untat zu hängen, ohne dabei zu bedenken, welche zusätzliche Arbeit die jedes Mal notwendige Errichtung eines festen Galgens bedeute. Mit dem alten Hochgericht vor dem Georgentor jedenfalls wäre es wohl bald vorbei, an der Rosenthaler Landwehr habe man schon einen neuen Platz bestimmt, wohin er umziehen solle. Wie aber sollte er von dort aus ein Auge auf all das Hurengesindel haben, das sich entgegen kurfürstlichem und nunmehr königlichem Dekret in den infamen Kellerwirtschaften, Tee-, Kaffee- und Spielhäusern breit machte, und dessen Zahl nicht abnehmen wollte. Dabei hatte er, Meister Martin, allwöchentlich die aufgegriffenen liederlichen Weibspersonen mit Staupenschlägen zu strafen und mit auf den Rücken gebundenen Ruten durch die Gassen hinaus zum Tor zu führen. Im Vorjahr habe man gar eine Kindesentführerin mit dem Staubbesen und dem Brandmal auf dem Rücken abgelohnt und nackend in der Feldmark sitzen lassen.
Das alles erzählte der Meister in einem Fluss und mit zunehmendem Behagen, während Christian stumm dazu nickte. »Das allgemeine Übel ist zu tief eingewurzelt und schwer zu vertilgen«, sagte er schließlich, worauf Martin eifrig nickte und ihn mit einer weiteren Neuigkeit bedachte: »Habt Ihr gehört, dass die Juden eine Synagoge bauen wollen? Der König hat angeblich schon zugestimmt.«
»Nun, warum nicht ...«, sagte Christian. »Der Raum beim Liebmann in meinem Nachbarhaus ist ihnen zu eng geworden.«
»Weil es so viele sind!«, erwiderte Meister Martin gehässig. »Es sollen schon ihrer tausend sein, die meisten ohne kurfürstlichen Schutzbrief. Wisst Ihr, wo die bauen werden?«
Mit ausgestreckter Hand wies er über die Gasse auf einen freien Baugrund zur Rosenstraße hin. »Gerade hier, vor unserer Nase!«

Daran konnte Christian nichts Böses finden. Besser ein jüdisches Bethaus als eine weitere übel beleumdete Wirtschaft, wie sie sich überall ausbreiteten. Aber das mochte der Scharfrichter anders beurteilen, dem die arge Kundschaft solcher Häuser das Brot einbrachte.

»Da fällt mir ein«, sagte Christian, ohne auf die jüdischen Baupläne einzugehen, »habt Ihr die Wasserleiche den Doktoren ausgeliefert?«

Das Thema schien Meister Martin wenig zu behagen. »Das sind so Neuerungen!«, entgegnete er missmutig. »Ein solcher Leichnam gehört auf den Schindanger. Der Mohr, der sich im Juni bei den Werderschen Mühlen ersäuft hat, liegt auch beim Galgen begraben.«

»Vielleicht hat dieser Mann sich gar nicht selbst ersäuft ...«, gab Christian zu bedenken.

»Das ändert nichts. Er war ein Fremder, Hergelaufener. Niemand hat ihn gekannt. Die Herren Medici werden auch nichts anderes herausfinden.«

»Wer weiß ...«, sagte Christian leichthin. Allmählich hatte er genug von Martins Räsonieren. Aber der war nun einmal in Fahrt geraten. »Die Hure, die unlängst mit dem Soldaten von der Gräflich Lippischen Kompanie in ihrem Keller tot aufgefunden wurde – was haben sie bei deren Anatomie aufgeklärt? Dass sie und ihr Beischläfer an schlechten Gasen vom Kohlefeuer erstickt waren! Das konnten sie auch an den beiden Überlebenden studieren, ohne sie gleich aufzuschneiden.«

»Vielleicht habt Ihr ja Recht«, stimmte Christian wider besseres Wissen zu. »Aber die medizinische Wissenschaft muss derlei erforschen.« Und bevor Martin zu einem neuen Wortschwall ansetzen konnte, fügte er hinzu: »Ich wünsche Euch dennoch einen schönen Abend«, und setzte sich in Bewegung.

Der Scharfrichter dankte brummig und blickte ihm unverwandt hinterdrein, so dass er es vorzog, am Haus des Juden vorbei bis an die Ecke zu spazieren, wo die Rosenstraße zur Spandauer Brücke führte und sich der blind endende Bullenwinkel in das Dreieck der Häuser hineinschob. Ein stabiler Plankenzaun hinderte den Blick auf die Gärten und Hintergebäude.
Christian ging die paar Schritte zur Wallstraße hinüber, bevor er sich umwandte. Es war jetzt beinahe dunkel, und er hoffte, dass der Henker nicht den ganzen Abend vor der Tür verbringen würde. Den brauchte er wirklich nicht als Zeugen für seinen Besuch bei Veitel Loeb.
Loebs Haustür öffnete sich sofort, obwohl er nur zurückhaltend angeklopft hatte. Im Schein einer Kerze erkannte er eine junge Frau, die ihn überrascht musterte.
»Ist der Herr Loeb zu sprechen?«
Ihre dunklen Augenbrauen hoben sich. »Es ist Schabbat ...«, sagte sie befremdet.
»Mein Gott, ja. Freitagabend. Bitte entschuldigt die Störung.« Christian wandte sich zum Gehen, doch sie hielt ihn zurück. »Der Tate wird es nicht mögen, wenn ich Euch gehen lasse. Kommt herein.«
»Nein, nein. So wichtig ist mein Anliegen nicht.« Soweit er wusste, nahmen die Juden ihren Sabbat sehr ernst.
Sie aber zog ihn in den Flur und von dort die Stufen hinauf ins Zimmer. Christian zögerte noch immer. »Ich komme gern ein andermal wieder ...«, sagte er, doch die schmale junge Frau widersprach ihm. »Der Vater kommt gleich aus der Synagoge. Als ich Euch klopfen hörte, dachte ich, er sei es.«
Sie bot ihm einen Stuhl an und ging zur Tür. Von dort her sah sie ihn aufmerksam an. »Wie geht es Eurem Brudersohn?«, fragte sie plötzlich.

Christian glaubte, nicht recht gehört zu haben. »Ihr kennt Jakob?«, fragte er erstaunt zurück.
Im Haus rief eine weibliche Stimme nach Rahel. Sie verschwand mit einer entschuldigenden Geste. Bald darauf klopfte es an die Haustür. Diesmal war es Veitel Loeb, den der abendliche Besucher nicht zu überraschen schien. Was er von Loeb wollte, wusste der ohnehin. Wer zu ihm kam, brauchte Geld. Er versetzte entweder ein Pfand oder er lieh es gegen Zinsen. Wucherzinsen wie man wusste. Aber jeder zahlte sie, und Loeb war kein Halsabschneider. Allerdings hatte Christian seine Schulden bisher immer pünktlich bezahlt. So wurden sie sich schnell einig. Es ging nur um dreißig Taler, und da durfte Loeb zwölf Prozent verlangen, ließ sich aber auf zehneinhalb herunterhandeln, bevor er ging, das Geld zu holen. Es dauerte einige Zeit, bis er wiederkam.
»Habt ihr keine Angst, dass man Euch berauben könnte?«, fragte Christian, während ihm der Jude die Taler vorzählte.
Der runzelte die Stirn. »Bis jetzt hat mein Sohn bei uns gelebt. Da war es einfach. Aber er ist gegangen nach Frankfurt, um zu heiraten.«
Christian unterschrieb das Papier, das Loeb ihm hinschob und verstaute den Beutel mit den Münzen unter dem Gürtel. »Wird in Frankfurt auch so viel gestohlen wie in Berlin?«, fragte er.
Loeb lachte, doch es klang nicht fröhlich. »Euer Brudersohn ist ein großer, kräftiger Mensch«, sagte er dann ganz überraschend. »Geht es ihm wieder gut?«
Christian war genauso überrascht wie von der Bemerkung Rahels, ließ es sich aber nicht anmerken. Was hatte Jakob mit den Juden zu schaffen?
»Woher kennt Ihr ihn?«, fragte er harmlos. »Und woher wisst Ihr, dass er – krank war?«

Loeb wiegte den Kopf und lächelte verbindlich. »Man hört so manches …«, sagte er unbestimmt. »Es war wohl nur ein kleiner Schaden, glücklicherweise.«
Dunkel begann Christian einen Zusammenhang zu ahnen. »Ist er etwa in Eurem Garten – gestürzt?«, fragte er.
Loeb hob die Schultern. »Nu, was für ein Garten … Ein Stück unnützes Land hinter dem Haus. Überall nur Schatten und der Scharfrichter gleich nebenan …«
»Ich weiß, dass Jakob manchmal über Euren Zaun gestiegen ist. Und in jener Nacht ist er dort auf einen Mann getroffen, nicht wahr?«
»Davon weiß ich nichts.« Loebs Stimme klang jetzt ablehnend. »Oder meint Ihr diesen Schnauzbärtigen, nach dem er fragte?«
Also doch! Erregt trat Christian einen Schritt auf Loeb zu und packte seinen Arm. »Sagt das noch einmal! Ein Schnauzbärtiger? Ein kräftiger Mann von vielleicht fünfunddreißig, vierzig Jahren?«
Der Jude entzog sich ihm. »Was weiß ich«, entgegnete er unwillig. »Wenn Ihr ihn so genau kennt, dann wisst Ihr mehr als ich.«
»So einen haben die Fischer vor drei Tagen tot aus der Spree gezogen. Unten am Wursthof. Gar nicht weit von hier.« Er beobachtete den Juden. Den schien die Neuigkeit kaum zu berühren. »Der Scharfrichter muss ihn hier vorbeigeschleppt haben«, fügte er hinzu.
»Ja, ja«, sagte Loeb mit einer ungewissen Handbewegung. »Es ist keine sehr angenehme Nachbarschaft. Aber ich war froh, dass ich dieses alte Haus mit dem schönen Keller kaufen konnte. Und diesem …«, er hob die Handflächen in die Luft, »Garten … Ich gehe nie dorthin.«
»Auch nicht an jenem Abend, als Jakob – zu Fall kam?«

Loeb schaute ihn an und sah plötzlich müde aus. »Auch da nicht«, sagte er ablehnend. »Das ist mehr als eine Woche her. Ich weiß wirklich nicht, was Eurem Jakob widerfuhr an jenem Abend. Und jetzt entschuldigt mich bitte.«
Christian war noch längst nicht fertig mit seinen Fragen. Doch was blieb ihm anderes übrig, als sich höflich zu verabschieden. Mit dem sicheren Gefühl, dass der Jude ihm etwas verschwieg, trat er auf die dunkle Gasse.
In Gedanken versunken bog er in die Spandauer Straße ein. Vom alten Tor her näherten sich laute, von einem gleichmäßigen Tacken begleitete Schritte. Christian wartete, bis die herannahende Wache ihm den Wachtspieß fast auf den Fuß setzte.
»Guten Abend, Kunz«, grüßte er. Den jüngeren Wächter kannte er nicht. »Scheint heute sehr ruhig zu sein.«
»Guten Abend, Meister«, erwiderte der alte Mann. »Unsereins weiß nie, was einem im Verlauf der Nacht noch begegnen wird.« Er stützte sich auf den Stiel seiner Pike. »Und was uns der Mai bescheren soll … Es heißt, in Königsberg wäre der Wein aus Brunnenröhren geflossen und man hätte Dukaten unters Volk gestreut!«
Christian kramte eine Münze hervor und drückte sie dem Alten in die Hand. »Ich hoffe, Ihr habt weiter ein wachsames Auge auf mein Haus.«
Blitzschnell verschwand das Geld unter Kunz' weitem Umhang. »Wir sehen alles!«, prahlte er. »Ihr könnt ganz ruhig schlafen, Meister Fahrenholtz.«
Christian klopfte ihm auf die Schulter. »Das hoffe ich, Kunz. Vielleicht sind euch vor gut einer Woche einige Leute aufgefallen, die hinunter zum Wursthof gingen?«
Kunz schüttelte den Kopf. »Das ist nicht mehr unser Viertel«, erklärte er eigensinnig.

»Einer davon war sicherlich betrunken. Ein Kerl mit einem Schnauzbart …«

Der Jüngere, der bisher geschwiegen hatte, flüsterte dem Alten etwas zu, und der besann sich. »Meint Ihr die Kerle, denen wir in der Wallstraße begegnet sind?«

»Was waren das für Leute?«

»Sie haben höflich gegrüßt. Aber ich kannte keinen davon. Und Tobias auch nicht, oder?«

Der Jüngere schüttelte den Kopf. »Trotzdem waren sie seltsam«, sagte er.

»Erinnert Ihr euch, wann es gewesen ist?«

Die beiden sahen sich an. »Nicht am Sonnabend oder Sonntag«, meinte Kunz. Der andere stimmte ihm zu.

»Und einer der Männern trug einen Schnauzbart?«

Kunz schüttelte den Kopf. »Das wäre mir aufgefallen. Obwohl es dunkel war, und am Wall brennt keine Laterne.« Er dachte ein Weilchen nach, was ihm nicht leicht zu fallen schien, und schüttelte noch einmal den Kopf.

»Wie viele waren es?«, fragte Christian gespannt.

Der Alte rechnete an seinen Fingern und sagte schließlich: »Drei. Und der Anführer.«

»Zwei, die den Dritten in der Mitte stützten«, bestätigte sein Kumpan. »Einer davon war ein langer Kerl, der aussah wie ein Galgenstrick. Der andere war eher ein Zwerg.«

»Zuerst habe ich gedacht: Was die wohl im Schilde führen?«, ergänzte Kunz. »Aber der mit dem Dreispitz und der struppigen Perücke hat es mir erklärt.«

»Ihr habt mit ihm gesprochen?«

»Der hatte einen Vollbart«, erinnerte sich Kunz. »Er sagte, sie müssten ihren Kumpan ein bisschen abkühlen, er hätte zu viel vom guten Bernauer Bier genossen.«

»Hat der Mann Euch Geld gegeben?«

Darauf antwortete Kunz nur mit einem Brummen und einer undeutlichen Geste. »Glaubt Ihr, wir ließen uns bestechen?«

Das glaubte Christian allerdings. Er förderte eine weitere Münze zutage und schob sie in Kunz' Hand. »Natürlich nicht«, sagte er im Brustton der Überzeugung. »Aber jede Wachsamkeit ist ihres Lohns wert.«

Kunz blickte ihn unsicher an, ließ das Geld jedoch genauso schnell verschwinden wie zuvor. »Weshalb wollt Ihr das alles wissen?«, fragte er.

»Du sagst, es waren Fremde. Ein solcher hat bei mir eine Rechnung offen. Ein kräftiger, schnauzbärtiger Geselle. Doch vielleicht hat er den Bart längst abgenommen.«

Kunz nickte. »So genau kann man Gesichter im Dunkeln nicht erkennen«, meinte er bedauernd. »Der Betrunkene hing zwischen ihnen wie ein Sack. Die beiden sind weiter mit ihm, während wir redeten …«

»Wohin sind sie gegangen?«

Der alte Kunz hob die Schultern. Tobias aber wies mit der Hand nach links. »Die Wallstraße runter.«

Nun guckte Kunz ebenfalls in die angegebene Richtung. »Ist nicht mehr unser Viertel.«

»Was glaubst du, wo die drei geblieben sind?«, wandte sich Christian an Tobias.

»In der nächsten Schenke, wenn Ihr mich fragt. Hier überall gibt es irgendwelche Keller oder Spielhäuser.«

Kunz stieß seinen Gefährten an. »Wir müssen weiter.«

»Wie sah der Betrunkene aus?«, wollte Christian wissen.

»Ihr fragt mehr als unser Kommissarius«, sagte Kunz und packte seinen Spieß. »Komm, Tobias. Wir haben unseres Amtes zu walten.«

»Groß war er nicht«, meinte Tobias noch, dann entfernten sie sich gemessenen Schritts, die Spieße bei jedem zweiten Tritt aufsetzend. Christian sah ihnen nach, bis sie in die Papenstraße einbogen.
Er machte sich seine eigenen Gedanken über den Verbleib des dritten Mannes. Die ungepflasterte Wallstraße führte am Koschembarschen Lazarett vorbei zum Spreeufer.

Veitel Loeb denkt nach

Veitel Loeb saß noch lange nach Christians Weggang in seinem Lehnstuhl und dachte nach. Was hatte das alles zu bedeuten? Erst dieser merkwürdige Unfall des Jungen in seinem Garten und nun der Besuch des Oheims, der offensichtlich nur gekommen war, um ihn auszuhorchen. Wer störte sonst wegen dreißig Talern einem Juden den Sabbat?
Der Barbiermeister galt als vermögend, obwohl das in dieser unruhigen Stadt nicht viel besagen wollte. Oft genug kamen sehr begüterte und angesehene Leute zu ihm, um heimlich ihren Schmuck zu versetzen oder weitaus größere Summen zu leihen als dieser Fahrenholtz. Dafür waren die Juden immer gut, ebenso wie für jede zusätzliche Abgabe. Noch unter Danckelmann war auch Veitel Loebs Schutz- und Geleitbrief nur erneuert worden, nachdem er den auf ihn fallenden Teil der festgelegten 20000 Taler gezahlt hatte.
Fünf Jahre später mussten die Juden die Kosten für ein weiteres kurfürstliches Regiment erbringen, und jetzt munkelte man, sie hätten sich von der Drohung freizukaufen, künftig einen spitzen roten Hut tragen zu müssen. Und all das Geld durften sie nur durch Trödel und Wucher verdienen, denn das zünftige Handwerk wie der Handel, insbesondere das Hausieren, blieben ihnen streng untersagt, soweit er sich nicht auf die eigenen Leute erstreckte. Natürlich gab es den koscheren Fleischer, einen jüdischen Schneider, einen Barbier und einen Arzt. Aber –

und das vergaß Loeb nie – es gab noch immer den besonderen Judengalgen auf dem Neuen Markt. In der Kaiserstadt Wien hatten sie erst vor einem halben Jahr die Judenhäuser zu plündern versucht.
Gewiss, der König brauchte seinen Hofjuwelier Liebmann, und der reichte ihm bei seinen Ansprüchen nicht einmal aus. Beinahe durch Zufall war Loebs Mittelsmann in Antwerpen auf einen Brillantschleifer gestoßen, mit dem sich gute Geschäfte anbahnten. Der König war als Kenner und Sammler edler Steine bekannt. Möglicherweise kam man auf Dauer mit dem Hof in eine ersprießliche Verbindung, die neben dem Gewinn auch einen gewissen Schutz bedeutete. Denn der König »schützte« seine Juden nur ihres Geldes wegen. Das wusste Loeb wie jeder andere Jude. In den letzten Jahren war der Leibzoll wieder eingeführt worden, und die strengen Bestimmungen gegen die Unvergleiteten, also die Juden ohne Schutzbrief, wurden noch einmal verschärft. Obwohl sie nur mit einem vom Hausvogt ausgestellten Passierzettel in die Stadt gelangen konnten, nahm ihre Zahl stetig zu. Die armen Juden wie die auswärtigen Räuber fanden allemal Schlupflöcher und Kniffe, um in die Residenz einzudringen. Dagegen half auch kein Gesetz, das den ansässigen Juden verbot, einen Unvergleiteten zu beherbergen und sich selber außerhalb ihres Schutzortes niederzulassen, ja sich bei Strafe von täglich einem Dukaten an irgendeinem Ort länger als drei Tage aufzuhalten. Nicht einmal eine Ehe durfte ohne nunmehr königliche Zustimmung geschlossen werden. Das hatte Abraham, seinen Sohn, bewogen, die Stadt zu verlassen und damit das Hauserbe und das Recht der Niederlassung nach Veitels Tod aufzugeben.
Von seinen Kindern war ihm nur Rahel geblieben, ein zartes Mädchen, für das er sich in den wohlhabenden Familien der Ju-

denschaft bisher vergeblich nach einem Bräutigam umgesehen hatte. Sein Verhältnis zu den meisten seiner Glaubensgenossen war nicht ungetrübt, hielt er sich doch aus allen Streitigkeiten über die Abhaltung des Gottesdienstes in der einen oder der anderen Synagoge heraus. Deren gab es inzwischen vier, die er lustlos reihum besuchte, was man ihm in den jeweils anderen verübelte.

Die Liebmannsche Schule, gleich um die Ecke neben dem Barbier, galt als die alleingültige, aber auch die ältere von Benedikt Veit und Abraham Rieß war ihm vertraut – und verhasst, dachte er an das fortwährende Gezänk der Gläubigen. Hinzu kamen der Hader um die Auslegung der Kabbalah und die lächerlichen, von unermüdlichen Wirrköpfen auch in den eigenen Reihen erhobenen Vorwürfe, die Juden würden christliches Gedankengut oder gar den Herrn Jesus schmähen.

Veitel Loeb war all dessen müde. Fahrenholtz' Besuch hatte ihn einmal mehr daran erinnert, wie dünn das Eis noch immer war, auf dem er und seinesgleichen ihre geduldete Existenz aufbauten. Da konnte und wollte er sich keine zusätzlichen Schwierigkeiten bereiten, indem er sich in christliche Händel einmischte, selbst wenn die nun gar in seinem Garten stattfanden. Von Rahel wusste er, dass der junge Fahrenholtz öfter den Weg über die Höfe genommen hatte, um ungesehen zu der hugenottischen Nachbarin zu gelangen, mit der auch Rahel befreundet war. Diese Florine jedoch hatte an jenem Abend, an dem Rahel den verletzten Jungen auffand, Stein und Bein geschworen, es gäbe weder einen schnurrbärtigen noch einen anderen Mann, der Jakob die – wie sie versicherte – gänzlich harmlose Schwärmerei für sie missgönnen könnte.

Der Junge aber hatte nach einem solchen Mann unter Loebs Besuchern gefragt. An jenem besagten Abend, und dessen erinnerte sich Veitel sehr genau, waren drei hochgestellte christliche Herren bei ihm zu Gast gewesen, und einer davon mit einem durchaus auffälligen Bart. Wie immer war es um Geld gegangen. Kredit für eine sorgfältig angelegte geheime Unternehmung, die auch für Veitel einigen Gewinn versprach. Die Summe aufzutreiben, würde ihm nicht schwer fallen, und die Verpflichtung, das Geschäft keiner Menschenseele gegenüber auch nur andeutungsweise zu erwähnen, gedachte er einzuhalten.

Waren die beiden Barbiere etwa als Spione ausgesandt, um ihn auf die Probe zu stellen? Oder schlimmer: Um etwas zu erfahren, was er niemals preisgeben würde?

Der Barbier hatte den Toten aus der Spree erwähnt, von dem Veitel ebenfalls wusste. Irgendein mittelloses Subjekt, das sich in den Fluss gestürzt hatte. Um den Mann mit dem Bart, den er kannte, konnte es sich unmöglich handeln. Dessen Verschwinden wäre bei Hofe keine zwei Tage unbemerkt geblieben.

Und der schwarzbärtige Fremde, der ihn vor ein paar Tagen mit seinen Fragen über die Pfänder und den Nachlass des Herrn von Wedell erschreckt hatte? Er war ihn, der keinerlei Legitimation vorweisen konnte, leicht wieder losgeworden. Hing auch der irgendwie mit dem Fahrenholtz zusammen? Hatte der Barbier damals nicht als Verdächtigter an Wedells Tod im Turm gesessen?

Nein, Veitel wurde nicht klug aus dieser Angelegenheit. Er würde auf der Hut sein. Und noch einmal mit Rahel sprechen, ob es nicht doch besser wäre, die rückwärtige Tür zum Hof einfach zu vermauern. Vor den Fenstern befanden sich starke Gitterstäbe, von denen Rahel behauptete, sie würden sie an ein Verlies erinnern. Aber auch sie wusste kein anderes Mittel gegen Einbrecher, Räuber oder sonstiges Gesindel, das vom nahen

Bullenwinkel her leicht in den Hofraum eindringen konnte, wie sich im Fall des Jungen gezeigt hatte. Irgendjemand musste den ja niedergeschlagen haben.
Rahels Antwort auf seinen Vorschlag kannte er im Voraus, und er wusste, dass er sich auch diesmal den Wünschen der Tochter beugen würde. Sie liebte dieses Stückchen freier Natur hinter dem Haus, und sie traf dort ihre Freundin Florine, was vermutlich noch viel wichtiger war.
Die rückwärtigen Kellerhälse hatte Veitel Loeb gleich nach dem Kauf des Hauses sicherheitshalber mit schweren Feldsteinen und Mauerwerk verschließen lassen, denn in diesem Keller mit seinen gotischen Gewölben stand das Allerheiligste, was es in Veitels Haus gab: die eiserne Truhe. Eine gut drei Ellen lange, zwei Ellen hohe und anderthalb Ellen breite Kiste mit schweren eisernen Griffen an beiden Seiten. Um sie samt ihrem Fußgestell anzuheben, waren mindestens vier kräftige Männer nötig. Als Kind hatte sich Veitel Loeb gefragt, wie sein Vater dieses dunkelgrün lackierte Ungetüm, das angeblich aus Holland stammte, jemals in das schmale Haus in der Prager Judenstadt hereingebracht haben mochte, in dem es jahrzehntelang den Zugang zum Obergeschoss behinderte.
Nachdem er vor über zwanzig Jahren den Schutzbrief und das alte Haus in der Büttelgasse erworben hatte und das Gefährt mit der schweren Truhe hier anlangte, wurde sie durch eine später sorgfältig verschlossene und mit Dielen überdeckte Öffnung in den Keller hinab gelassen, wo sie nun unverrückbar und vermutlich für immer stand. Sollten sich seine Erben darum sorgen, hatte er immer gedacht, aber nun würde die Kiste wohl in Rahels Besitz bleiben und wahrscheinlich auf den nächsten Hausbesitzer übergehen müssen, wollte man nicht das halbe Haus abreißen.

Natürlich war die schwergewichtige Kiste nicht wirklich aus Eisen, sondern aus dickem Eichenholz gefertigt, breit mit mehrfach gekreuzten Eisenbändern beschlagen, so dass sie gut als eiserne Truhe gelten konnte. Ihr Geheimnis bestand – sah man einmal von ihrem Inhalt ab – in einem unter dem bleischweren Deckel verborgenen Verschlusssystem, das jedem gewaltsamen Öffnungsversuch widerstand. Nur er selbst wusste, wie man das Monstrum öffnete.

In diesem Gelass bewahrte Loeb sein Geld, die wertvollsten Pfänder und alle wichtigen Papiere auf. In Städten wie Paris oder Amsterdam gab es Banken, wo sich derlei gefahrlos deponieren ließ. Hier aber, mitten in der preußischen Sandwüste, musste jeder selber sehen, wie er seinen Besitz schützte.

Auch die Besucher hatten sich an dem bewussten Abend eingehend danach erkundigt, wo Veitel die große Summe, die für die Transaktion nötig war, sicher aufzubewahren gedachte. Und die wertvollen Steine. Beinahe war er versucht gewesen, ihnen stolz die eiserne Truhe vorzuführen, doch ein unbestimmtes Gefühl hatte ihn im letzten Augenblick zurückgehalten.

Das machte es so schwer, nach Abrahams Heirat einen zuverlässigen und gleichzeitig kräftigen Bediensteten zu finden, wie er ihn für das Haus dringend benötigte. Allmählich begann Veitel die Last des Alters zu spüren. Am besten also endlich einen Schwiegersohn von der Art, wie er unter den Juden so selten war wie einer mit blondem Haar.

Nein, ein Mann für seine kluge Rahel musste erst gebacken werden. Unverblümt erklärte sie allen Ernstes, nur einen nach eigener Wahl zu heiraten. Und selbst der würde es nicht leicht haben mit ihr.

Nur einmal hatte er geglaubt, Rahel habe einen jungen Mann mehr als einen Augenblick lang angesehen, einen armen

Schnorrer aus dem Polnischen, der in Berlin die Kabbalah und den Talmud studieren wollte und bei den Loebs den Freitisch genoss.

Rahels beleidigende Feststellung aber hatte Veitel ernüchtert: Er stinkt so furchtbar, als hätte er sich noch nie in seinem Leben gewaschen! Dabei wusch sich in dieser Stadt kaum jemand. Allenfalls rieb man sich trocken ab und puderte kräftig nach. Heißes Wasser dagegen, so nahm man an, öffne die Poren und begünstige so das Eindringen von ungesunden Luftschwaden, was wiederum die Organe schwäche.

Rahel war anderer Meinung. Wäre es nach ihr gegangen, so hätte sie täglich die Mikwe benutzt, das rituelle Bad. Sie war eben in allen ihren Anschauungen ein besonderer Mensch, und sie würde mit manchen Angelegenheiten besser fertig werden als der etwas umständliche Abraham.

Wieder einmal fiel Veitel Loeb ein, dass es an der Zeit war, Rahel in die Mysterien der eisernen Truhe einzuweihen. Immer wieder scheute er vor dem endgültigen Entschluss zurück. Auf die Tochter konnte er sich verlassen, dessen war er ganz sicher. Aber er konnte ihr schlecht den Verschlussmechanismus erklären, ohne ihr den Inhalt zu zeigen. Vor allem die geheimen Papiere. Wie würde sie die mit ihren rigorosen Ansichten einschätzen? Sollte er sie wirklich damit behelligen?

Wie er es auch immer anfing – er fand kein Ende für seine Überlegungen. Als Rahel, unruhig geworden, gegen Mitternacht noch einmal nach ihm schaute, war Veitel Loeb in seinem Lehnstuhl eingeschlafen.

Doktor Garliep und ein Freund aus alten Zeiten

Christian wartete ab. Sollte sich Jakob ruhig in Sicherheit wiegen und glauben, die Sache mit den Juden und dem Schnauzbärtigen habe sich von selbst erledigt. Er hingegen war entschlossen, dem geheimnisvollen Toten aus der Spree weiter nachzuspüren. Seiner Frau wegen wählte er vorerst einen unauffälligen Weg, um wenigstens einen Schein von Helligkeit in die dunkle Angelegenheit zu bringen. Als Glasemann am Sonnabendmorgen sein Werkzeug packte und Christian noch einmal die Liste der zu barbierenden Kunden abfragte, unterbrach er ihn beim Namen des Doktor Garliep. »Den übernehme ich selbst«, erklärte er zu Glasemanns Überraschung.

»Hat sich der Doktor beklagt?«, fragte der Geselle.

»Dazu hätte er Grund, wie?«

Glasemann, der die kleinen Bosheiten seines Brotgebers kannte, verschwand ohne Antwort.

Jakob aber wunderte sich über Christians Entscheidung, galt doch der knauserige, nunmehr königliche Leibmedikus Gustav Casimir Garliep von der Mühlen keineswegs als einer der besseren Kunden, und am Sonnabendvormittag, wo jedermann sein modisches Bärtchen am liebsten von ihm gestutzt bekam, gab es für den Meister ohnehin genug zu tun.

So fand Christian erst spät Gelegenheit, sich auf den Weg zu machen und traf in der Burgstraße auf einen recht übellaunigen Doktor, den auch das Angebot einer kostenlosen Rasur durch den Meister kaum aufheiterte. Christian ließ all seine Künste spielen, unterhielt den guten Doktor mit ein paar freundlichen Schnurren, wie sie seit den Zeiten der alten Römer zum einstudierten Bestand seines Gewerbes zählten, und entlockte dem Alten allmählich die eine oder andere Äußerung. Er wusste, das Garliep trotz seiner siebzig Jahre noch immer ein emsiger und geschickter Anatom war, zu dessen gelegentlichen Schülern sich Christian sogar selber rechnen durfte. In seinen frühen Berliner Jahren hatte er öfter an medizinischen Vorführungen teilgenommen. Seitdem wusste er nicht nur viel mehr über das Innere des Menschen und seinen Knochenbau, sondern auch, dass es den Anatomen allemal an frischen Leichen fehlte, wetterten doch die calvinistischen Prediger gegen solch gottloses Zerschneiden von Christenmenschen, und die lutherischen Hitzköpfe standen ihnen nicht nach.

So ließ er denn in seine muntere Rede wie nebenbei die Bemerkung einfließen, er habe mit dem Scharfrichter gesprochen, dass es an der Zeit sei, den Anatomen die Leichen der tot Aufgefundenen zwecks Sektion zu übergeben. »Wie es scheint, will er nichts davon wissen.«

Garliep verzog schmerzhaft das Gesicht, als hätte Christian ihn geschnitten. »Der Kerl ist ein trunkener Esel«, schimpfte er. »Will Geld für seine schäbigen Leichen! Als verdiente er nicht schon genug daran, dass er dem Pöbel unterm Galgen allerlei nutzlose Reliquien verkauft! Wäre der Kurfürst nicht selber so ein geistergläubiger Einfaltspin …« Erschrocken hielt er inne. »… einsichtiger Herrscher …«, stammelte er dann weiter.

Christian schmunzelte. »Es heißt, Seine Majestät suchen einen neuen Goldmacher«, sagte er mit so spöttischer Miene, dass Garliep sich beruhigt zurücklehnte und ihm zustimmte: »Aus diesem elenden Brandenburg wird nie etwas, wenn sich derlei

Scharlatane und Geisterbeschwörer breit machen dürfen. Für die wahren Wissenschaften aber hat man keinen Sinn!«
Christian wischte ihm das Gesicht mit einem feuchten Tuch ab und begann die Wangen zu pudern. »Es gibt die Akademie«, gab er zu bedenken. Er überlegte, wie er noch einmal auf die Leichen zurückkommen konnte.
Garliep machte eine verächtliche Handbewegung, dass der Puder aufflog. »Die ist für Philosophen und Rechenkünstler da. Und damit die Königin ihre anregenden Gespräche mit Herrn von Leibniz führen kann.«
Er hielt plötzlich mit erstaunlicher Kraft Christians Hand fest, zog ihn zu sich herab und sah ihm in die Augen. »Er ist doch keiner von diesen Zuträgern, Fahrenholtz?«, fragte er lauernd.
Christian richtete sich auf. »Ich bin ein rechtschaffener und zünftiger Meister«, erwiderte er ruhig. »Und Euch überdies zu großer Dankbarkeit verpflichtet, wie Ihr wisst. Kein Wort, das unter meinem Messer gesprochen wird, gelangt jemals an fremde Ohren.«
»Ach, was wisst Ihr!« Garliep seufzte. »Lauter Gesindel bei Hofe! Ein Sumpf von Verleumdungen und ein Meer von Intrigen umgibt einen, und die größten Schurken haben das Sagen.«
Christian wusste wohl, wer da gemeint war und nickte zustimmend. Eigentlich war er mit der Rasur fertig, und er hatte es eilig. Auf das weitere Gespräch mit dem Hofarzt aber wollte er auf keinen Fall verzichten.
»Lasst uns von etwas Erfreulicherem sprechen«, verlangte der. »Wie geht es Eurer Frau? Und wie macht sich Euer junger Adlatus? War er nicht der Sohn Eures Bruders?«
Sofort nutzte Christian die Gelegenheit. »Wir haben neulich gemeinsam eine Leiche begutachtet, die ich Euch gern vorgestellt hätte.«

»So? Woran war der Kerl gestorben?«
»Die Fischer hatten ihn aus der Spree geborgen. Doch schien es, als sei er nicht von selbst hineingelangt.«
»Ein untersetzter Kerl mit Rippenbrüchen, dem zwei Finger fehlten?«
»Derselbe!«, antwortete Christian überrascht. »Wie seid Ihr an den Leichnam gekommen?«
Garliep verzog säuerlich das Gesicht und betastete es sorgfältig, als traue er Christians Künsten nicht. »Die jungen Kerle wollen alles besser wissen als man selber«, sagte er. »Mein Amtsgehilfe wirft mit dem Geld nur so um sich und hat den Korpus wohl erworben, um ihn heimlich zu sezieren.« Er lachte missvergnügt. »Hat ihm aber nichts gebracht. Er konnte nicht herausfinden, was mit dem Mann geschehen war.«
»Und?«, fragte Christian gespannt. »Zu welcher Meinung seid Ihr gekommen?«
Aus schlauen Äuglein blinzelte ihn Garliep an. »Dass Ihr ausnahmsweise Recht habt, Fahrenholtz. Der Mann ist in seinem Leben nicht ertrunken. Das Gesicht gedunsen, doch mit Blutflecken bis zum Hals. Die Lungen trocken und gepresst, ebenfalls mit Blut darin …«
»Und was folgt daraus?«
»Das eben ist die Frage! Erstickt, würde ich annehmen, wären da nicht die gewaltsam gebrochenen Rippen gewesen, über die ich mit dem Hofmedikus Gauthier in Streit geraten bin. Nämlich: Hat man ihn vor oder nach seinem Tode derartig malträtiert? Als hätte man den Kerl gerädert!«
Mehr konnte Christian nicht erfahren, und zu allem Überfluss hielt ihn Garliep nun auch noch zurück und nötigte ihm ein Glas Wein auf, was wahrlich eine ungewohnte Ehre bedeutete. Erst gegen Mittag kehrte er in seine Barbierstube zurück, wo

sich indes die Kunden drängten, mit denen Glasemann und Jakob fertig zu werden suchten.
Warte nur, dachte Christian, während er den Nächsten unters Messer nahm, und schickte einen Blick zu Jakob, der guter Laune schien. Nur deinetwegen habe ich den halben Tag versäumt und dabei keinen Groschen verdient! Es wurde Zeit, dass sich die ominöse Geschichte mit dem schnauzbärtigen Leichnam und dem Judengarten klärte.
Vielleicht dachte Jakob gar nicht mehr daran.
Maries Nähe und die anhaltende Sehnsucht nach seiner Florine hatten ihn so in Unruhe versetzt wie die Heubündel, zwischen denen einst Buridans Esel wählen sollte. Mitunter mischte sich zu seiner eigenen Überraschung auch noch das schmale, dunkle Gesicht des Judenmädchens in seine Gedanken und verwirrte ihn zusätzlich. Und angesichts des ständigen Umgangs mit Marie fiel es ihm schwer genug, seine Gefühlsregungen zu unterdrücken. Zumal eines Tages Florine ganz überraschend in der Barbierstube erschienen war, sich nach seiner Gesundheit erkundigt und den Meister höflich um die Erlaubnis zur Fortführung des gegenseitigen Sprachunterrichts gebeten hatte. Christian hatte nichts dagegen. So war Jakob nunmehr nach dem Abendessen nicht mehr über Dächer und Höfe, sondern, mit einem Hausschlüssel bewaffnet, um die Ecke am Pulverturm zu seiner Lehrerin verschwunden. Die Konversation mit Florine hatte ab da in Tante Lynettes Salon unter deren zumindest symbolischer Aufsicht stattgefunden.
Heute aber schlug ihm der Oheim vor, den Frühlingsabend zu nutzen, um sich bei einem Spaziergang rund um die Stadt über allerlei neue Mittel und Wundbehandlungen zu unterhalten, was Jakob ihm nicht abschlagen konnte. Sie überquerten die stinkende Rinne in der Spandauer Straße, durchschritten das

alte Tor und folgten wortlos dem ungepflasterten Weg hinunter zum Mönchsturm am Flussufer, wo die neue Burgstraße begann.

»Man will hier eine Brücke zum Pomeranzenhaus schlagen«, erklärte Jakob lebhaft, dem Christians anhaltendes Schweigen allmählich unheimlich wurde.

»Hast dich hier genau umgesehen, was?«, fragte Christian zurück. Erstaunt sah ihn Jakob an. »Weshalb?«

»Den Weg hier hinunter ist dein Schnauzbärtiger geschleift worden. Am Wursthof hat man ihn dann mit dem Kahn vom alten Fietke hinaus aufs Wasser gebracht und versenkt.«

Jakob starrte ihn offenen Mundes an. »Woher wisst Ihr das?« Seit er bei Christian lernte, sprach er ihn nur noch selten mit dem vertraulichen Du an.

Christian lächelte dünn. »Von Leuten, die etwas aufmerksamer und offenherziger sind als du«, sagte er. »Willst du mir nicht endlich die ganze Geschichte erzählen?«

Jakob schluckte. Im Grunde fühlte er sich erleichtert, und das nicht nur, weil das medizinische Examen allem Anschein nach ausfiel. Endlich konnte er über das reden, was ihn neben den Schwierigkeiten mit der spröden Florine und der willigen Marie am meisten bedrückte.

Anfangs fiel seine Erzählung ein wenig wirr aus, doch verstand es Christian durch immer neue Fragen, eine gewisse Ordnung in den Ablauf der Dinge zu bringen. Jakob war also wie üblich über den Zaun zum Judengarten gestiegen und dabei unversehens auf einen am Boden liegenden Toten gesprungen. Wenn es sich dabei wirklich um den Tage später aus der Spree Geborgenen mit dem später entfernten Schnauzbart gehandelt hatte, so erklärte Jakobs Sprung immerhin die Rippenbrüche. Die erwähnte Christian vorerst nicht. Vielmehr gingen sie gemeinsam der Frage nach, wie der Tote in den Judengarten gelangt sein konnte und wo und woran er gestorben war. Eine schlüssige Antwort fanden sie nicht. Bei genauer Betrachtung schied selbst der Scharfrichter als Verdächtiger aus, lagerten doch in der Scharfrichterei des Öfteren Leichen, ohne besondere Beachtung zu finden. Oder hatte jemand Meister Martin den Toten zuschieben wollen und war dabei von Jakob gestört worden?

Dagegen wiederum sprach die Sandgrube neben dem Leichnam, in der man ihn hatte verscharren wollen. Oder hatte es etwas anderes mit dieser Grube auf sich? Auch darüber gelangten sie zu keinem endgültigen Urteil.

Und der Jude Loeb? Angenommen, der Mann war in dessen Haus zu Tode gekommen – war es dann klug, ihn im eigenen Garten zu begraben? Oder handelte es sich um die heimliche Tat eines Schuldners, der dem Veitel Loeb übel wollte und auf die öffentliche Entdeckung der Leiche aus war? Einem Juden ließ sich leicht etwas anhängen, und Loeb war nicht beliebter als seine Glaubensgenossen. Nach Volkes Meinung gestand der König den Juden und mehr noch den Hugenotten viel zu viele Privilegien zu.

Immerhin bestand die Möglichkeit, dass jemand den versteckten Platz erwählt, den Toten vom Bullenwinkel her über den hohen Zaun befördert und zu dem hastig geschaufelten Grab geschleppt hatte. Außerdem gab es da noch das halb fertige Haus am Wall, das mit seinem Hof an die Scharfrichterei und an den Judengarten stieß. Darin konnten Leute, die Unredliches im Schilde führten, sich leicht verbergen. Christian wusste nicht einmal, wem der Bau gehörte. Von einer Hofschranze war die Rede gewesen, als die Stelle vor einiger Zeit den Besitzer gewechselt hatte.

Die Männer hatten den angeblich Trunkenen die Wallstraße entlang geführt. Dorthin konnten sie ihn, durch Jakobs Buddelei ein zweites Mal in ihren Plänen gestört, leicht aus dem Judengarten über den Hof und durch das fragliche Haus gebracht haben. Aber welche Pläne steckten dahinter? War es wirklich nur darum gegangen, eine Leiche unauffällig zu beseitigen?

Längst hatten Christian und Jakob die neue steinerne Brücke überquert, wo man dabei war, die Fundamente für Schlüters Reiterstandbild des Großen Kurfürsten zu gründen. Es war längst gegossen, bedurfte aber der weiteren Bearbeitung. Es hieß, man habe für die Entrée einen Gipsabguss vorgesehen, der vergoldet werden sollte.

Am Schloss waren die Veränderungen trotz der Gerüste vor dem neuen Portal deutlich erkennbar. Dafür hatte man die Arkaden mit den Kaufläden weggerissen und in der Nähe des Spreeufers als neue Stechbahn wieder errichtet. Nur der alte Dom und der noch ältere Glockenturm, mit dessen Kerkerzellen Christian sehr unangenehme Erinnerungen verbanden, standen noch am alten Ort.

Sie ließen den Schlossplatz hinter sich und gelangten am Dom vorbei durch die Brüderstraße zur engen Spreegasse. An deren Ende führte eine hölzerne Zugbrücke über den Spreekanal zum Friedrichswerder mit seinen neuen Häusern. Hier, an der so genannten Jungfern-Brücke, trieb sich allerhand loses Weibsvolk herum, von Christian mit grimmigen Blicken bedacht und ferngehalten. In Wahrheit störten sie ihn nicht. In der Gasse zwischen Heiliggeiststraße und Spreeufer begegnete ihm täglich solch feile Weiblichkeit, die bis zur Aufhebung des Hurenhauses in der Rosenstraße dort zu Hause gewesen war. Allen kurfürstlich-königlichen Dekreten zum Trotz wuchs die

Zahl der Dirnen ständig, und die zu erwartenden Feierlichkeiten würden weitere anziehen.
Eine Weile standen sie, über das Brückengeländer gelehnt, und blickten auf die Schiffe, die auf das Schleusen am nächsten Tag warteten, doch der üble Geruch vertrieb sie bald. Von überall her schleppten schmierig gekleidete Frauen Gefäße und schwere Ledereimer herbei und entleerten deren stinkenden Inhalt über die Uferbrüstung.
Sie blieben auf dem Cöllner Ufer. Hier reihten sich inzwischen schmucke, mit der Front zum Wasser gewandte Häuser aneinander, in deren Fenstern sich die letzten Strahlen der Abendsonne spiegelten. Sie folgten der Flussbiegung bis in eine Gegend, die man Neukölln nannte, und gelangten schließlich bis auf die Spitze hinter dem Oberbaum. Von der alten Cöllner Stadtmauer standen nur noch drei einsame Türme. Im alten Spinnhaus auf der Insel befand sich jetzt eine Wollmanufaktur.
Ihr Gespräch war einsilbiger geworden; jeder hing seinen Gedanken nach, wobei Jakob es nicht verhindern konnte, dass immer wieder Florine und Marie sein Grübeln störten. Dabei gab er sich alle Mühe, der Geschichte mit dem Toten einen Sinn zu geben. Welche Rolle kam Rahel dabei zu?
Über die Fischerbrücke erreichten sie die steinernen Arkaden auf dem Mühlendamm. Mitten auf dem Molkenmarkt tänzelte ihnen ein Mensch entgegen, der seine Augen anscheinend nicht von Jakob loszureißen vermochte und deshalb Christian erst im letzten Augenblick erkannte.
»Holla!«, sagte der. »Wen haben wir denn da?«
Das Erschrecken stand dem Tänzelnden ins glatte Gesicht geschrieben, doch fasste er sich schnell. »Sieh an, der Herr Barbier in eigener persona! Und in Begleitung eines hübschen jungen Mannes. Wer hätte das gedacht …«

»Das ist mein Neffe«, brummte Christian ärgerlich. »Was treibt denn Euch vor Einbruch der Nacht noch auf die offene Straße?«
Der so Angesprochene gab sich weltmännisch. »Man hat so mancherlei Verrichtung vor dem großen Fest ...«
»Wenn ich mich recht erinnere, hattet Ihr es bei unserem letzten Treffen sehr eilig, aus der Residenz zu fliehen«, meinte Christian nicht ohne Bosheit.
»Das ist gut ein Dutzend Jahre her. Die Zeiten ändern sich ...«
»... und mit ihnen die Menschen. Nanntet Ihr Euch damals nicht Judith?«
Der Mann begegnete diesem Einspruch mit einer gezierten Handbewegung. »Gott, was tut man nicht alles in seiner unbedarften Jugend ...« Er zog seinen Hut und verbeugte sich formvollendet vor Jakob, nicht vor Christian. »Meine Freunde nennen mich Julius. Ich darf Euch doch zu diesen rechnen?«
Jakob verstand nicht, was da zwischen den beiden vorging und schon gar nicht, wer der seltene Vogel war, dem die gestärkten Rüschen aus den Ärmeln und dem Kragen quollen und der ihm jetzt zudringlich ins Gesicht starrte und dazu bemerkte: »Tatsächlich! Dem Herrn Bruder wie aus dem Gesicht geschnitten!«
Und noch ehe Jakob etwas zu dieser überraschenden Feststellung sagen konnte, hatte Christian deren Hintersinn durchschaut und griff dem Julius ans samtene Wams. »Woher kennst du meinen Bruder?«, fuhr er ihn an.
Der streifte Christians Hand ab wie eine eklige Spinne. »Noch einmal spielt Ihr so ein Spiel mit mir nicht!«, äußerte er hoheitsvoll und blickte sich nach der gemächlich herannahenden Wache um. »Die alten Zeiten sind vorbei. Altlandsberg und so weiter. Bald wird auch Euer Bruder den Kopf wieder hoch tragen dürfen. Fragt ihn nur!«

Mit eiligen Schritten stakte er davon, nicht ohne Jakob noch einen Gruß über die Schulter zuzuwinken.
Der stand mit offenem Mund und fragte: »Was war das für ein Kerl?«
Christian, der sich angesichts der Wache nicht entschließen mochte, den Michel-Julius aufzuhalten, lachte, doch es klang nicht fröhlich.
»Ein Freund aus alten Tagen«, sagte er, und Jakob war nicht klüger als zuvor.

Osterspaziergang

Seit feststand, dass der ungeduldige Herrscher am Tag nach Christi Himmelfahrt des Jubeljahrs 1701 seinen triumphalen Einzug in Berlin und Cölln zu halten gedachte, glichen die königlichen Residenzen einem Ameisenhaufen. Noch immer blieb viel zu tun in den neuen Prunkgemächern im Schloss, an dessen neuer Fassade und in der Georgenstraße, der Via triumphalis, wo die Entrée vonstatten gehen sollte. Sieben Ehrenpforten mussten errichtet, jedes Haus an der Strecke und in den sichtbaren Seitengassen neu geputzt, getüncht oder mindestens gründlich gereinigt werden. Riesige Gemälde sollten die Wände schmücken.

Die ganze Stadt war wie im Fieber, Hast und Geschäftigkeit wurden wieder einmal mit Fleiß und Gründlichkeit verwechselt. Tag für Tag exerzierten die Garde und die Bürgerregimenter, und von den Kanzeln schallte es zum Lob der Majestäten.

Die Königin hielt inzwischen auf ihrem Schloss Lietzenburg Hof und musizierte, während der König seine rings um die Residenz liegenden Lusthäuser und Jagdschlösser heimsuchte. Trotz seiner körperlichen Beeinträchtigung gehörten die Jagd wie das Reiten zu Friedrichs bevorzugten Beschäftigungen. Er hatte es darin zu erstaunlicher Fertigkeit gebracht, waren ihm doch in seiner Kindheit und Jugend allenfalls das wenig Glück verheißende Leben eines Krüppels, ja oft genug der frühe Tod vorausgesagt worden.

Friedrich war ein unruhiger Geist, und es hielt ihn nicht lange an einem Ort. Allen Unbequemlichkeiten zum Trotz reiste er für sein Leben gern und stets mit großem Gepränge. Es fiel ihm deshalb nicht schwer, sich die Zeit bis zur großen Entrée damit zu vertreiben, abwechselnd in den Schlössern von Oranienburg, Blankenfelde, Schönhausen und in Rosenfelde zu logieren, nunmehr Friedrichsfelde genannt, das ihm der in Ungnade gefallene Marinechef Raule hatte abtreten müssen. Auch dem Ort seiner glücklichsten Kindertage, dem verschlafenen Altlandsberg, stattete Friedrich einen Besuch ab. Auf den Schwerinschen Besitz mit dem stattlichen Schloss hatte er schon lange ein Auge geworfen, doch der Erbkämmerer wollte nicht in einen Verkauf einwilligen.
Christian Fahrenholtz erfuhr von der königlichen Visite, als er mit seiner Familie über Ostern das Städtchen oder vielmehr seine Mutter besuchte. Längst brauchte er die beschwerlichen vier Meilen nicht mehr zu Fuß zurückzulegen. Diesmal hatte er sich sogar ein zweites Pferd für den Kutschwagen geliehen, um standesgemäß anzureisen. So etwas machte in Altlandsberg Eindruck. Das schien ihm nötig nach dem wenig ruhmvollen Abgang seines Herrn Bruders aus den Diensten derer von Schwerin. Niemand wusste genau, weshalb der Erbkämmerer seinen Schatullverwalter Niklas Fahrenholtz zwar nicht mit Schimpf und Schande, doch wie jedermann annahm, in Unehren entlassen hatte. Hartnäckig hielt sich das Gerücht, er hätte mit den Münzfälschungen zu tun gehabt, die das Land eine Zeit lang beunruhigten.
Niklas' Gattin Emerentia Tugendreich, geborene von Pfaff, hatte diesen Schlag nicht verwunden. Ihr Geist – bevor sie dessen Reste gänzlich aufgab – verwirrte sich und machte eine Unterbringung in einem Siechenhaus notwendig, in dem sie bald

verblich. Aus ihren hochfliegenden Plänen, den einzigen Sohn Jakob und dessen Schuldbildung betreffend, wurde nichts, und Niklas, irgendwo im Sächsischen verschollen, konnte froh sein, dass Christian sich des Neffen annahm, um ihn gemäß der Familientradition zum Bader und Chirurgen auszubilden.
Jakob, im Hause wie ein Sohn gehalten, trat die Lehre beim Oheim gern an, oder beim Onkel, wie man jetzt auf gut französisch sagte, den er seit seinen Kindertagen liebte. Höchst ungern aber wäre er an diesem Ostersonntag mit der Familie nach Altlandsberg gereist, das neben freundlichen Rückblicken auf die Kinderzeit für ihn auch manche unangenehme Erinnerung barg. Hier hatte er einst die heimliche Münzstätte entdeckt – ein Geheimnis, das er nur mit dem Onkel teilte. Ob der verstorbene Große Kurfürst selber oder dessen zweite Ehefrau, die schwarze Dorothea, oder gar der schiefe Fritz hinter den Münzfälschungen gesteckt hatten – darüber wollte sich Christian bis heute nicht äußern. Und erst recht nicht über seines Bruders Niklas' Anteil daran.
Und es gab noch etwas, was Jakob nachdrücklich in Berlin zurückhielt: Florine. Bei den Coulards hatte sich ein Cousin aus der Uckermark zum Osterbesuch angesagt, und Jakob gedachte nicht, das lange erfolglos beackerte Feld kampflos einem Rivalen in heiratsfähigem Alter zu überlassen. Da die gebrechliche Tante Lynette als Gesellschafterin ausschied, erbot sich Jakob, Florine und diesen Jean Hurtienne aus der Provinz bei der Besichtigung der Stadt zu begleiten. Lynette, die sich inzwischen per Augenschein, doch mehr noch ihrem schwachen Gehör vertrauend, von der Ehrbarkeit des deutschen Sprachschülers überzeugt sah, stimmte gnädig zu.
Wider Erwarten war auch Florine sofort darauf eingegangen, mit zwei Galanen durch die österlichen Straßen und Gassen zu

schlendern. Sie schätzte Jakobs Ortskenntnisse, während sie selber kaum jemals über den Neuen Markt auf der einen und dem Schlossplatz auf der anderen Seite hinausgelangt war und wenig über die deutschen Gebäude wusste.

Derweil also Christian mit seiner Henriette und den beiden Töchtern Luise und Charlotte bei der glücklichen Großmutter die köstliche Hechtsuppe und das Osterlamm verspeisten und den weitschweifigen Erzählungen über den Aufenthalt des frisch gekrönten Königs an den Stätten seiner Kindheit lauschten, hatte Jakob weisungsgemäß das Haus in der Spandauer Straße zu hüten. Christians Gefährt hatte die Stadt schon am späten Sonnabend verlassen, um der sonntäglichen Torsperre während des Kirchgangs zu entgehen, und so verbrachte Jakob die Osternacht zum ersten Mal ganz allein in dem alten Haus, dessen unheimliche Geräusche ihm nie zuvor so stark aufgefallen waren.

Der Köchin war in Erwartung des großen Festes ein Besuch bei ihren wendischen Verwandten zugestanden worden, worauf sich ihr heimlicher Liebhaber Valtin zu seinem Bruder in die Lausitz abgemeldet hatte. Schließlich bat auch Marie inständig um zwei freie Tage, die Henriette ihr allein schon deshalb gewährte, weil sie dadurch Jakobs sittliche Gefährdung vermindert sah. Von Glasemann, der sich mit anderen ledigen Gesellen auf einen fidelen Ausflug gen Lichtenberg begeben hatte, dessen Folgen ihn vermutlich eine weitere halbe Woche von der Arbeit fern hielten, wäre im Falle einer Gefahr außer aufgeregtem Wehgeschrei ohnehin nichts zu erwarten gewesen. Jakob verbrachte eine unruhige Nacht und kämpfte im Traum mit einem haarigen Wassermann, der ihn zu erwürgen drohte und ihm dabei immer wieder aus den Händen glitschte. Am Morgen hielt es ihn nicht lange in dem leeren Haus. Zwar hatte

Christian ihn scharf ermahnt, es keinen Augenblick ohne Aufsicht zu lassen, doch Jakob vertraute seinem Glück. Größere Räubereien waren in letzter Zeit nur in den Vorstädten und in der schlecht bewachten Dorotheenstadt vorgekommen, nicht hier, im Schatten der Befestigungsanlagen.

An dem Haus in der Wallstraße war Jakob des Öfteren vorbeigegangen und hatte sogar versucht hineinzugelangen. Doch die fest verschlossene Tür besaß keine Klinke, und die Fenster waren mit dicken Bohlen verschalt.

Christian war es nicht gelungen, den Namen des Eigentümers und Bauherrn herauszufinden, der ja ein Berliner Bürger sein musste. Angesichts der Bauwut und der Veränderungen in der Stadt mochte das Durcheinander in den Ämtern nicht verwundern. Jemand wollte gesehen haben, wie man erst unlängst Balken und Bretter ins Haus getragen hatte. Man schien also doch zu bauen.

Ein paar Mal hatten Onkel und Neffe noch über die seltsamen Ereignisse gesprochen. Erst am Karfreitag hatte ihn Christian auf ein verdächtiges Individuum mit schwarzem Bart und struppiger Perücke aufmerksam gemacht, das sich an der Ecke der Heiliggeistgasse herumtrieb und herüberstarrte, jedoch spurlos verschwand, als Jakob sich spaßeshalber an die Verfolgung machte. Wenn er es recht bedachte, war ihm an dem Kerl etwas bekannt vorgekommen, er wusste nur nicht was.

Mit Florine und ihrem Jean war er später verabredet. Schweren Herzens rang er sich nach dem Frühstück dazu durch, zur Marienkirche hinüberzugehen, fand aber den Platz davor so von festtäglich herausgeputzten Bürgern überschwemmt, dass er gleich wieder umkehrte. Heute durfte er ganz sicher sein, dass niemand sein Fehlen bemerkte. Dennoch zog er einen kleinen Umweg durch den Geckhol vor, um nicht Bekannten zu begegnen. Ein schmaler Durchgang führte an der alten Stadtmauer zur Wallstraße, so dass er schließlich doch am Coulardschen Haus vorbeikam, aus dessen Obergeschoss das nicht zu überhörende Organ der Tante Lynette schallte, die vergeblich nach jemandem rief.

Als weitaus bemerkenswerter aber fiel Jakob die Haustür im unfertigen Nebenhaus auf, die sein Blick unwillkürlich streifte. Sie stand einen Spalt weit offen. Er sah sich um. Gegenüber erhob sich der kahle Wall. Auf der Straße war bis zum Spandauer Tor hin niemand zu sehen. Entschlossen näherte er sich der Tür und schob sie ein Stück weiter auf. Ihre Angeln ließen ein grässliches Knarren hören. Erschrocken hielt Jakob inne, doch von irgendwo aus dem Inneren des Hauses rief eine barsche männliche Stimme mit fremdartigem Akzent: »Wer da?«

Jakob ließ es dabei bewenden und verzog sich auf leisen Sohlen. Als er sich beim Pulverturm an der Ecke umwandte, verschwand ein Kopf in einer der Fensteröffnungen im Obergeschoss. Man hatte ihn also gesehen.

In Gedanken versunken, bog er durch das alte Tor in die Spandauer Straße ein. In der Nähe des Fahrenholtzschen Hauses bemerkte er einen soldatisch gekleideten Mann von geringer Körpergröße. Als der seiner ansichtig wurde, stieß er einen schrillen Pfiff aus und verschwand spornstreichs in der Gasse zum Wursthof. Sein Verhalten erschien Jakob noch merkwürdiger als das anscheinend plötzlich bewohnte Haus. Sofort erinnerte er sich an den Beobachter vom Karfreitag. Immerhin war er sicher, dass es sich nicht um dieselbe Person handelte.

Misstrauisch näherte er sich dem Haus, konnte aber nichts Verdächtiges feststellen. Mit dem schweren Schlüssel, der wie immer ein bisschen klemmte, schloss er das Haustor auf und legte

innen sofort die Riegel vor. Lange stand er dahinter und spähte durch eine Ritze hinaus. Auf der sonntäglich stillen Straße rührte sich nichts. Nur aus der Kirche gegenüber klangen die dünnen Stimmen der Spitalbewohner zum Heiligen Geist. Bald würden die Soldaten der Garnison zu ihrem Gottesdienst anrücken.
Nicht ganz ohne Furcht kontrollierte Jakob zuerst die Küche und den Hof und danach Stube um Stube, ohne dass ihm etwas Auffälliges unter die Augen kam. In der Fahrenholtzschen Schlafstube guckte er sogar unter das Bett, entdeckte aber nur das Nachtgeschirr. Valtins Stube unter dem Dach war verschlossen. Was mochte der alte Soldat dort Wertvolles aufbewahren? Die gegenüberliegende Kammer der Köchin dagegen wirkte so aufgeräumt und sauber, als wäre sie unbenutzt.
Jakob ließ selbst den leeren Stall und Maries Kemenate darüber nicht aus. Als er ihr karges Strohlager betrachtete, stieg ihm die Röte ins Gesicht. Bei Nacht und in Maries Gegenwart hatte der Raum viel anheimelnder gewirkt.
Er kam sich ziemlich erbärmlich vor, als er sich in der guten Stube in Christians Lehnstuhl niederließ, um Florines Rückkehr aus der Kirche abzuwarten. Hier unter dem Fenster mussten Jean und sie vorbeikommen. Im Stillen schwor er sich, nie wieder einen willensschwachen Gedanken an Marie zu verschwenden, sollte Florine ihm heute auch nur ein einziges und sei es noch so winziges Zeichen ihrer Zuneigung gönnen. Und er fürchtete, dass er diesen Schwur nicht zu halten brauchte. Und wohl auch nicht halten konnte …
Florine jedenfalls, in Jeans Beisein etwas lebhafter, ja sogar ein wenig ungenierter als sonst, stellte ihn dem Cousin vor, einem piekfein gekleideten Jüngling mit schwarzen Locken, der Jakob nur bis zur Schulter reichte. Er führte Florine galant an

seiner rechten Seite; kühn ergriff Jakob ihren linken Arm, den sie ihm nicht entzog, solange die Straßenbreite ihnen genügend Platz bot.

Natürlich verlief die Unterhaltung in französischer Sprache, und Jean rümpfte mehr als einmal die Nase über Jakobs Aussprache oder dessen Suche nach einem Wort. Als Florine ihn deswegen mild tadelte, lief Jeans Gesicht noch röter an, als es von der Landluft von Natur aus sein mochte, und Jakob wurde an seinen stillen Schwur erinnert. War das nicht ein erstes Zeichen ihrer Gunst?

Florine jedoch machte den vorteilhaften Anschein sogleich wieder zunichte, indem sie in ein lautes und bei ihr gänzlich ungewohntes Lachen ausbrach, als Jakob auf Jeans Frage nach seinem Alter mit »Neunzehn« antwortete. »In Wahrheit ist er gerade erst achtzehn!«, erklärte sie. »Im vorigen Jahr hat man ihm nämlich den Geburtstag gestohlen.«

Es war ein Scherz, den Jakob selber gern machte, denn bei der längst überfälligen Einführung des Gregorianischen Kalenders im neuen Jahrhundert hatte man in Brandenburg und anderen protestantischen Ländern auf den achtzehnten Februar den ersten März folgen lassen, und er war nun einmal am siebenundzwanzigsten Februar geboren.

Glücklicherweise empfand Jean, nachdem Jakob ihm die Sache erklärt hatte, nicht die gleiche Heiterkeit wie seine Cousine. Er schien überhaupt ein ernsthafter Mensch zu sein, der ihnen mit großer Beredsamkeit seine Pläne für die Verbesserung des Tabakanbaus in der Uckermark erläuterte. »Immer mehr Leute rauchen Tabak. Selbst Seine Majestät der König ist von der wohltuenden Wirkung überzeugt. Also wird man immer mehr Tabak benötigen, und hier in Berlin haben sich bereits mehrere Schweizer Tabakspinner etabliert …«

Jakob, der das Kraut ein-, zweimal probiert und keinen Geschmack daran gefunden hatte, hörte bald nicht mehr zu, während Florine dem Tabakbauern am Munde hing und sich gestört fühlte, wenn Jakob irgendwo stehen blieb, um ihnen einen auffälligen Bau oder eine andere Sehenswürdigkeit zu erläutern. An der Schlossfassade wurde noch gebaut, und die Georgenstraße mit den halbfertigen Empfangstoren für die Entrée wirkte wenig einladend. »Wird hier in Berlin auch einmal etwas fertig?«, erkundigte sich Jean angesichts des Schmutzes und der vielen Baustellen.

Jakob schlug vor, durch die Klosterstraße zur Spree zu gehen, doch Florine wollte lieber in die neue Vorstadt vor dem Spandauer Tor, wo die Königin ihren großen Garten Monbijou aufgeteilt und als billiges Bauland vergeben hatte.

»Schade«, sagte Jakob. »Ich dachte, ihr wolltet vielleicht den Hetzgarten sehen ...«

Sofort stimmte Florine begeistert zu. »Den Hetzgarten! Kann man heute dort etwas erleben? Einen kämpfenden Löwen – oder wenigstens einen Auerochsen?«

Jakob schüttelte den Kopf. »Nicht am heiligen Osterfest.«

»Aber die Königin lässt in Lietzenburg auch an Feiertagen Opern aufführen«, wandte Florine ein. »Sie liebt Musik und alle Schauspiele so sehr!«

»Und der König liebt seinen Hetzgarten«, bestätigte Jakob. »Er hält dort Bären, Wölfe und allerlei anderes Getier. Sein Oberjägermeister lässt es aus aller Herren Länder herbeischaffen. Aber wenn der schiefe Fritz nicht in der Stadt ist, wird auch nicht gekämpft.«

Ob dieser respektlosen Benennung sah ihn Jean strafend an, war aber viel zu sehr auf den berühmten Hetzgarten gespannt, um Jakob zurechtzuweisen.

Die Tierkampfarena erhob sich in der Bastion neun hinter der Klosterkirche, ein steinerner elliptischer Bau mit hohen Fensterbögen im Obergeschoss, hinter denen sich die Galerie mit der Tribüne für die Hofgesellschaft verbarg. Vom Wall her konnte man über die halbhohe Mauer bis zur Fürstenloge in der Mitte über dem Eingang blicken. Aus den unterirdischen Ställen und Käfigen drang der scharfe Geruch der Tiere bis zu ihnen, und Florine behauptete, einen Löwen brüllen zu hören. Der Hetzgarten begeisterte sie, und selbst Jean schien beeindruckt. Großzügig lud er die beiden zu einem Kaffee ein, doch brauchten sie eine ganze Weile, bis sie ein Gasthaus fanden, das seinen Ansprüchen genügte und in dem man bereit war, das noch immer fremdartige Getränk zuzubereiten.

Die üblen Schenken und der Anblick mancherlei Volks, das sich in den Gassen herumtrieb, erinnerten Jakob bohrend an die ihm von Christian auferlegte Pflicht. Und an den seltsamen Mann am Morgen. Den hielt er für ein ungutes Zeichen. Doch konnte er Florine ausgerechnet jetzt um keinen Preis mit Jean allein lassen, wo sie gerade mit geröteten Wangen neben ihm saß und ihm mindestens so viel Aufmerksamkeit schenkte wie dem Cousin. Angesichts einiger Pfeifenraucher in dem alten Gewölbe war der inzwischen wieder bei seinem langweiligen Tabak angelangt, was Jakob ab und an sogar einen leidenden Blick von Florine einbrachte.

»Weißt du übrigens«, wandte sie sich schließlich an Jakob, »dass sich unlängst bei uns jemand aus Rührlich nach dir erkundigt hat?«

»Nach mir? Wer sollte das gewesen sein?«

»Eine fremde Frau. Sie hatte unsere Augustine in ein Gespräch verwickelt, und die kam damit zu mir.

»Was für eine Frau?«

»Mach dir keine Hoffnung!« Florine lachte. »Sie war nicht mehr jung und keineswegs hübsch. Wenn ich es recht bedenke, hatte sie etwas Unangenehmes an sich. Ihr Französisch war ganz schrecklich.«
»Und was wollte sie wissen?«
»Sie suche einen guten Barbier für ihren Mann, sagte sie. Und sie hätte von einem großen blonden Jungen gehört ...«
»Das hast du dir ausgedacht!«, empörte sich Jakob.
»Aber nein!« Und schon hing sie wieder an Jeans Lippen, der ihr Gespräch mit deutlichem Missmut verfolgt hatte.
»Ich denke, es ist besser, wir gehen jetzt«, sagte er mit einem Unterton zu Florine, den Jakob wahrnahm, aber nicht verstand. Jedenfalls hatte es auch Florine plötzlich eilig und drängte zur Heimkehr. Es war tatsächlich spät geworden.
Als sie die Wallstraße erreichten, dunkelte es bereits. Jakob überlegte, ob er wohl eine Einladung ins Coulardsche Haus annehmen sollte und beschloss, vorher mindestens in der Spandauer Straße nach dem Rechten zu sehen. Die Einladung unterblieb jedoch. Jean reichte ihm zum Abschied formvollendet die Hand, und Florine bedankte sich mit einem höflichen Knicks für die angenehme Begleitung. Weiter nichts.
Er blieb noch eine Minute vor der Tür stehen, weil er hoffte, sie würde es sich noch überlegen, hörte aber drinnen nur ihre Stimme, die sich lauthals darüber beklagte, dass ein gewisser Knabe sie so lange aufgehalten habe und es nun reichlich spät für den Opernbesuch geworden sei.
Jakob schluckte. Deshalb also die Eile. In der Poststraße spielte neuerdings eine Operntruppe, von der Henriette ihrem Christian etwas vorgeschwärmt hatte. Der billigste Platz kostete acht Groschen, eine Summe, von der Jakob nur träumen konnte. Der Tabakanbau in der Uckermark brachte anscheinend mehr ein.

Enttäuscht und ohne dem dunklen Nebenhaus auch nur einen Blick zu gönnen, schlich Jakob nach Hause. Jetzt fiel es ihm wieder ein: Als er Florine und Jean abgeholt hatte, war ihm gewesen, als hätte ihn von dort jemand beobachtet.

Die erste Republikanerin

Rings um das Schloss machte sich die Dunkelheit breit. Über den Spreewiesen am jenseitigen Ufer wallte der Abendnebel. Die Königin stand am hohen Fenster und blickte hinaus in den Garten. Nur die Skulpturen schimmerten noch hell. Jetzt, nach einem langen, anregenden Gespräch mit Leibniz, begann der zweite, längere und angenehme Teil des Tages. Dabei musste sie heute auf die gewohnte Zerstreuung verzichten, wollte sie sich nicht am Osterabend ein weiteres Mal bei den Herren Hofpredigern unbeliebt machen und deren Denunziation bei ihrem Gemahl heraufbeschwören. So hatte sie das nach dem Souper angesetzte festliche Konzert abgesagt. Die beiden von ihr beigesteuerten Kompositionen würden auch eine Woche später noch den rechten Rahmen finden, wenn der große Corelli anwesend war.
Wie satt sie es hatte, die brave und fromme Caroline zu spielen! An keinem katholischen Hof in Europa konnte es strenger und klösterlicher zugehen wie in Berlin. Hier jedoch befand man sich in Lietzenburg, ihrer geliebten Lustenburg, und das war *ihr* Hof! Nicht umsonst hatte sie darauf verzichtet, sich in dem hübschen Garten Monbijou ein Schlösschen nach ihrem Geschmack errichten zu lassen – kaum einen Flintenschuss von der Trutzburg zu Cölln entfernt und der steten Beobachtung immer gewärtig. Hierher jedoch kam nur, wen sie darum bat. Selbst Friedrich erschien nicht ohne Einladung. Zuerst hatte er

ihr Caputh zugeeignet, idyllisch am See gelegen, jedoch zu weit von der Residenz entfernt.
Lietzenburg und die nunmehr nach der Krönung geplanten Erweiterungen entsprachen ganz ihren Vorstellungen, die sie mit dem Hofbaumeister Quirinius aus Hannover abgestimmt hatte. Die Berliner Baumeister, zuerst Nering und später Eosander, angeblich aus gotischem Adel stammend, waren auf alle ihre Wünsche eingegangen. Mochte der steife Schlüter in Berlin und Cölln die mächtigen Bauwerke errichten, die Friedrichs Natur entsprachen – sie hatte hier ihr eigenes Refugium gefunden, das unter anderen Umständen ein zweites Versailles hätte werden können. Unter einem Herrscher vielleicht, dessen Begeisterung weniger dem äußeren Prunk und der rohen Tierhatz als vielmehr der Literatur, der Philosophie und der Musik gegolten hätte.
Es schmerzte sie noch heute, wenn sie an Versailles dachte, wo sie als junges Mädchen mit ihren blauen Augen und den pechschwarzen, ungepuderten Locken so manchen Kavalier von höchstem Adel beeindruckt hatte. Zu der angestrebten Heirat mit einem französischen Prinzen war es leider nicht gekommen. Dabei hatte ihr Vater sie bis dahin in weiser Voraussicht nicht taufen lassen, um die Möglichkeit nicht einzuschränken, einen Mann nur des Ranges und nicht der Religion gemäß zu finden.
Und was war dabei herausgekommen? Allein der väterlichen Kurwürde wegen hatte man sie als kaum Sechzehnjährige in die Sandwüste nach Brandenburg verkuppelt, wo selbst das Französische klang, als hätten die Leute die neumodischen Tartuffeln im Maul. An diesen buckligen Äsop, der ihr anfangs ganz drollig erschienen war, bis sie seiner Oberflächlichkeit, seiner einfallslosen Zärtlichkeiten und der beharrlich eingefor-

derten Pflicht, ihm einen Erben zu gebären, überdrüssig wurde. Der dritte Versuch war schließlich erfolgreich gewesen. Das Kind, wenige Monate nach des Großvaters Tod geboren und dem eher ähnlich als seinem zierlichen Vater, schien ihnen beiden über alle Maßen gut gelungen, entwickelte sich der Kronprinz Friedrich Wilhelm doch geradezu prächtig, wenn auch mit gewissen Ecken und Kanten.

Friedrich hingegen erschien ihr auch nach siebzehn Jahren Ehe noch immer wie ein zu klein geratener Schauspieler, wenn er mit leicht aufgeblasenen Backen und trotzig vorgerecktem Kinn – und trotzdem voller Befangenheit – vor sie hintrat. Allmählich hatte er wohl begriffen, wie sehr sie ihm überlegen war und mied deshalb ernsthafte Gesprächsthemen. Stattdessen hörte sie in letzter Zeit nur zweierlei Vorwürfe von ihm: seine beständigen Klagen über die angebliche Maßlosigkeit ihrer pekuniären Ansprüche und die Einforderung einer gewissen Mäßigung bei den Maskenfesten, Lustballetten und Redouten, wie sie die unseligen Pfaffen mit ihrer unerbittlichen Rechthaberei von ihm verlangten.

Dabei hatte sie ihn selten so fröhlich und ausgelassen erlebt wie im Juli vor zwei Jahren, als anlässlich seines zweiundvierzigsten Geburtstags die Lietzenburg mit einem großen Sommerfest und prächtiger Illumination eingeweiht wurde. Sie selbst war als Frau Heilkundige in einer Sänfte von ihren beiden hünenhaften Kammertürken Aly und Hassan getragen worden, während der Kurfürst selber zum Schluss als holländischer Matrose verkleidet aus seiner Loge getreten war, um zwischen all den Gauklern und Zahnziehern, Zigeunern und Zauberern an den Jahrmarktsbuden einzukaufen. Ihm und seinem ganzen Hofstaat hatte diese Maskerade allemal besser gefallen als jede Oper.

Wie sehr vermisste sie in diesem Jahr den ausgelassenen Karneval im heimischen Hannover! Dafür hatte sie ihrem Gemahl die Genehmigung abgerungen, im Herbst zur Michaelis-Messe nach Leipzig reisen zu dürfen. Vielleicht würde sie dort den Wunderknaben Händel erleben, der sein unglaubliches Talent schon einmal in Berlin vorgeführt hatte.
Ihre erste Reise als Königin. Als wär ihr daran gelegen! Schon um den ungeliebten Gemahl aufzuziehen, bezeichnete sie sich selber gern als die erste Republikanerin seines zwischen Litauen und dem Niederrhein verstreuten Staatswesens. Wie er nur darauf verfallen war, dem Land den Vandalennamen Preußen zu verleihen, als klinge ihm Brandenbourg nicht grimmig genug!
Wahrscheinlich steckte auch dahinter kein anderer als der verhasste Kolbe mit seinen Ratschlägen. Gewiss, gegen Zahlung eines erklecklichen Salärs und der Kosten ihrer vorjährigen Reise nach Holland hatte sie sich – notgedrungen – bereit erklärt, auf jegliche Widersetzlichkeit gegen ihn und seine unsägliche Gräfin zu verzichten, ja sich soweit zu erniedrigen, das Weib hier in ihrer Lietzenburg zu empfangen und dabei beiläufig als längst nicht so unangenehm zu empfinden, wie sie befürchtet hatte. Wenn der König an so einer Gefallen fand, wie es allgemein hieß – weshalb nicht? Ihr war jegliche Eifersucht fremd. Und umso weniger Anlass bot sich ihm, ihr das eigene Vergnügen zu missgönnen.
Nein, sie sah keinen Beweggrund, ernstlich gegen Kolbes Bedingungen aufzubegehren. Was aber konnte (und wollte) sie gegen die Plaudereien ihrer Hofdamen unternehmen, die nun einmal ihre eigene Meinung zum Herrn Reichsgrafen samt Gemahlin hatten und damit nicht hinter dem Berg hielten?
Mit der von Krosigk, die sich zu auffällig in die Fronde gegen Kolbe eingereiht hatte, war es zum Eklat gekommen. Ihre liebe

Pöllnitz würde hoffentlich vorsichtiger sein. Über diesen Retzlow unterhielt sie die besten Beziehungen zu den Männern um den Grafen Wylich und Lottum und den alten Barfus. Wenn die Zeit gekommen war, würde auch die Königin gezwungen sein, die ihr auferlegte Zurückhaltung aufzugeben.

Manchmal verspürte sie ein ungutes Gefühl, wenn sie an ihren allzu vertraulichen Umgang mit der Pöllnitz dachte, der sie sich in schwachen Stunden oft genug in einer Weise offenbart hatte, die gefährlich werden konnte. Zwar hatte die Freundin ihr ein ums andere mal versichert, alle Briefe und Billetts nach dem Lesen sofort zu verbrennen, aber gerade in diesem Punkt misstraute ihr Sophie Charlotte. Mindestens ebenso oft hatte die Pöllnitz ihr gestanden, wie heilig ihr jedes Stück aus der Hand der Freundin und hoch verehrten Gebieterin sei. Da bedurfte es nur eines ungetreuen Domestiken …

Nein, diesen Gedanken wollte Sophie Charlotte nicht weiter verfolgen. Wer würde es auch wagen, der königlichen Majestät irgendeine billige Affäre anzuhängen! Das war nicht einmal dem Danckelmann gelungen, als er hinter ihre heimlichen Verbindungen nach Hannover gekommen war, die den Oberjägermeister von Moltke bedauerlicherweise den Kopf kosteten. Auf ihren Namen war dabei kein Schatten gefallen. So würde es auch diesmal sein, gelänge jemals eins ihrer tiefsten Geheimnisse in die falschen Hände.

Dabei fiel ihr ein: Sie musste unbedingt mit der Pöllnitz über einige Schmuckstücke reden, die an diesen Juden verkauft werden mussten. Die Gefahr, dass sie bald wieder in Berlin am Hals irgendeiner ungebildeten Bürgerpute auftauchten, war bei dessen guten Geschäftsbeziehungen ins Ausland angeblich gering. Wichtig war nur, dass der Jude den Wert nicht etwa auf gewisse Kreditsummen anrechnete, die noch offen standen.

Aber auch darin, so hoffte sie mit einem Anflug von Galgenhumor, konnte sie der Pöllnitz voll vertrauen. Hatte ihr nicht der große Leibniz persönlich Mathematikunterricht erteilt?

Jakob allein zu Haus

Diesmal musste Jakob noch mehr Kraft aufwenden, um das klemmende Schloss am Haustor aufzuschließen. Erst als er im offenen Torweg stand, fiel ihm ein, die Umgebung noch einmal genauer zu betrachten. Außer den auf ihren Stangen blakenden Laternen war auf der Straße kaum etwas zu erkennen. Etwas Ungewöhnliches oder Verdächtiges fiel ihm nicht auf. Beruhigt schob er drinnen die Riegel vor und verschloss die Tür. Damit hatte er sich des letzten Lichtstrahls beraubt und tappte durch den dunklen Flur zur Küche. Für gewöhnlich unterhielten hier die Köchin und Marie ein ständiges Feuer und sorgten dafür, dass es nie erlosch. Auch er hatte am Vormittag drei starke Buchenkloben in den Herd getan, die noch Hitze ausstrahlten.

Er hob den Wasserkessel an und blies in die aufleuchtende Glut. Aus dem Korb neben dem Herd nahm er einen Kienspan und brachte ihn zum Lodern, als ihn ein Geräusch aufhorchen ließ. Im Haus bewegte sich jemand. Ein Knarren der Treppe und gleich darauf ein dumpfer Laut, als hätte einer gegen das Geländer gestoßen. Jakob erschrak. Seine Hand zitterte, und der Kienspan, der nur ihn selber beleuchtete, fiel in die Glut. So vorsichtig es ging, setzte er den Kupferkessel zurück auf die Feuerstelle und lauschte atemlos in die Stille. Kein Laut drang aus der Dunkelheit an sein Ohr.

Vielleicht wäre es besser gewesen, jetzt eine Laterne zur Hand zu haben. Allerdings hätte die wiederum ihn selbst am besten erkennbar gemacht. Im Dunkeln dagegen war er in seiner vertrauten Umgebung jedem Eindringling überlegen. Er tastete nach dem eisernen Schürhaken und ergriff ihn wie ein Schwert. Sofort wichen Furcht und Unsicherheit ein wenig. Jetzt hatte er immerhin eine Waffe. Er versuchte einen kleinen Ausfall wie ein Fechter und stolperte dabei über eine ungewohnte Kante auf dem Fußboden, wo sonst der Tisch stand. Er fiel nach vorn und stieß prompt den irdenen Napf vom Herd, aus dem er in der Frühe seine Suppe gelöffelt hatte. Mit einem Donnerschlag wie ein Kanonenschuss zersprang der Napf auf dem Ziegelboden, und im gleichen Augenblick brach um ihn her die Hölle los. Durch die Türöffnung stürzte jemand mit gewaltiger Kraft auf ihn los, dem er immerhin einen kräftigen Hieb mit dem Schüreisen versetzte, bevor der ihn auf die Herdplatte stieß und unterdrückt ausrief: »Jet hob de Roschfeverer!«

Die fremden Worte und der Tonfall ließen in Jakobs Erinnerung etwas lange Vergessenes anklingen, doch im nächsten Augenblick überwog der Schmerz, den der grobe Stoß, das überschwappende erhitzte Wasser und die heiße Herdplatte hervorriefen, alle anderen Empfindungen. Dennoch registrierten Jakobs angespannte Sinne jede Einzelheit. Er schrie laut auf und verspürte sofort einen Schlag im Gesicht, der ihm für den Augenblick den Atem nahm. Jemand ergriff seine Arme. Ein anderer entzündete eine Ölfunzel, hielt ihm die vors schmerzende Gesicht und mahnte: »Wir dürfen ihn nit fezzen!«

Jakob wurde das Gefühl nicht los, einen schrecklichen Traum zu durchleben und erwartete jede Sekunde die Augen aufzuschlagen, doch vergebens. Der Schmerz an seiner Wange ließ nicht nach, und eine so abscheuliche Ausdünstung wie sie dem Munde seines Peinigers entströmte, war ihm im Traum nie begegnet. Kein Zweifel, er war wach, und eine Räuberbande hatte

ihn im eigenen Haus überfallen. Vielmehr in dem ihm anvertrauten Haus des Onkels, und das war viel schlimmer. Er hatte die Zeichen missachtet: den Beobachter vom Karfreitag wie den Pfeifer vom Vormittag. Wahrscheinlich gehörte auch die Frau, die bei den Coulards Erkundigungen eingezogen hatte, zu der Bande.
Und er? Ausgerechnet der undankbaren Florine wegen hatte er das Haus ohne Aufsicht gelassen und musste nun die Folgen tragen. Sein Pflichtversäumnis schmerzte ihn ebenso sehr wie die heiß dampfende Herdplatte, auf der sein Hintern noch immer ruhte. Was hatten die mit ihm vor? Als Zeuge eines Einbruchs musste er das Schlimmste befürchten, da war das langsame Rösten gewiss noch nicht der Gipfel.
»Wo scheft der Kabol?«, herrschte sein Angreifer den mit der Lampe an. Der setzte die Funzel ab und rückte Jakob mit einem daumenstarken Strick zu Leibe. Mit seinen klauenartigen Händen warf er ihm eine vorbereitete Schlinge über den Kopf. Sie würden ihn also fesseln, und wenn er viel Glück hatte, fand ihn Christian bei der Heimkehr am Montag noch lebend vor.
Der Mann mit den Vogelklauen jedoch dachte gar nicht daran, ihm die Schlinge über den Oberkörper zu streifen, sondern beließ sie in Halshöhe und zog sie so fest zu, dass Jakob vor Schreck der Atem stockte. Wollten die ihn erdrosseln?
Mit ganzer Kraft stieß er beide Beine von sich, traf den einen, Aufbrüllenden an empfindlicher Stelle, den mit dem Seilende jedoch nur so, dass er selber einen heftigen Ruck am Hals verspürte, der ihn in Todesangst versetzte.
»Menuche!«, mahnte dessen Stimme. »Er darf haben keine Makke.«
Das klang irgendwie beruhigend. Und der Tonfall glich ein wenig dem des Veitel Loeb. Hing der Jude mit dieser Bande zu-

sammen? Oder bedienten die sich nur einer ähnlichen Sprache, um nicht verstanden zu werden?
Versuchsweise stieß Jakob einen dumpfen Schmerzenslaut aus, den der von ihm Getroffene mit einem derben Kniestoß zwischen seine Beine beantwortete. Vor Schmerz schrie Jakob wirklich laut auf, worauf ihm die Vogelklaue den Mund verschloss und sich die Enge um seinen Hals verstärkte.
»Har! Acher lameyle mit'm. Aufschnürn in Himmel!«, gebot der Erste. »Muss in Fuchs od de Massume anspannen.«
Jakob begann zu zittern. Eine Schlinge um den Hals und aufschnürn in Himmel! Das war bei allem unverständlichen Reden deutlich genug. Bevor er noch länger darüber nachdenken konnte, packten ihn grobe Hände und zerrten ihn aus der Küche in den Hausdurchgang. Da die beiden Männer anscheinend von sehr unterschiedlicher Größe waren, schleifte ihn der Größere mehr, während der Kleinere sich darauf beschränkte, ihm auf schmerzhafte Weise das Handgelenk zu knicken.
Sie waren noch nicht am Fuß der Treppe angelangt, als es am Tor klopfte. Ruckartig blieben die beiden stehen.
Wieder klopfte es, und diesmal heftiger. »Jakob!«, rief eine weibliche Stimme. »Öffne! Ich höre dich doch!«
Marie. Jakob vergaß für einen Augenblick, in welcher elenden Lage er sich befand.
»Marie!«, wollte er antworten, doch die eisenharte Klaue auf seinen Lippen ließ nur einen erstickten Laut zu.
»Was ist denn da drinnen los?«, erkundigte sich Marie. »Wenn du Besuch hast, kannst du mir trotzdem ruhig öffnen.«
Der Mann mit dem üblen Atem, der ihn in der Küche überfallen hatte, war fast so groß wie Jakob. Eisenhart umklammerte er Jakobs linken Arm und zischte ihm zu, er solle sich still verhalten, wenn ihm sein Leben lieb sei. Jakob beschloss, alles auf

eine Karte zu setzen und spannte seinen Körper an, als wolle er dem Griff der beiden entkommen, warf sich plötzlich jedoch mit aller Kraft nach hinten und stieß einen lauten Schrei aus, der zu einem undeutlichen Gurgeln missriet.
»Jakob!?«, rief Marie vor dem Tor nun doch ein wenig angstvoll. »Jakob, ich hole Hilfe!«
Jakob war es in dem dunklen Durcheinander wahrhaftig gelungen, sich durch seinen Fall zumindest aus den Klauen des Kleineren zu befreien. Dem war auch der Strick entglitten, so dass es Jakob mit der freien Rechten gelang, die Schlinge um den Hals mit aller Kraft ein wenig zu lockern, wobei er »Zu Hilfe, Marie!« mehr keuchte als rief.
Der Größere mit dem stinkigen Atem versetzte ihm dafür einen gewaltigen Hieb gegen den Brustkorb. Jakob schlug mit der Handkante zurück, streifte aber nur das Gesicht des Mannes und traf die Wand. Ein furchtbarer Tritt gegen das rechte Knie ließ ihn vollends hinschlagen.
Marie donnerte mit beiden Fäusten gegen das Haustor und schrie: »Ich komme, Jakob! Halte aus!«
Der Kleinere hatte den Strick wieder gefunden und riss so stark daran, dass Jakob die Sinne schwanden.

Der kleine König geht zur Ruh

Die Tabagie war heute kurz ausgefallen. Wider seine Anordnung, keinen eigenen Tabak mitzubringen, der unleidlich röche oder stinke, hatte einer der Herren ein besonders übel riechendes Kraut in den Porzellankopf der langen Pfeife getan und dessen Rauch wie einen schlechten Odem über die in dem kleinen Salon Versammelten hinweggeblasen. Ärgerlich und ohne lange nach dem Schuldigen zu fahnden, hatte Friedrich das Kollegium beendet

Eigentlich gefiel es ihm hier draußen in Schönhausen, doch allmählich wurde der kleine König ungeduldig. Überall auf der Rückreise hatten es die Stadtoberen vollbracht, sich binnen weniger Tage auf einen gebührenden Empfang der Majestäten vorzubereiten. Nur in den Residenzen brauchten die bockbeinigen Ratsherren dafür eine Ewigkeit. Von denen gab es sowieso viel zu viele. Jede der fünf Städte bestimmte ihre eigenen und hatte ihren eigenen Kopf, während die Gilden und Zünfte sich untereinander bekriegten und ihn fortwährend mit ihren Streitigkeiten belästigten. Solche Reibereien waren ihm ebenso verhasst wie das ewige Gezänk der Geistlichen. Derlei verleidete ihm jeden längeren Aufenthalt in Cölln. Wäre es nach ihm und anderen klugen Leuten gegangen, hätten sich die beiden protestantischen Religionen längst in Frieden vereint. Und was die Ratsherren anging, so war er schon seit einiger Zeit fest entschlossen, aus diesem unübersichtlichen Gemenge von selbstständigen Städten eine einheitliche Residenz mit einer Verwaltung vernünftiger Größe zu formen.

Andererseits zog es ihn mit Macht nach Cölln, um endlich den Fortgang der Bauarbeiten am Schloss zu begutachten und den neuen Rittersaal zu besichtigen. Schon in Königsberg war ihm klar geworden, dass die Paradezimmer, die er bei Schlüter in Auftrag gegeben hatte, eines Königs vielleicht nicht würdig und nicht groß genug ausfallen könnten. Auch deshalb musste er den Bau selber in Augenschein nehmen. Was seine Späher ihm berichteten, klang nicht durchweg zufrieden stellend. Es war längst an der Zeit, dem Schlüter selber auf die Finger zu sehen.

Mit diesem Gedanken beschäftigt, erteilte er ein wenig zerstreut seine Befehle für die morgen anzulegenden Staatskleider und zog sich in seine Schlafgemächer zurück. Die Trommeln wurden gerührt, und die Trompeten schmetterten. Im Vorsaal hub das melodische Klimpern der Spieluhr an; die Leibtrabanten und die Schweizer Schützen, auf die er so stolz war, präsentierten ihre Waffen. Leider war hier in Schönhausen nicht genügend Platz für das vorgeschriebene Zeremoniell neben fliegender Fahne. Das würde sich in Cölln ändern, wo es ein getrenntes Speisezimmer für die kleinen Mahlzeiten und einen Raum für die beiden Kammerherren nebst den Kammerjunkern, für zwei Kapitäne und den General gab, die seinen Schlaf bewachten, während die Lakaien sich um die Kerzen zu kümmern hatten.

Ein weiterer Lakai riss die Flügeltüren zur Garderobenkammer auf, in dem die königlichen Gewänder aufbewahrt wurden und zwei Kammerjäger Wache hielten. Zwei weitere Kammerdiener und zwei Pagen waren ihm unter Aufsicht zweier Kammerherren beim Wechseln seiner Kleider behilflich. Friedrich

zog sich auch zur Nacht warm an. Obwohl kein Luftzug von draußen in sein Schlafkabinett drang, fürchtete er sich vor jeder Verkühlung und vor den schrecklichen Anfällen von Atemnot, die ihn von Zeit zu Zeit bedrängten.
Im Kabinett erwarteten ihn der Kammerjunge von Pöllnitz, ein Vetter des nicht sonderlich geliebten Ersten Kammerfräuleins seiner Frau, und der englische Leibhund Peter, der dem Kammerjungen des Nachts auf seinem Matratzenlager als Kopfkissen diente. Mit dem Pöllnitz war Friedrich recht zufrieden. Er war ein aufmerksames und anstelliges Kerlchen mit leichtem Schlaf, das rasch mit dem Nachtgeschirr bei der Hand war, wenn der König dessen bedurfte.
Noch einmal sank er zu einem kurzen Gebet auf die Knie und verspürte dabei einen stechenden Schmerz im Bein. Es war nicht zu leugnen: auch ein König wurde älter. Und er würde gewiss nicht alt genug werden, um all seine Pläne zu verwirklichen. Wie es sein ungebärdiger Sohn damit halten würde, wusste Gott allein. Er erinnerte sich an seinen eigenen Vater, der ihm wenig zugetraut hatte, und das beruhigte ihn ein wenig. Damals in Altlandsberg hatte er als zehnjähriger Großmeister seinen eigenen Orden de la générosité begründet. Dem war nun nach fünfunddreißig Jahren der Orden vom Schwarzen Adler für die Besten des Staates gefolgt. Wer aber waren diese Besten? Genau da setzten seine Zweifel ein. Den Danckelmann hatte er glücklich hinter sich gelassen, doch nun hetzte man insgeheim gegen seinen vertrauten Schatullverwalter und Premierminister, gegen den einzigen Menschen, dem er wirklich vertraute.
Der poltrige alte Barfus und der Oberhofmarschall Graf Lottum und Wylich waren nur zwei der wahrscheinlichen Verschwörer, die bloß auf einen Anlass lauerten, Wartenberg zu

Fall zu bringen. Von ihnen und von den schwatzhaften Hofdamen der Königin stammten all die schnöden Gerüchte über den Reichsgrafen und seine Frau. Schon mehrfach hatte man versucht, auch in ihm Zweifel an Kolbes Redlichkeit zu wecken. Den Aufrührern schien jedes heimliche Mittel recht. Sollte denen ein gewisses Dokument in die Hände fallen, würden sie skrupellos versuchen, es gegen Kolbe auszuspielen, indem sie den König zwangen, seinen Favoriten fallen zu lassen. Seine größte Sorge war, ob er den richtigen Mann mit der Lösung beauftragt hatte, in dieser längst vergessenen, doch eines gerade gekrönten Königs unwürdigen Affäre. Die hatte sich zu einer rechten Zwickmühle ausgewachsen. Und es gab Mitwisser. Hatte er erst das Papier in seiner Hand, konnte man sich anschließend denen widmen …
Erschöpft sank Friedrich in die Kissen und schlief ein.

Späte Erkenntnis

Jakob lag ausgestreckt auf seinem Bett und starrte in die Dunkelheit. Die aufgeplatzte Wange und die Schulter, vor allem aber das rechte Knie schmerzten unerträglich. Noch schlimmer aber war das Gefühl, der derbe Strick stranguliere noch immer seinen Hals. Er hustete, richtete sich auf und glaubte erneut zu ersticken.

Erschrocken kam Marie zur Tür herein. Er winkte ihr beruhigend zu und sank auf sein Bett zurück.

»Weshalb haben sie dir das nur angetan?«, jammerte Marie.

Das war genau die Frage, über die Jakob vergeblich versuchte nachzudenken. Sobald er die Augen schloss, zuckten grelle Blitze und drehten sich Feuerräder, und er fürchtete, jeder mühsame Atemzug könnte der letzte sein.

Behutsam legte Marie ein feuchtes Tuch auf seinen gepeinigten Hals und tupfte mit dessen Ecke die Wunde unter dem Auge ab.

Jakob hielt ihre Hand fest und sagte: »Du hast mir das Leben gerettet ...« Seine Stimme klang fremd und wollte ihm nicht gehorchen.

Marie lächelte beruhigend und beugte sich über ihn. »Ich mache dir eine gute Hühnerbrühe warm«, flüsterte sie. »Die bringt dich wieder auf die Beine.«

Ihre vollen Brüste berührten ihn, und allein der Gedanke daran ließ ihn spüren, dass er hoffentlich noch weit von seinem letzten

Atemzug entfernt war. »Du bringst mich wieder auf die Beine«, flüsterte er heiser. Er streckte die Hand aus, doch Marie legte sie zurück auf die Decke.

»Ich komme gleich wieder«, versprach sie.

Es schien doch einige Zeit vergangen zu sein, denn als er mit einem krächzenden Schrei auffuhr, saß Marie ganz brav auf einem Stuhl neben seinem Bett und hielt seine Hand.

»Ganz ruhig«, sagte sie. »Es ist ja alles vorbei.«

Wie um sie Lügen zu strafen, waren im gleichen Augenblick von unten ein Poltern und hastige Schritte auf dem Holzpflaster im Durchgang zu vernehmen, deren Geräusch sie beide erstarren ließ. Jemand riss die Riegel am Tor auf, dann schlug der Torflügel zu.

Bleich wie der Tod saß Marie auf dem Stuhl. »Es war noch jemand im Haus«, flüsterte sie. »Ich hätte es wissen müssen!«

Auch Jakob war zu Tode erschrocken. Einer der Räuber hatte sich im Haus versteckt und war jetzt vermutlich mit der Beute entkommen. Und die Hoffnung, etwas Gestohlenes wieder zu erlangen, war so gering wie die Strafe für die Diebe hoch. Überstieg der Wert des Entwendeten zehn Taler, galt ohne Erbarmen der Strick. Wer jedoch etwas über den Verbleib des Diebesguts angab, erhielt ein Viertel davon als Belohnung.

Jakob stöhnte auf. Wie würde Christian all das Unglück aufnehmen, das er durch seinen Leichtsinn über das Haus gebracht hatte? Nicht einmal Marie vermochte ihn zu trösten. Sie wagte sich lange Zeit nicht nach unten. Erst als Jakob versuchte aufzustehen, kehrte ihre Entschlossenheit zurück.

»Du bleibst still liegen!«, befahl sie und griff beherzt nach der Lampe.

Jakob hörte ihre zögernden Schritte auf der Treppe und richtete sich wieder auf. Er konnte sie unmöglich allein das Haus durchsuchen lassen. Mühsam erhob er sich, doch seine Beine gaben nach. Er blieb eine Weile auf dem Strohsack sitzen, ehe er sich endlich aufraffte und unsicher zur Tür tappte. Im Knie verspürte er stechende Schmerzen.

Marie, die Kerze in der zittrigen Hand, stand am Fuß der Treppe und winkte, er solle verschwinden. Jakob aber hielt sich am Geländer fest und setzte vorsichtig einen Fuß vor den anderen. Es ging besser als befürchtet.

Marie zündete inzwischen die Laternen im Durchgang an, die sonst nur leuchteten, wenn man Gäste erwartete. Gemeinsam verriegelten sie das Tor, nicht ohne einen zwecklosen Blick nach draußen geworfen zu haben. Auf der Straße war niemand zu sehen.

In der Küche stellte sich heraus, wie nahe sie mit ihrer Annahme der Wahrheit gekommen waren. Die Klappe, die zum Keller hinunterführte und stets sorgfältig eingepasst werden musste, verdeckte das Kellerloch nur mangelhaft. Jetzt erinnerte sich Jakob daran, dass er schon bei seinem Eintritt über eine Kante dieser Luke gestolpert war. Die Räuber waren also in das Haus eingedrungen und hatten den Zugang zum Keller bereits gefunden, als er sie überrascht hatte. Oder hatten sie seine Rückkehr erwartet? Der Strick mit der vorbereiteten Schlinge sprach dafür. Mit einem kunstgerechten Knoten gebunden, wie er jetzt feststellte, denn Marie hatte das Seil achtlos in der Küche abgelegt.

Jakob ermannte sich. »Ich werde im Keller nach dem Rechten schauen«, sagte er, doch Marie hielt ihn zurück. »Du kannst da unten doch nichts ausrichten. Wenn sie die Geldtruhe aufgebrochen haben, wird es dem Meister nicht gefallen, wenn es jemand erfährt oder wir die Stadtwache holen. Nur er selber kann feststellen, was fehlt.«

Auf diese Weise erfuhr Jakob, dass sich im Keller eine Truhe mit Geld befand. Er hatte sich nie darüber Gedanken gemacht, ob Christian so viel besaß, dass dafür ein besonderes Behältnis notwendig sein könnte. Wahrscheinlich gehörte ja das Geld Henriette. Darüber war gelegentlich eine Bemerkung gefallen.
Jakob lehnte sich an den immer noch warmen Herd und griff sich an den Hals. In der rauchigen Küchenluft wurde ihm übel, und der Gedanke, dass zu allem Unglück auch noch Henriettes Eigentum beeinträchtigt war, trug nicht zu seinem Wohlbefinden bei.
»Fehlt sonst noch etwas?«, fragte er schwach. Erschrocken sah Marie zu ihm auf. »Du musst zurück ins Bett!«
Die Treppe schien kein Ende zu haben. Oben angekommen, bat er Marie: »Bleib bei mir.«
Doch sie gab keine Ruhe, bis sie die Hühnersuppe ein zweites Mal gewärmt und jedem ein Glas Wein mitgebracht hatte. Beides belebte ihn sichtlich. Er fühlte sich stark genug, wieder aufzustehen, doch Marie hatte sich zu ihm auf den Strohsack gesetzt, und so unterließ er es. Er zog sie sanft zu sich und sagte liebevoll: »Wärst du nicht rechtzeitig gekommen, wäre ich jetzt tot.«
Marie erschauerte. »Meinst du wirklich, sie hätten dich umgebracht?«
Jakob erzählte ihr von dem Strick und von der unverständlichen Unterhaltung der drei Eindringlinge. Er konnte sich noch an beinahe jedes Wort erinnern, das sie gesprochen hatten.
Marie drängte ihren weichen Körper an ihn. »Das waren echte Räuber«, flüsterte sie. »Sie haben eine eigene Sprache, die sie Chochemer Loscher oder das Jenische nennen.« Sie lachte auf. »Es war mir richtig unheimlich, als ich erfuhr, der vorige Hausherr hier hätte Jenisch geheißen. Kanntest du ihn?«

Jakob schüttelte den Kopf und sagte: »Er war nicht Henriettes Vater.«
»Ich weiß. Aber er soll ihre Mutter vergiftet und Falschgeld geprägt haben.«
Die Erwähnung der Münzfälschung erinnerte ihn schmerzlich an den eigenen Vater. Deshalb sagte er nur:»Das ist lange her. Erzähl mir lieber, was du von dieser Räubersprache weißt.«
»Nicht viel. Mein Großvater pflegte uns Kinder damit zu necken. Er kannte eine Menge Sprüche und hat sich mal mit einem Bettler unterhalten. Wir verstanden überhaupt nichts. Da hat er uns ein paar Wörter beigebracht. Jet heißt zum Beispiel ich, und ein Strick ist der Kabol.«
Wo scheft der Kabol! Jakob erinnerte sich nur zu genau. »Und was ist ein Roschfeverer?«, fragte er gespannt.
Sie überlegte. »Ich glaube, das bist du. Ein Barbier.«
Die beiden Räuber hatten also ihn oder Christian erwartet und den Strick mit der Schlinge bereitgehalten. Um ihn im Himmel aufzuschnüren. Dafür bedurfte es keiner Übersetzung.
Er presste Marie fest an sich und küsste sie. Sie sträubte sich nur schwach, dann erwiderte sie seine Zärtlichkeit.
»Du weißt gar nicht, *wie* rechtzeitig du erschienen bist!«, sagte er. »Wolltest du nicht erst am Montag zurück sein?«
Ein wenig eifersüchtig hatte er ihre Reisevorbereitungen beobachtet und aus Henriettes spitzen Bemerkungen geschlossen, dass Marie zu ihrem Schatz reisen wollte, einem in Neuruppin in Garnison liegenden Soldaten.
Marie verzog das Gesicht und schloss die Augen. »Sprich nicht davon«, bat sie, vermochte aber ihr Bedürfnis zu reden selbst nicht zu unterdrücken und fuhr nach geraumer Zeit fort: »Ihr Kerle seid alle die gleichen Halunken.« Dabei schmiegte sie sich, ganz gegen den Sinn ihrer Worte, noch fester an ihn. »Du

bist noch sehr jung. Aber deine Florine scheint dir auch kein rechtes Glück zu bescheren.«

Das Gefühl hatte Jakob auch, verspürte aber ebenso wenig Lust, darüber zu reden wie sie über ihren Kummer. Erst nach und nach erfuhr er, dass sie tatsächlich die teure Fahrt nach Neuruppin unternommen hatte, nur um festzustellen, dass ihr ungetreuer Jochen dort mit einer Frau zusammenlebte und bereits einen einjährigen Sohn hatte. Diesmal war es an ihm, sie zu trösten, und er tat es mit Inbrunst. Niemand in dem leeren Haus konnte sie hören. Das nutzten sie aus.

Spät in der Nacht, als die Kerze längst heruntergebrannt war, kam Jakob noch einmal auf die Räuber und ihre Sprache zurück. Ihm war eingefallen, wann er sie zum ersten Mal gehört hatte. »Was heißt Bekhmokum?«, wollte er wissen.

Marie, im Einschlafen begriffen, schreckte auf. »So nennen sie Berlin«, sagte sie. »Aber jetzt lass uns schlafen.«

Jakob gab keine Ruhe. »Nur noch eine Frage: Was ist mit ‚am Dolme begern' gemeint?«

»Weiß ich wirklich nicht«, murmelte Marie.

Jakob, einerseits erschöpft und glücklich, andererseits Christians Rückkehr fürchtend, konnte lange nicht einschlafen. Überdeutlich sah er die beiden Gestalten vom Hochgericht vor sich, den Kräftigen, Untersetzten und den lang aufgeschossenen Dürren mit dem Narbengesicht. Er war sich seiner Sache ganz sicher. Kein anderer als der Dürre hatte ihn in der Küche angefallen und ihm den Tritt gegen das Knie verpasst, das noch immer heftig schmerzte. Der andere aber war nicht mehr dabei gewesen, nachdem die Fischer seine Leiche aus der Spree geborgen hatten. Über dessen lebloses Gesicht mit der Hakennase, und auch dessen war sich Jakob sicher, hatte er in jener schrecklichen Nacht im Judengarten gestrichen.

Aufschnürn in Himmel

Das erwartete Donnerwetter blieb aus, als die Familie Fahrenholtz am Ostermontag aus Altlandsberg zurückkehrte und Jakobs Geschichte vernahm. Henriette ließ der Schreck anscheinend noch nachträglich verstummen, und Christian war viel zu sehr mit immer neuen Fragen an Jakob beschäftigt, um ihm wirklich Vorwürfe zu machen. Insgeheim war er froh, dass die Sache für den Neffen so glimpflich ausgegangen war, dem er leichtsinnigerweise eine viel zu große Verantwortung aufgebürdet hatte. Außerdem hielt sich der Schaden in Grenzen. In der Truhe im Keller, deren drei Schlösser die Räuber tatsächlich erbrochen hatten, lagerten die Familienpapiere der Retzlow-Ebelschen Sippe, jedoch nur eine geringe Summe baren Geldes. Christian äußerte sich nicht dazu, wo er den Rest von Henriettes Vermögen verborgen hielt, beruhigte aber seine Frau, dass alles in Ordnung sei.

Gestohlen hatten die Diebe nichts von Christians Werkzeug oder Kleidungsstücken und von Henriettes wertvollerem Besitz, nur eine silberne Kanne, zwei Becher und einiges anscheinend wahllos zusammengeraffte Küchengerät, vor allem aber Valtins ruhmreichen Säbel, dessen Verlust der alte Soldat wortreich beklagte. Erst am nächsten Tag, als die alte Köchin aus ihrer wendischen Heimat zurückkehrte, stellte sich heraus, dass den Räubern deren gesamte, im Strohsack verwahrte Ersparnisse in die Hände gefallen waren. Wie viel genau, wusste sie

nicht anzugeben, verlangte aber lauthals die sofortige Hinzuziehung der Obrigkeit. Sie wolle erst Ruhe geben, wenn sie die Halunken am Galgen sähe.
Mit Mühe gelang es Christian und Henriette, die Alte zu beruhigen und ihr Ersatz für das Verlorene zu versprechen. Um des Himmels Willen nur nicht die Stadtdiener oder gar die königliche Polizei im Hause!
Eine böse Überraschung erlebten Jakob und Christian in der Bodenkammer, in der nun wahrlich nichts Wertvolles aufbewahrt wurde. Dennoch hatten die Räuber die Tür aufgebrochen. Mitten in dem fensterlosen, mit allerlei Gerümpel angefüllten Raum stand seltsamerweise der Schemel, dessen Fehlen in seiner Kammer Valtin bereits gemeldet hatte. Verständnislos guckte Jakob sich um, bis Christian seine Aufmerksamkeit nach oben lenkte. Direkt über dem Schemel befand sich ein Haken in einem der starken Balken, die das Dach trugen.
»Der ist neu«, bemerkte Christian nachdenklich. »Was wollten sie daran hochziehen?«
Aufschnürn in Himmel! gellte es Jakob in den Ohren. »Mich«, sagte er schlicht, und er spürte wieder, wie sich die Schlinge um seinen Hals verengte.
Deshalb also der vorbereitete Strick. Man hätte ihn die Treppe hinaufgeschleppt, auf den Schemel gestellt, den Strick an dem Haken befestigt, und dann …
Ihm wurden die Knie weich. Als er bei Tisch noch einmal die ganze Geschichte erzählte, unterbrach ihn Marie, die gerade die Suppe auftrug: »Das mit dem Himmel hast du mir nicht gesagt! Himmel heißt in deren Sprache nichts anderes als Hausboden. Und Fuchs ist der Keller.«
Charlotte und Luise, die Jakobs Bericht mit offenen Mündern gefolgt waren, kicherten. Selbst Henriette, die sonst scharf da-

rauf achtete, dass Marie ihr Mundwerk im Zaume hielt und nicht ungefragt redete, sah erstaunt auf.
»Was soll das für eine Sprache sein?«, fragte sie.
Jakob und Marie erklärten es ihr. »Von Massume anspannen war noch die Rede«, sagte Jakob. »Und acher lamayle hat einer gesagt.«
Marie dachte nach. »Massume ist Geld. Und lamayle heißt herauf oder oben ...«
Christian schwieg dazu und machte sich seine eigenen Gedanken. Erst nach dem Essen nahm er Marie und Jakob noch einmal ins Gebet. Jeden Satz, den Jakob sich gemerkt hatte, wollte er mehrmals hören und schrieb ihn auf. Marie konnte nur einiges davon übersetzen.
»Mein alter Freund Etienne Sy hat eine besondere Vorliebe für solche Ausdrücke«, erklärte Christian. »Vielleicht kann der etwas damit anfangen.«
Jakob erinnerte ihn daran, dass er nach seinem Erlebnis am Hochgericht von den Männern mit der seltsamen Redeweise gesprochen hatte. »Damals wusstest du keine Übersetzung.«
Das gab Christian zu, und Jakob nutzte die Gelegenheit, sich vorsichtig zu erkundigen, ob es nicht unter Umständen an der Zeit sei, eine Meldung über den Raub zu erstatten.
Christian schüttelte den Kopf. »Wir müssen selber herausfinden, um was es da eigentlich geht. Die Einfaltspinsel von der Stadtwache machen mit ihrem Geschrei nur alle Pferde scheu, und wir erfahren gar nichts. Weshalb zum Beispiel hatten es diese Kerle ausgerechnet auf uns abgesehen? Und waren es wirklich die gleichen, die dich zweimal niedergeschlagen haben?«
»Da bin ich ganz sicher. Ich sage dir ja, der zaundürre Kerl mit dem Narbengesicht – der ist mir zuvor schon mindestens zweimal begegnet.«

Christian dachte nach. »Das wäre kein Beweis. Aber ich erinnere mich auch an einen solchen Mann. Er beobachtete mich, während ich die Wasserleiche untersuchte.«
Jakob sah ihn an. »Das war sein Kumpan!«, rief er aufgeregt aus. »Die Leiche mit dem Schnauzbart, die neben der Grube im Judengarten lag. Darauf schwöre ich einen Eid!«
»Vorsicht, Vorsicht!«, mahnte Christian. »Für eine solche Behauptung könntest du niemals den Beweis antreten.«
Jakob war nicht aufzuhalten. »Du selbst hast gesehen, dass man ihm den Bart ganz stümperhaft beschnitten hatte, um ihn unkenntlich zu machen! Und er war auch anders gekleidet als im Judengarten. Dort trug er noch einen Rock. Und feste Stiefel.«
Christian wiegte den Kopf hin und her. »Und wenn es doch ein anderer war?«, zweifelte er. »Möglichenfalls zählen wir nur Zufälle zusammen, die nichts miteinander zu tun haben ...«
»Nein!«, beharrte Jakob. »Du vergisst die Männer, die den angeblich Betrunkenen hinunter zur Spree geschafft haben. Die kamen aus der Wallstraße. Und dort steht das halbfertige Haus, dessen Besitzer du nicht in Erfahrung bringen kannst. Dessen Garten aber stößt an den von Veitel Loeb.«
»Das Haus ist verschlossen, das hast du selbst geprüft.«
»Das habe ich dir noch gar nicht gesagt: Am Ostersonntag war jemand drin!« Jakob erzählte, was er beobachtet und das man ihn in dem Haus bemerkt hatte.
Christian kratzte sich den Kopf. »Da muss ich mir etwas einfallen lassen«, sagte er.

Fräulein von Pöllnitz hat Sorgen

»Pöllnitz, Sie ist und bleibt ein Unikum!« Lachend erhob sich Sophie Charlotte von ihrem Platz am Cembalo. Gerade hatte ihr die Hofdame, die sich mit Fug und Recht und in aller Bescheidenheit als ihre Freundin bezeichnen durfte, das neueste – natürlich erfundene – Hof-Histörchen über sie und die unsägliche Gräfin Wartenberg erzählt. Zugegeben eine mehr als zweideutige Anekdote, aber dazu neigte die gute Pöllnitz nun einmal, die nach eigenen Worten in den Männern das schöne Geschlecht sah und es ausgewählte Vertreter dieser Menschengattung auch spüren ließ.

Die Gräfin jedenfalls sollte dem Vernehmen nach geäußert haben, wenn die Königin so sehr ihren Leibniz benötige, so wolle sie sich mit einem Leib allein bescheiden – wenn er denn nur kräftig gebaut sei …

Henriette Charlotte von Pöllnitz, nur wenige Jahre jünger als die zweiunddreißigjährige Königin und neben ihr eine durchaus auffallende Erscheinung, stammte ebenfalls aus Hannover. Sie wusste, was sie ihrer Gebieterin zumuten konnte. Vom ersten Tag an hatten sie sich blendend miteinander verstanden und teilten manches Geheimnis, von dem an Friedrichs Hof besser niemand erfuhr.

Wie Sophie Charlotte liebte auch das Fräulein von Pöllnitz die italienische Musik, wenngleich Arcangelo Corelli nicht als ihr Lieblingskomponist gelten konnte. Den Violinvirtuosen hatte die Königin für sich reserviert, und manchen ihrer Kompositionen hörte man den Einfluss an. Ein solches Urteil durfte die Pöllnitz freimütig äußern, wurde es doch als höchstes Lob empfunden.

Auch für ihre kleinen Opernaufführungen, die den Zorn der calvinistischen Prediger so sehr beflügelten, hatten sie anfangs ausschließlich die italienischen Libretti und Kompositionen bevorzugt, bis die Pöllnitz der Kurfürstin eines Tages einige Seiten mit einem eigenen Libretto vorlegte, von dem die hellauf begeistert war und sich sofort an die Komposition machte. Seitdem waren schon mehrere dieser gemeinsamen Werke aufgeführt worden, die ihnen beiden viel Spaß bereiteten und die Abende bereicherten.

Anders als im Schloss zu Cölln hatten hier in Lietzenburg die Pfaffen glücklicherweise wenig zu melden, und dass der gestrenge Hofprediger Cochius gar aus dem Klevischen kam und die unrühmliche Gräfin W. bereits als Kind gekannt hatte, verminderte sein Ansehen in Lietzenburg noch mehr. Dennoch wagte es die Königin nur im Gespräch mit der Pöllnitz und ihrem über alles geschätzten Leibniz, sich über die Geistlichen und ihr kleingeistiges Gezänk zu erheitern. Immerhin hatte sich Friedrich anlässlich der Krönung zu einem Generalpardon für Mörder, Gotteslästerer und Majestätsbeleidiger durchgerungen.

Es stimmte schon: Der Lietzenburger Hof war eine Insel der Seligen, und die Pöllnitz wusste es zu schätzen, dass sie zu den Insulanern gehörte. Leibniz hielt sie für würdig, ihr Mathematikunterricht zu erteilen. Sie mochte den genialen Mann, musste in seiner Gegenwart allerdings oft an die kecken Worte der Lieselotte von der Pfalz denken: Es ist rar, dass gelehrte Leute sauber sind und nicht stinken …

Ins düstere Cöllner Schloss reiste die Pöllnitz so selten wie Sophie Charlotte auch, zumal die Fahrt durch den Tiergarten einige Stunden in Anspruch nahm. Acht Pferde hatten alle Mühe, die schweren Karossen durch den knietiefen Sand zu ziehen. Nur am Großen Stern durften sie verschnaufen. Zum Schutz vor den vagabundierenden Räuberbanden war obendrein ein besonderes Geleit notwendig. Des Abends brannten Öllampen längs der Strecke, doch konnten die Laternenwächter kaum deren allnächtliche mutwillige Beschädigung verhindern.

Sophie Charlotte gab unumwunden zu, dass sie lieber zweimal jährlich die dreitägige Reise nach Hannover auf sich nahm, als einmal die ins nahe Berliner Schloss. Die Pöllnitz kannte die Gründe, warteten doch dort neben anderen Widrigkeiten die verabscheuten Kissen auf die Königin. Die sandte ihr der auf Etikette bedachte König gemäß dem Hofzeremoniell, wenn er bei ihr zu schlafen gedachte – was selten genug vorkam. Sophie Charlotte empfand sich dennoch als ein bloßes Schlachtopfer, worüber die Pöllnitz sich insgeheim belustigte, stellte sie sich Friedrichs wenig kriegerische Erscheinung im Bett vor. Selbst unverheiratet, hatte sie gänzlich andere Vorstellungen von einer Ehe und deren Freuden, wünschte sich aber auch keine dauernde Verbindung, die sie in ihrer Freiheit behindert hätte. Immerhin – ein Kurfürst, der sich zum König gekrönt und damit auch seine Frau zur Majestät erhoben hatte, war schon etwas Besonderes. Im Zweifelsfall musste man sich eben überwinden und einen Frosch küssen, wenn er denn eine Krone trug.

Fräulein von Pöllnitz, ihrer scharfen Zunge wegen mitunter eher gefürchtet als beliebt, war dem Spiel und einem guten Glas Wein nie abgeneigt, und wenn es sich ergab, geleitete danach wohl auch der eine oder andere Kavalier sie in ihr Gemach.

Der Königin gegenüber beließ sie es bei Andeutungen über derlei kleine Abenteuer, die sich mitunter zu erfreulichen, in letzter Zeit aber auch zu recht unerfreulichen Affären ausweiteten. Davon durfte Sophie Charlotte erst recht nichts erfahren.

Im Grunde war sie nicht gänzlich schuldlos an den Unannehmlichkeiten ihres Ersten Kammerfräuleins, hatte sie doch dessen Hilfe oft genug genutzt, um unter Umgehung der kurfürstlichen Finanzeinschränkungen eine teure Tapete, einen halben Ballen Seide oder ein besonders schönes Schmuckstück zu erwerben oder ein anderes, an dem sie die Lust verloren hatte, zu verkaufen. Fräulein von Pöllnitz hatte das anfangs aus reiner Freundschaft und Zuneigung für die Kurfürstin getan, bald jedoch bemerkt, das andere Personen sich mit wenig Zurückhaltung an derlei Geschäften schadlos hielten. So war sie schließlich darauf verfallen, die Dinge selbst in die Hand zu nehmen und den Anteil etwaiger Zwischenhändler zu eigenen Gunsten zu beschränken.

Geld für den Hofstaat der Kurfürstin war zu Danckelmanns Zeiten knapp gewesen, und es floss auch jetzt nicht reichlich, ging man nicht auf Kolbes freche Bedingungen ein. Was nützte es, dass Sophie Charlotte den verhassten Grafen, der zu all seinen ertrag- und einflussreichen Ämtern neuerdings auch noch zum Generalerbpostmeister und jüngst gar zum Premierminister aufgestiegen war, als Großwesir, Windbeutel, ja als Bestie bezeichnete – letztendlich hing man von seiner Gnade ab, und damit von der seiner Frau, der »regierenden Gräfin«.

Das Einkommen eines Kammerfräuleins – wenn es denn überhaupt gezahlt wurde – war mager. Wollte man sich einigermaßen standesgemäß kleiden, nicht den billigsten Säuerling als Wein genießen und sich hin und wieder einmal am beliebten

englischen Eichenspiel beteiligen, so blieb keine andere Wahl, als sich für anderweitige Dienste entlohnen zu lassen. Als es um Danckelmanns Entlassung gegangen war, hatte die Fronde um den alten Barfus nicht mit den Dukaten gegeizt, aber sie fühlte sich nun einmal nicht als eine geborene Intrigantin wie etwa die Krosigk, die sich damit nur Feinde geschaffen hatte.
Nein, in Wahrheit steckte in ihr ebenso wie in Sophie Charlotte ein wahrer Schöngeist, dem alle Ränke und alles Finanzielle tief verhasst waren. Doch auch ein Schöngeist muss leben. Ihr blieben nur zwei Möglichkeiten: Schulden beim Juden zu machen – oder sich eine zusätzliche Einnahmequelle zu verschaffen. Die – so hatte die Pöllnitz lange geglaubt – schien sie in den kleinen Hilfeleistungen beim Handel für Sophie Charlotte gefunden zu haben. Allmählich jedoch war ihr die Übersicht über eigene Einnahmen und fremde Ausgaben, über erworbenen oder in Kommission gegebenen Schmuck samt Gewinnspanne, ja über die eigene Weinrechnung wie über die leichtfertig beim Spiel ausgestellten Schuldscheine entglitten. Seit Monaten sah sie sich einem Wust von teils gerechtfertigten, teils überhöhten Forderungen unterschiedlichster Gläubiger gegenüber.
Im Stillen hatte sie gehofft, dass Friedrich, wie schon einmal geschehen, anlässlich der Krönung die gleichermaßen zerrütteten Finanzen seiner Frau durch eine großzügige Zuwendung ausgleichen würde, doch war ein solcher Segen bisher ausgeblieben. Es blieb ihr nichts anderes übrig, als sich an den Juden zu wenden, der bisher immer noch der Retter in höchster Not gewesen war. Dazu bedurfte es allerdings einer lästigen Reise nach Berlin. Oder eines vertrauenswürdigen Boten.
Den gedachte sie bei der nächsten abendlichen Redoute zu überreden.

Kein Pfusch auf dem Bau

Mehr als drei Wochen waren vergangen. Nichts Auffälliges hatte sich ereignet, sah man von der zunehmenden Unruhe auf den Straßen und insbesondere auf der Georgenstraße ab, von der es hieß, dass man sie nach der Entrée in Königstraße umbenennen würde. Langsam nahmen die fünf Triumphpforten dort Gestalt an. Die sechste der Stadt Cölln entstand direkt vor der neuen Schlossfassade, und vor dem Georgentor am Ochsenmarkt werkelten die Bauleute namens der Vorstädte und Gärtner an einer siebenten.

Mit den Wagen und Fuhrwerken, den Kähnen und Flößen, die das Baumaterial heranschafften, schwemmte es Tag für Tag mehr Menschen in die Residenz, und darunter nicht wenig zwielichtiges Volk, das die Torwachen in ruhigeren Zeiten zurückgewiesen hätten. So verbreitete sich jedenfalls der Maurermeister Keitel in Christians Barbierstube. Der Barbier, gewohnt, dem Kunden allemal Recht zu geben, widersprach diesmal.

»Hat es je ruhige Zeiten gegeben seit dem großen Krieg?«, fragte er und löste damit ein großes Palaver aus, an dessen Ende sich alle einig waren, dass die Zeiten wohl von jeher unruhig und dem Fortkommen des Bürgers wenig zuträglich gewesen seien. Irgendwo, und sei es bei den Türken, gäbe es immer Krieg, und gäbe es den nicht, fänden die hohen Herren einen anderen Grund, die Steuern zu erhöhen.

Mitten in dieses Wortgefecht platzte der wackere Glasemann, dem der Doktor Garliep mal wieder kein Trinkgeld bewilligt hatte, und meldete säuerlich, vor einem gewissen Haus, für das sich der Meister so sehr interessiere, würde Bauholz abgeladen und hineingetragen.

Schon öfter hatten der Barbier Fahrenholtz und der Maurermeister Keitel gemeinschaftlich die überhand nehmende und das ehrliche Handwerk schädigende Pfuscherei beklagt, die sich in den Residenzen ausbreitete wie Algen in trübem Wasser. Die Pfuscher, unzünftige Bauleute, ja selbst Bäcker, Barbiere und zahllose Schuster, die keinem der privilegierten Gewerke angehörten, verdrängten mitunter für einen geringen Teil des festgeschriebenen Arbeitslohns die ehrbaren Gesellen aus Lohn und Brot. Jetzt, nur wenige Wochen vor dem festlichen Einzug des Königs, riss ihr Zustrom nicht mehr ab. Bei den Wundärzten kamen noch die reisenden Wunderdoktoren und Quacksalber hinzu, denen das abergläubische Volk zulief. Zwar galt in Berlin Friedrichs strenge Medizinalordnung, doch wie bei den meisten Edikten aus dem Schloss, die dem König kein Geld einbrachten, mangelte es an behördlicher Aufmerksamkeit. Überall ließen sich die Leute für wenig Geld von irgendwelchen Scharlatanen kurieren – oder besser: nicht kurieren.

So fiel es Christian leicht, den hitzköpfigen Keitel auf die mutmaßliche Tätigkeit von Pfuschern beim Ausbau des jüngst verkauften Hauses am Wall hinzuweisen. Der Meister wartete kaum das Ende seiner Bartpflege ab und war schon auf dem Wege zu seinem Zunftmeister, als Jakob und Christian noch einen verständnisinnigen Blick miteinander wechselten.

Dennoch vergingen weitere zwei Tage, während derer bald Christian, bald Jakob oder Glasemann vergeblich an dem wie eh und je verschlossenen Haus vorbeigingen, ohne dass etwas geschah. Am dritten Tag jedoch, Jakob kehrte gerade von einer Rasur in der Schmalen Gasse zurück, stürzte vor seinen Augen eine ganze Schar von Männern in der Kluft der Maurer und Zimmerleute hinter dem Haus des Wallbaumeisters hervor und auf das gegenüberliegende halb fertige Haus zu. »Es ist einer hineingegangen! Wir haben es genau gesehen!«, schrie einer der Maurer zur Erklärung, während die anderen anfangs vergebens die Tür bestürmten, bis die sich plötzlich öffnete und drei der Anstürmenden übereinander in den Hausflur stürzten. Es setzte ein allgemeines Gerangel und Getöse ein, aus dem sich schließlich die Bassstimme des Zunftmeisters erhob, der zu Ruhe und Besonnenheit aufrief.

Was in dem Haus geschah, konnte Jakob nicht feststellen. Dort einzudringen, stand ihm als Unbeteiligtem nicht zu, so gern er einen Blick hineingeworfen hätte. Also verharrte er bei den Coulards vor der Tür und sah sich plötzlich Florine gegenüber, die aus dem vergitterten Fenster schaute, um zu erfahren, was das Geschrei auf der Gasse zu bedeuten habe. Er hatte sie seit Ostern nicht mehr aufgesucht und war deswegen einigermaßen verlegen. Florine jedoch spielte nicht die Beleidigte, sondern erkundigte sich lebhaft, was denn auf der Straße vorginge. Jakob erklärte es ihr mit ein paar dürftigen Worten.

»Es sind immer mal Leute in dem Haus«, wusste Florine zu berichten. »Vor einiger Zeit habe ich sogar die Frau gesehen, die sich nach dir erkundigt hat.«

Jakob horchte auf. »Hast du noch andere Leute bemerkt?«, erkundigte er sich.

»Die Männer kommen und gehen meistens im Dunkeln«, entgegnete sie. »Einer davon ist ziemlich groß und dünn.«

»Mit einem Narbengesicht?«, fragte Jakob gespannt, doch ehe Florine noch antwortete, öffnete sich die Tür des Nebenhauses

und die Handwerker traten einer nach dem anderen wieder auf die Straße. Den Gesichtern sah man den Misserfolg ihres Unternehmens an. Murrend und verächtliche Worte murmelnd, zogen sie von dannen.
Schließlich verließen auch der Zunftmeister und der Meister Keitel das Haus. Der sprach unter der Tür noch ein entschuldigendes Wort zu jemandem.
Jakob winkte Florine zu und trabte hinter Keitel her. Der Maurermeister hörte die Schritte und wandte sich um.
»Du kommst mir gerade recht, Bürschchen!«, dröhnte er. »Deinem Meister Christian verdanke ich diesen Reinfall!«
Erschrocken fragte Jakob: »Habt ihr keinen Pfuscher im Haus angetroffen?«
»Keine Seele!«, grollte Keitel. »Nur einen Kerl mit unverständlicher Sprache, der das Haus hütet, damit niemand etwas stiehlt. Ich wüsste allerdings nicht, was es dort mitzunehmen gäbe.«
»Aber das viele Holz«, wandte Jakob ein. »Sie haben schon zum zweiten Mal Bauholz bekommen!«
Keitel sah ihn missmutig an. »Merkwürdig«, sagte er. »Das ist mir nicht aufgefallen. Das Haus steht leer, wenn man von den Sandbergen absieht. Als wollten sie den Fußboden zwei Ellen höher legen. Angeblich wegen der Feuchtigkeit ... Jedenfalls von Bauholz keine Spur. Das hätten die Zimmerleute wohl bemerkt.«
»Also ist doch etwas faul ...«, vermutete Jakob mehr für sich.
»Was heißt hier – faul? Es sind keine unerlaubten Handwerker auf dem Bau. Etwas anderes galt es nicht herauszufinden.«
Oh doch, dachte Jakob. Da gibt es noch eine ganze Menge!
Er fragte: »Was glaubt Ihr, wo sie das Holz gelassen haben?«
Meister Keitel verlor die Geduld. »Was weiß ich!«, sagte er schroff. »Vielleicht wollen sie es wenigstens warm haben, wenn

schon sonst nichts in dem Bau vorhanden ist.« Jakob gab keine Ruhe. »Wem gehört er eigentlich? Habt Ihr das herausgefunden?«

Keitel blieb stehen und packte ihn am Wams. »Das eben ist die größte Dreistigkeit!«, knurrte er. »Du kannst es deinem Meister ruhig stecken, wenn er es nicht längst weiß und uns deshalb in die Irre geschickt hat. Der angebliche Eigentümer ist ein gewisser Fahrenholtz! Niklas Fahrenholtz. Bist du mit dem verwandt?«

Das ist mein Vater!, hätte Jakob jetzt aufschreien müssen, aber vor Schreck bekam er keinen Ton heraus.

Keitel beutelte ihn am Wams hin und her. »Na, was ist? Hast du die Sprache verloren?«

Jakob stand wie vom Donner gerührt. Sein eigener Vater! Er hatte ihn seit Jahren nicht gesehen, und Christian hatte sich bisher jeder klaren Antwort auf die Frage nach der Schuld des Vaters in der Münzaffäre entzogen. Nie kam ein böses Wort über seinen Bruder Niklas über seine Lippen, und höchst selten ein gutes. Das betraf dann stets die Kindheit in Altlandsberg, als Niklas im Schwerinschen Schlosspark im Regiment des verkrüppelten kleinen Prinzen gedient hatte, ohne zu ahnen, dass der schiefe Fritz einmal König in Preußen sein würde.

Ob sich der König auch daran erinnerte? Jakob hatte schon einmal daran gedacht, Friedrich einen Brief zu schreiben und ihn um Gnade für seinen Vater zu bitten, sollte er denn schuldig geworden sein.

Und nun war der Vater wahrscheinlich sogar in der Stadt und hatte ums Eck einen Bau erworben, auf dem es nicht mit rechten Dingen zuging. Weshalb meldete er sich nicht? War er etwa wieder in finstere Machenschaften verwickelt, von denen niemand etwas wissen durfte?

Jakob fühlte sich sehr unglücklich. Als Christian seine Missstimmung bemerkte und danach fragte, schob Jakob die andauernden Schmerzen im Knie vor. Das war nicht einmal gelogen. Christian sah ihn sinnend an. »Vielleicht hat es auch sein Gutes«, sagte er. »Da nehmen sie dich nicht bei den Soldaten.«

Wer sich auf die Obrigkeit verlässt

Den königlichen Hausvogt Wendelin Lonicer plagten Sorgen, denen er seit Urzeiten allabendlich mit einem kräftigen Schoppen guten Rheinweins beizukommen versuchte. Öfter wurden es ein paar Schoppen mehr, doch die Sorgen waren am anderen Tag die gleichen. Seit nunmehr dreißig Jahren versah er sein schwieriges Amt, in dem ihm das gesamte Hofgesinde, die Landreiter, der Abdecker und Scharfrichter, aber auch die Juden und die hofdienstpflichtigen Untertanen in mehr als einem Dutzend Dörfern rings um die Residenz unterstanden und sich mit ihren Taten – oder weit eher: Untaten – beinahe alltäglich zu Fällen auswuchsen, die seinen ganzen Scharfsinn, aber auch seine ganze Arbeitskraft beanspruchten. Wahrlich kein leichtes Amt für einen Zweiundsechzigjährigen. Immerhin hatte man seinen Sohn Wendelin Conrad schon vor etlichen Jahren zu seinem Protokollisten bestimmt. Der war ihm eine echte Hilfe. Allein die notwendigen Holz- und Jagdfuhren vermochten zwei Männer kaum abzuwickeln. Zu den ewigen Streitigkeiten mit den widerborstigen Bauern kamen die beständigen Schereien mit anderen, nunmehr königlichen Beamten, die sich nicht scheuten, sich an einem Ort, an dem Gerichtshändel ausgetragen wurden, in dreister Weise mausig zu machen und die fortgesetzten Auseinandersetzungen mit den Bürgermeistern und Ratmannen, insbesondere Cöllns und des Friedrichswerders, die in zähen Kämpfen um ihre Zuständigkeiten rangen.

Mit dem Großen Kurfürsten im Rücken war es ein Leichtes gewesen, sich wirkungsvoll gegen alle Anwürfe zur Wehr zu setzen. Nach dessen Tod jedoch hieß es anfangs, der kleine Friedrich missachte nicht nur das Testament seines Vaters, sondern plane, einen Großteil des Hofstaats und der Beamten zu entlassen. Dazu war es in Anbetracht des Danckelmannschen Einflusses nie gekommen, und auch nach dessen Absetzung brauchte Lonicer nicht um seinen Posten zu fürchten, hatte er sich doch den Wünschen des Herrn von Kolbe rechtzeitig und stets willfährig gebeugt. Außerdem war das Amt des Hausvogts trotz der erheblichen Einnahmen aus dem Budenzins der Kaufleute vor dem Schloss und jetzt auf der Stechbahn wohl nicht einträglich genug, um es mit einer der Kreaturen des Reichsgrafen zu besetzen.

Inzwischen hatte man ihm auch noch das Register der Frei- und der Judenhäuser übertragen, und gerade diese neue Aufgabe bereitete ihm zusätzlichen Verdruss. Eines Abends war wieder einmal sein entfernter Vetter Christian Fahrenholtz aufgetaucht, für den er zwar ein gewisses Wohlwollen nicht verhehlen mochte, der ihn jedoch bei jedem seiner seltenen Besuche zu einer Übertretung oder Missachtung amtlicher Befugnisse anzustiften suchte. Das war auch diesmal nicht anders, forderte Fahrenholtz doch nach langem Herumreden und dem Genuss mehrerer Schoppen besten Weins, wie ihn Lonicer gerade auf dem Tisch hatte, nicht mehr und nicht weniger als den Einblick in eben dieses Hausregister und noch zusätzliche Aufklärungen darüber hinaus.

Nun war es natürlich ein Leichtes festzustellen, dass dem Schutzjuden Veitel Loeb das Haus Am Spandauer Tor, gelegen zwischen dem der Heidereiter und dem des Scharfrichters, seit anno 1674 und inzwischen hypothekenfrei gehörte – aber wusste er, wozu Fahrenholtz eine solche Angabe gebrauchen oder missbrauchen würde? Über Loeb war nichts Nachteiliges bekannt, eher das Gegenteil. Der König selbst hatte gelegentlich besondere Steine für seine Sammlung von ihm bezogen, und auch andere Angehörige des Hofes betrieben Geschäfte mit dem Juden und vertrauten ihm Pfänder an.

Wie aber stand es um jenen Bau in der neuen Wallstraße, der Fahrenholtz noch viel wichtiger erschien, glücklicherweise jedoch nicht in Lonicers Verantwortlichkeit fiel. Fahrenholtz' Beharren darauf, jemand bei Hofe müsse seine Finger im Spiel haben, wenn sein gar nicht in Berlin ansässiger Bruder als der Eigentümer jener Baustelle eingetragen sein sollte, war nicht von der Hand zu weisen. Immerhin kam auch ein bestechlicher Berliner Ratsmann für solch eine unzulässige Handhabung infrage.

Der Hausvogt hatte seine Fühler ausgestreckt und war dabei auf allerlei Merkwürdigkeiten gestoßen, darunter auf einen Mann im Hintergrund, dessen Namen ihm tiefes Unbehagen bereitete, gemahnte er ihn doch quälend an seinen größten Misserfolg. Der wiederum hing eng mit Christian Fahrenholtz zusammen. Der Barbier hatte seinerzeit, vor über zwölf Jahren, den Giftmord an der eigenen künftigen Schwiegermutter aufgeklärt, was Lonicers Zuständigkeit allerdings nicht berührte, jedoch außerdem den Mörder des Kammerjunkers von Wedell gefunden und eine groß angelegte Münzfälschung aufgedeckt. Leider war auch der eigene Bruder des Barbiers darin verwickelt gewesen.

Was aber war dabei herausgekommen? Nichts! Matthes von Retzlow, mit der vergifteten Frau Jenisch verwandt und des Mordes an Wedell mehr als nur verdächtig, war zum Kammerherrn befördert und ihm, Lonicer, jede weitere Untersuchung des angeblichen von Wedellschen Selbstmords wie der Münzaffäre strikt untersagt worden!

Kein Wunder also, dass er sich dem Vetter Fahrenholtz gegenüber bis heute schuldig fühlte und zu keinem Entschluss kam, was die Weitergabe des Namens an ihn betraf. Von Retzlow galt als einflussreich bei Hofe und erfreute sich Kolbes Wohlwollen ebenso wie des Einvernehmens der Königin, zu der er angeblich über das Fräulein von Pöllnitz in vertrauter Beziehung stand.

Was für ein Sündenpfuhl! Selbst die Königin sprach von babylonischen Verhältnissen in diesem Schlangennest, von dem sie sich fern hielt. Lonicer wusste nur zu genau, was sie meinte. Wollte der Hausvogt etwas erfahren, so standen ihm allerlei geheime Quellen zur Verfügung, von denen hoffentlich niemand bei Hofe etwas ahnte, vor allem der von Retzlow nicht. Der war für seine Kabalen und seinen rüden Umgangston berüchtigt, und auch deshalb fürchtete Lonicer, dass die Nennung des Namens gegenüber dem Barbier eine kaum berechenbare Wirkung haben könnte. Andererseits war es ihm selber nicht gelungen herauszufinden, was von Retzlow mit dem Kauf der Baustelle über einen Strohmann aus der Fahrenholtzschen Familie wirklich beabsichtigte. Ob sich dieser Niklas Fahrenholtz überhaupt in der Stadt aufhielt oder aufgehalten hatte, blieb ungewiss, und ob er den wahren Hintergrund der Unternehmung kannte, ebenso.

Was den von seinem wohlbeleumdeten Bruder Christian vermuteten Zusammenhang mit dem österlichen Einbruch einer Räuberbande in sein Haus betraf, so hegte Lonicer gelinde Zweifel. Auffällig war allein schon die geringe Beute, mit der die angebliche Bande sich davongemacht hatte. Die ganze Angelegenheit roch wie eine pure Erfindung des Lehrjungen Jakob, der von eigenen Missetaten ablenken wollte, und sei es nur die von Christian angedeutete Liebschaft mit der Hausmagd. Die beiden waren schließlich die einzigen Zeugen jenes Überfalls, den Christian nicht einmal angezeigt hatte, wie es die Vorschrift erforderte. Lonicer, obgleich er Christians Abneigung gegen die grobschlächtigen Stadtwächter insgeheim teilte, hatte nicht versäumt, ihn barsch auf das Sträfliche einer solchen Unterlassung hinzuweisen.

Was die Leiche aus der Spree anging, so hatte der Hausvogt den Scharfrichter zu einer Darlegung einbestellt, bei der nichts Neues herausgekommen war. Ein Mann in des Toten Alter und von dessen Statur, schnauzbärtig oder glatt rasiert, wurde nirgendwo in der Residenz vermisst, und dass Meister Martin die Leiche schließlich an einen Mediziner verschachert hatte, änderte nichts am Sachverhalt.

Nein, für den königlichen Hausvogt ergab sich trotz mancher Auffälligkeiten nirgendwo ein Grund zum Eingreifen, was er dem sichtlich enttäuschten Fahrenholtz bei seinem nächsten abendlichen Besuch mitteilte und ihn aufforderte, auf eigenmächtige Nachforschungen zu verzichten.

»Wenn es sich denn tatsächlich um eine zugereiste Räuberbande handeln sollte«, so referierte Lonicer mit erhobenem Zeigefinger, »bleibt es einzig und allein Aufgabe der zuständigen städtischen oder der königlichen Obrigkeit, Maßnahmen zu ergreifen!«

Christian, der sehr wohl registrierte, dass diesmal kein guter Rheinwein auf dem Tisch stand, widersprach: »Hätte ich mich stets nur auf die Obrigkeit verlassen, wäre ich längst im Kerker vermodert oder von meinem eigenen Schwiegervater vergiftet worden.«

Lonicer hob zum Zeichen, dass er dem nichts entgegenzusetzen hatte, beide Handflächen. Er war froh, dass der Name von Retzlow nicht gefallen war und beschloss auch weiterhin zu schweigen.

Ungelöste Rätsel

Der April ging zu Ende, und die ersten Maitage brachten Regen. In Lietzenburg war der Geburtstag des kaiserlichen Kronprinzen und Römischen Königs Joseph mit einem glanzvollen Ball gefeiert worden, bevor die Königin mit ihrem Hofstaat nicht ohne Widerstreben nach Schönhausen aufgebrochen war, wo sie der König erwartete. Sie sei verzweifelt, die nächsten Monate so angestrengt in öffentlicher Erscheinung zubringen zu müssen, äußerte sie zur Pöllnitz. Außerdem fehlte ihr Leibniz, den anderweitige Verpflichtungen fern hielten.

In Berlin bereitete sich alle Welt auf den feierlichen Einzug vor, der an Glanz und Prunk alles überbieten sollte, was man bisher gesehen hatte. Selbst die Hinrichtung eines mehrmals entlaufenen Soldaten am Galgen vor dem Georgentor ging in der allgemeinen Erwartung fast unter. Zum ersten Mal, so erfuhr Jakob zu seinem Erstaunen, würde ein deutscher König Berlin nicht nur besuchen, sondern fortan hier residieren. Der Kaiser des Heiligen Römischen Reichs deutscher Nation saß im fernen Wien, und einen anderen König deutscher Abstammung gab es nur in Sachsen, den von Polen nämlich, der deswegen extra zum katholischen Papismus zurückgekehrt war und dem man Hunderte von unehelichen Kindern in seinen Landen nachsagte.

Wie Christian vermutet hatte, lief das Barbiergeschäft besser als je zuvor, was nicht allein an den immer verzwickteren Barttrachten lag, bei deren Bearbeitung Jakob eine gewisse Meisterschaft erlangt hatte, sondern auch an den zahlreichen körperlichen Schäden, die Menschen beim Bauen, Malern und Ausbessern ihrer Häuser, der Straßen und der sieben Prunkbögen erlitten. Die waren noch immer nicht fertig, und das goldene Gipsmodell des reitenden Großen Kurfürsten stand noch nicht an seinem Platz.

Nach und nach wich die violette Verfärbung an Jakobs Hals einem verblassenden Gelb. Nur das Knie schmerzte Christians Heilkünsten zum Trotz noch immer. Ansonsten war im Fahrenholtzschen Haus kaum noch die Rede von dem unseligen Einbruch, denn auch hier nahmen die Vorbereitungen auf das festliche Ereignis jeden in Anspruch. Wendelin Lonicers Zweifel an Jakobs Aussagen aber gaben Christian doch zu denken, und so betrachtete er seinen Neffen öfter als vorher mit prüfenden Blicken, was der glücklicherweise auf die modischen Bärte unter seinen Händen bezog und sich denen mit doppeltem Eifer widmete.

Das allzu eindeutige Einvernehmen zwischen Jakob und der drallen Hausmagd fand schließlich durch Henriette ein vorläufiges Ende, die Marie eines Vormittags mit klaren Worten in die Schranken ihres Dienstbotenverhältnisses verwies, ja mit dessen unrühmlichem Ende drohte, sollte sie dem jungen Lehrburschen weiterhin nachstellen oder gar die Kammertür öffnen. Marie, hochrot bis unter die weizenblonden Haarwurzeln, blieb stumm und brach erst in ihrem dürftigen Gelass über dem Stall in Tränen aus.

Am gleichen Abend forderte Christian den Neffen trotz des regnerischen Wetters wieder einmal zu einem gemeinsamen Spaziergang auf. Jakob, durch den wachsamen Valtin längst über Maries Zurechtweisung im Bilde, schwante nichts Gutes.

Dabei verspürte Christian keinerlei Neigung, dem Neffen moralische Vorhaltungen zu machen. Ihm war allemal lieber, der sammelte seine ersten Erfahrungen mit einem hübschen und sauberen Frauenzimmer wie Marie als bei den Dirnen, deren Zustrom in die Residenz von Tag zu Tag zunahm.
Was allerdings Jakobs und Maries übereinstimmenden Bericht vom österlichen Überfall anging, hielt er nach Lonicers Einwänden nun doch einen gewissen Argwohn für angebracht. Gänzlich unklar war beispielsweise, wie die Räuber während Jakobs angeblich nur flüchtiger Abwesenheit unbemerkt und ohne Spuren von Gewalt zu hinterlassen in das Haus eingedrungen sein konnten. Jakob schwor Stein und Bein, alle Türen verschlossen und den Schlüssel bei seiner kurzen Abwesenheit stets bei sich geführt zu haben.
»Und das Fenster deiner Kammer?«, fragte Christian. »Wie sieht es damit aus?« Vergeblich hatte ihn Henriette immer wieder ermahnt, endlich auch dieses kleine Fenster mit einem starken Gitter zu sichern. Jetzt, so kurz vor der Entrée, war kein Maurer für solch eine Arbeit zu finden.
Und genau das Fenster war der schwache Punkt, der Jakob selber mit Schrecken eingefallen war. Oft genug hatte er den Weg aus seiner nachträglich vom Stiegenhaus abgeschlagenen Schlafkammer über das Schuppendach genommen. Da er es von Altlandsberg her gewohnt war, in frischer Luft zu schlafen, stand der schmale Fensterflügel meist einen Spalt weit offen. Von unten war das kaum wahrzunehmen, aber ein ausdauernder Späher konnte diesen Weg ins Haus ausgekundschaftet haben. Und dass man ihn zu Ostern beobachtet hatte, stand nun einmal fest.
Christian nahm sein Schweigen als Schuldbekenntnis und bohrte nicht weiter in der offenen Wunde. Der erlittene Verlust

ließ sich allemal verschmerzen. Die Köchin hatte sich beruhigt; nur Valtin trauerte noch seinem Säbel nach.
Dennoch blieb es seltsam, dass die Diebe, die ja anscheinend eine gewisse Zeit im Haus verbracht hatten, sich nicht genauer umgesehen und nicht mehr gestohlen hatten. Jakob hatte auch darüber nachgedacht. »Wahrscheinlich blieb ihnen nicht genügend Zeit für das Erdgeschoss, weil ich zurückkam. Als sie dann Marie vor dem Tor hörten, entfloh der eine. Der andere versteckte sich in der dunklen Küche …«
»Im Keller«, unterbrach ihn Christian. »Ich muss mir im Keller noch die Kasse angucken, hat er gesagt.«
Jakob blieb stehen. »Woher wisst Ihr das?«
Christian lachte. »Von wem wohl? Von dir! Und von Etienne natürlich, der deine Sprachbrocken übersetzt hat. Nit fezzen und keine Makke bedeuten, dass sie dich unverletzt haben wollten. Und acher lamyayle mit'm heißt: Nach oben mit ihm …«
Er sah Jakob sehr ernst an. »Oder hat Marie sich das alles nur ausgedacht, weil sie das Jenische so gut beherrscht?«
»Ihr meint …?« Empört schüttelte Jakob den Kopf. »Ihr glaubt doch nicht etwa, Marie und ich hätten das Ganze erfunden! Die beiden Männer im Haus und den Strick um meinen Hals? Sie wollten mich hängen …« Er brach ab. Der schrille Ton seiner Stimme war nicht zu überhören.
»Auch das ist seltsam«, stellte Christian nüchtern fest. »Warum wollten sie das tun?«
»Weil ich sie bei ihrem Raub überrascht habe.«
»Da hätte ein Schlag auf den Kopf genügt. Es war dunkel und du hattest niemanden erkannt.«
Dem musste Jakob zustimmen. »Dennoch hatten sie die Schlinge schon vorbereitet …«, sagte er gedankenvoll.

»Dazu den Haken und den Schemel in der Bodenkammer. Was hätten wir wohl geglaubt, wenn wir dich dort am Balken gefunden hätten?«

»Ich weiß nicht«, sagte Jakob beklommen. Allein bei dem Gedanken spürte er wieder den schnürenden Strick um seinen Hals. »Vielleicht solltet ihr glauben, ich hätte mich selber ...«

»Genau das!«, rief Christian ganz gegen seine Gewohnheit laut aus. »Wir sollten glauben, du hättest dich selbst entleibt!«

»Aber warum sollte ich so etwas tun?«, fragte Jakob verständnislos. »Ihr kennt mich und wisst, dass ich mich niemals umbringen würde!«

Christian hob die Achseln. »Vielleicht aus Liebeskummer? Oder weil im Haus einiges fehlte? Geld zum Beispiel ...«

»Ich habe nie auch nur einen Pfennig gestohlen!«, fuhr Jakob auf.

Christian beruhigte ihn. »Natürlich nicht. Aber einen Toten kann man nicht mehr befragen. Wahrscheinlich hätten sie dir etwas von dem Gestohlenen in die Tasche gesteckt, um von sich abzulenken.«

»Was für ein abgefeimter Plan!« Jakob kam über so viel Gemeinheit gar nicht hinweg. »Wegen einer so geringen Beute einen Menschen zu töten!«

Das fand auch Christian. »Dabei gibt es in unserem Viertel wahrlich reichere Leute als uns«, sagte er nachdenklich. »Wenn sie es wirklich auf dich abgesehen hatten, muss noch etwas anderes im Spiel sein. Warst du jemals an einer ernsthaften Auseinandersetzung beteiligt? Oder hast jemanden beleidigt? Etwas angezeigt oder gemeldet?«

Jakob schüttelte den Kopf. »Ihr wisst alles, was ich tue«, erklärte er, woran Christian wiederum Zweifel anmeldete. »Alles will ich gar nicht wissen«, gestand er Jakob zu. »Nur ein bisschen mehr über die Verletzungen, die du angeblich im Judengarten erlitten hast.«

»Nicht angeblich!«, beharrte Jakob entrüstet. »Es ist genau so gewesen, wie ich es Euch berichtet habe. Zuerst lag der Tote neben einer frischen Grube am Zaun, und dann war er verschwunden. Als ich nach der Leiche grub, die zu der Zeit vielleicht schon in der Spree schwamm, schlug man mich nieder und Rahel fand mich.«

Christian griente. »Mit den Samariterinnen, die sich rechtzeitig einfinden, scheinst du mehr Glück zu haben als mit deiner Florine.«

»Mir geht die Sache mit dem verschwundenen Holz nicht aus dem Sinn«, sagte Jakob. »Irgendwo müssen sie es doch gelassen haben. Und sei es im Keller.«

»Im Keller?« An Christians Miene erkannte Jakob, dass es damit etwas Besonderes auf sich haben musste.

»Warst du im Haus der Französin jemals im Keller?«

»Natürlich nicht«, entgegnete Jakob, und dabei fiel ihm Florines Klage ein, es gäbe im Sommer kein kühles Plätzchen im Haus, um den Wein und die Butter kalt zu stellen. Im Geist entwarf er einen Grundriss des Hauses – eine Kellertreppe gab es nicht und auf der Straße wie im Garten fehlten die Kellerhälse, die man für gewöhnlich an den Berliner Häusern bemerkte.

»Das Haus besitzt gar keinen Keller!«, stellte er fest.

Christian nickte befriedigt und ergänzte: »Und das daneben ebenso wenig. Die Häuser in der Wallstraße stehen auf den Resten der alten Berliner Stadtmauer. Wer wollte wohl deren Fundamente ausgraben?«

»Dann ist das verschwundene Holz umso auffälliger.«

»Man sieht eine Art Schuppen auf dem Hof. Vielleicht wird es dort gelagert«, wandte Christian ein.

»Schon möglich …«, stimmte Jakob ihm einsilbig zu. Mit diesem geheimnisvollen Haus stimmte etwas nicht. Darauf hätte er seinen letzten Groschen gesetzt! Und dass es angeblich seinem Vater gehörte, machte die Sache noch schlimmer. Wenn der inzwischen in Berlin aufgetaucht war, um ein Haus zu kaufen, ohne seinen leiblichen Sohn und seinen Bruder aufzusuchen, so hatte er wie ein ehrloser Schuft gehandelt. Oder es steckte ein so großes Gaunerstück dahinter, dass er es vorzog, auf jeden Verwandtenbesuch zu verzichten. Was auf das Gleiche hinauslief.

Jakob hätte es gern aufgegeben, sich über seinen Vater Gedanken zu machen. Der hatte damals mit den Münzfälschern gemeinsame Sache gemacht. Hätte ihn der wohlwollende Herr von Schwerin sonst einfach entlassen?

Christian unterbrach sein Nachsinnen. »Vielleicht haben sie das Holz nur gelagert und längst weiter verkauft, ohne dass wir es bemerkt haben.«

»Ich werde mit Florine sprechen. Ihr müsste das aufgefallen sein. Außerdem sollte man sich beim königlichen Holzmarkt erkundigen, wer das Holz gekauft und bezahlt hat.«

»Richtig. Aber du gehst gar nicht mehr zu deiner Florine. Hast du den Sprachunterricht aufgegeben? Du weißt doch: Wer nicht Französisch kann, der kommt bei Hof nicht an. Die Königin parliert ausschließlich in dieser Sprache.«

Jakob schüttelte heftig den Kopf. »Ich habe nicht die Absicht, bei Hofe anzukommen. Ich will ein tüchtiger Wundarzt werden wie Ihr.«

Christian lächelte. »Na, mit dem Barbieren klappt es ja schon ganz gut. Der Entenwädele-Bart gelingt dir vortrefflich.«

Jakob errötete. Das schwierige Stutzen und Brennen der Bärte ging ihm wahrhaftig gut von der Hand und brachte manchen

Sechser Trinkgeld. Und da Christian nun einmal dabei war, ihn zu loben, wollte er auch dessen letzte Zweifel an seinem Bericht von den Räubern beseitigen.
»Ich wusste gar nichts davon, dass im Keller eine Geldtruhe steht.«
»Du nicht«, entgegnete Christian. Auch er hatte schon darüber nachgedacht, wer von der alten Truhe wusste, die aus dem Besitz von Henriettes Vater stammte. Er selber hatte nie ein Wort darüber verloren und Henriette gebeten, kein so auffälliges Behältnis für ihre Taler zu benutzen. Im Keller hatte er ein sicheres Versteck eingerichtet, das den Räubern prompt entgangen war. Dennoch blieb er misstrauisch. »Marie weiß davon. Sie kennt den Grund dafür, dass der Tisch in der Küche immer an einer bestimmten Stelle stehen muss: Um den Kellereingang zu verbergen.«
»Ihr solltet Marie nicht verdächtigen«, wandte Jakob bekümmert ein. »Sie ist eine treue Seele und hat mir das Leben gerettet. Und wahrscheinlich auch verhindert, dass noch mehr gestohlen wurde.«
»Ein alter Säbel und ein bisschen Kleingeld …« Christian blieb stehen und näherte sein Gesicht dem Jakobs. »Du kannst sagen, was du willst: Sie wollten sich an dir rächen und dabei keine Spuren hinterlassen!«
Jakob erschrak, sprach Christian doch aus, was ihm selber schon aufgefallen war. »Aber wofür? Und dass jemand im Haus war, hättet Ihr an den fehlenden Gegenständen und an der aufgebrochenen Truhe ohnehin bemerkt.«
Das klang einleuchtend. Mit bedächtigen Schritten ging Christian weiter. »Vielleicht haben sie sich dazu erst in letzter Minute entschlossen. Nachdem ihr Plan, dich zu bestrafen, gescheitert war …«

Jakob dachte nach. »Das wäre möglich. Ich muss die Besinnung verloren haben, während ich im Durchgang lag und Marie vor dem Tor stand. Da kann einer die Treppe hinaufgestiegen sein, um den Säbel und das Spargeld zu holen …«
»… und aus deinem Kammerfenster zu entkommen«, ergänzte Christian. »So passt eins zum anderen.«
Für Jakob war es keine zufrieden stellende Erklärung. Aber eine bessere fand er auch nicht. »Zeit genug blieb den beiden«, musste er zugeben. »Es verging eine ganze Weile, bis ich zum Tor kroch und es für Marie öffnete.«
Sie durchschritten das alte Spandauer Tor. Jedes Mal wenn er sich dem Haus näherte, guckte sich Jakob jetzt gewissenhaft um. Auf dem regennassen Buckelpflaster war außer ihnen kein Mensch unterwegs.
»Wenn ich diesen langen Kerl mit dem Narbengesicht sehe – ich würde ihn unter Hunderten erkennen«, sagte Jakob.

Veitel Loeb stürzt tief

Nur noch zwei Tage fehlten bis zu der grandiosen und lang erwarteten Entrée, mit der Friedrichs Glorie alles bisher da Gewesene in den Schatten stellen sollte. Selbst im Haus des Juden Veitel Loeb spürte man die festliche Unruhe. Auch hier war alles frisch geputzt und glänzte bis zum letzten Chanukka-Leuchter, als hätten die Majestäten dem bescheidenen Heim ihren Besuch angekündigt. Und in gewisser Hinsicht stimmte das ja auch, fand Loeb. Am Nachmittag war endlich der Bote mit dem unter allerlei billigem Tand wohlverwahrten Etui aus Antwerpen eingetroffen.

Veitel Loeb vergewisserte sich, dass die schweren Samtvorhänge vorgezogen und die Türen verschlossen waren, bevor er feierlich zwei weitere Kerzen entzündete. Er stellte sie rechts und links auf den Tisch und nahm das flache Futteral aus der Umhüllung, nachdem er es am Nachmittag nur flüchtig geprüft und an einem sicheren Ort verborgen hatte. Er öffnete den kunstvollen Verschluss und schlug den mit feinstem Maroquinleder bezogenen Deckel auf. Was für eine Pracht!

In vier Reihen, zwei davon in der Mitte unterbrochen, lagen die kostbaren Steine in ihren samtenen Nestern und funkelten in allen Farben. In der Mitte aber ruhte ein besonders großer und schön geschliffener Rubin, von dem ein dunkelrotes Leuchten auszugehen schien. Was für eine herrliche Sammlung!

Veitel Loeb verstand etwas von Edelsteinen, und er wusste, dass diese Ware die vielen Taler wert war, die er dafür bezahlt hatte. Aber es würde sich lohnen …

Er hörte das Klopfen an der Haustür und schlug den Deckel eilig zu. Zwar wusste Rahel, dass er ungestört bleiben wollte, doch er kannte die Aufdringlichkeit und Ungeduld seiner Kunden. Auch diesmal schien es einer von der besonders unbeherrschten Sorte zu sein, denn das zweite Klopfen klang noch heftiger durchs ganze Haus. Seufzend verstaute Loeb das Etui in der Umhüllung und schob es wieder in das Versteck. Gern hätte er sich noch an dem Anblick ergötzt. Nachher würde er es gleich nach unten in die eiserne Kiste bringen.

Da klopfte auch schon Rahel an die Tür und sagte: »Der Herr, der seinen Namen nicht nennt, wünscht dich zu sprechen.«

Die Respektlosigkeit passte zu Rahel, doch er war ihr nicht böse, als er die Tür öffnete und der beleibte Herr von Retzlow sich sofort hereindrängte und der Blick seiner Schweinsäuglein über den leeren Tisch mit den beiden Kerzen glitt.

Begierig fragte er: »Habt Ihr die Steine?«

»Die Steine?«, fragte Loeb ungerührt zurück. »War nicht vereinbart der Himmelfahrtstag für die Übergabe? Und zwar direkt an den Herrn …«

Beschwörend hob Retzlow beide Hände. »Keine Namen! Auch das war ausgemacht!«

Loeb blieb zurückhaltend und sagte: »Ich halte mich an die Abmachungen. Da könnt Ihr sicher sein.«

»Und man kann diese Steine vorher nicht einmal anschauen? Ich meine – wer sagt uns, dass man Euch nicht betrogen hat? Es sind schon Fälschungen vorgekommen …«

»Nicht bei meinen Geschäften. Was nicht heißt, dass man mir keine Nachahmungen angeboten hätte. Ich habe sie alle erkannt.«

»Nun gut, Ihr seid der Kenner, und ich hoffe, Ihr bewahrt die Steine bis zum Donnerstag gut auf.«
Loeb war nicht aus der Ruhe zu bringen. »Da könnt Ihr ebenfalls sicher sein.«
»Und sie befinden sich in einem ordentlichen Etui?« Mit den Händen deutete von Retzlow dessen ungefähre Größe an, doch Loeb sagte nur unbestimmt: »Man wird sehen ... Ihr hättet Euch deswegen nicht hierher bemühen müssen. Ich weiß, wie ungern Ihr mein Haus betretet.«
»Ach, Unsinn!«, wehrte Retzlow ab. »Ich bin gekommen, um endlich meinen Siegelring einzulösen, der noch immer bei Euch liegt.«
»Gewiss. Obwohl die vereinbarte Frist längst abgelaufen ist, wie Ihr Euch werdet erinnern.«
Von Retzlow lachte unfroh. »Wie man hört, bewahrt Ihr noch viel ältere Pfänder auf. Zählte nicht einst ein gewisser Herr von Wedell zu Euren Schuldnern?«
Loeb sah ihn eisig an. »Würdet Ihr es schätzen, wenn ich Euren Ring verkaufe und Euch als ehemaligen Besitzer angebe?«
Retzlow verstand nicht. »Soll das heißen, Ihr habt den Ring nicht mehr?«
Loeb schüttelte den Kopf. »Das heißt, die Zinsen stehen aus dafür seit einem Jahr. Mehr nicht.«
Ärgerlich nestelte Retzlow an seinem Gürtel herum und brachte ein paar Talerstücke zum Vorschein. »Von dem toten Wedell werdet Ihr nichts mehr bekommen! Ich aber zahle bar«, sagte er barsch.
Loeb stimmte zu. »Auch das war vereinbart. Ihr müsst Euch allerdings gedulden einen Augenblick. Wenn es recht ist, wird Euch meine Tochter eine Limonade reichen. Oder bevorzugt Ihr Kaffee?»

»Kaffee! Vielleicht gar noch die teure Chocolade. Ich sehe, es geht Euch gut bei all den Schulden fremder Leute«, spottete von Retzlow gehässig. »Lasst nur den König nicht dahinter kommen. Sonst erhöht er den Juden die Steuer.«
»Rahel, bring dem Herrn bitte eine Tasse Kaffee«, rief Loeb in den Flur, doch als Rahel wenig später in das Zimmer trat, war da kein Herr mehr zu finden. Ratlos suchte sie im halbdunklen Flur nach ihm und öffnete schließlich leise die angelehnte Kellertür. Von unten drang der Schein der Lampe, die Veitel mitgenommen hatte, nur schwach bis zu der schmalen Holzstiege. An deren Fuß stand Retzlow und spähte um die Ecke.
Vernehmlich fragte Rahel: »Habt Ihr Euch verlaufen? Das Privet ist hier am Hofzugang.«
Von Retzlow schien es nicht eilig zu haben, im Dunklen die Stufen wieder zu erklimmen, und er war keineswegs verlegen, als er an ihr vorbeiging und sie neckte: »Habt Ihr den Kaffee schon zubereitet, schönes Fräulein?«
Rahels Miene erstarrte. »Ich bringe ihn sofort«, sagte sie mit flacher Stimme. »Der Tate liebt es nicht, wenn man in seinem Haus herumschleicht.«
Retzlow entgegnete: »Das kann ich mir vorstellen! Bei all den Schätzen, die er aufbewahrt …« Er lachte ungeniert und stand noch immer in der offenen Tür des Zimmers, als Veitel Loeb aus dem Keller auftauchte. Dem war nicht entgangen, dass Retzlow ihm gefolgt war, wenn auch nicht bis in die Nische, in der die eiserne Kiste stand. Die Dreistigkeit ärgerte ihn wohl, beunruhigte ihn jedoch nicht ernstlich, hielt sich Retzlow doch auf diese Weise unwissentlich von den Steinen fern.
Er sagte: »Fürchtet Ihr, dass ich Euren Ring nicht finde? Hier ist er.« Und er zeigte ihn in seiner Hand, in der er auch den Schuldschein hielt.

Retzlow griff danach. Da klopfte es abermals an der Haustür, gebieterisch diesmal, worüber der Besucher anscheinend mehr erschrak als der Hausherr.
»Geduldet Euch einen Augenblick«, bat Loeb höflich und wollte zur Tür, doch Retzlow hielt ihn zurück. »Man muss mich hier nicht sehen«, flüsterte er, worauf ihn Veitel Loeb achselzuckend in die dunkle Kammer neben der Kellertür schob.
»Dann wartet hier und verhaltet Euch still«, murmelte er und schloss die Tür hinter ihm.
Es war ein überraschender Gast, der da Einlass begehrte, und einer, dem von Retzlow höchst ungern begegnet wäre – hier wie an jedem anderen Ort: Wendelin Lonicer.
Ein so außergewöhnlicher Besucher verwunderte Veitel Loeb nicht wenig. Von den wenigen amtlichen Anlässen abgesehen, bei denen es nie zu einem Gespräch, geschweige denn zu einer Auseinandersetzung zwischen ihnen gekommen war, kannte er den Hausvogt nur von ferne.
Ehrerbietig führte er Lonicer ins Zimmer, und wie auf Bestellung nahte Rahel mit dem duftenden Getränk, was wiederum den Hausvogt sichtlich überraschte. »Der war sicher für Euch bestimmt«, sagte er höflich, doch Loeb wehrte ab und bat ihn Platz zu nehmen.
Lonicer, in seinem Amt an mancherlei Widerborstigkeit und einen harschen Umgangston gewöhnt, fühlte sich von dem freundlichen Empfang so weit überrumpelt, dass er sich erst einmal zu einer angemessenen Konversation mit dem Juden herabließ. Erst nachdem der Höflichkeit Genüge getan, fragte Loeb – der sich Retzlows wegen wie auf glühenden Kohlen fühlte – welchen Vergehens er sich schuldig gemacht habe, das einen persönlichen Besuch des Hausvogts nach sich ziehe.

»Davon kann keine Rede sein«, beruhigte ihn Lonicer geruhsamer, als es sonst seine Art war. Er käme gewissermaßen mit keinem amtlichen Auftrag, zumindest nicht unmittelbar. Ihm wären nur – dies allerdings in seiner herausgehobenen Position – bestimmte Gerüchte zu Ohren gelangt, die Loeb und seine bisher stets unbeanstandeten Geschäfte beträfen, an denen gewisse Kreise bei Hofe Anteil nähmen, wie er wohl wisse. Dass der Jude sein Geld bis hinein in höchste Kreise verleihe, bezeuge einerseits das Wohlwollen, das man ihm entgegenbringe, sei andererseits nicht ganz gefahrlos, wenn man bedenke, es könnte in der gegenwärtig großen Zeit nicht ein jeder sich des andauernden königlichen Vertrauens würdig erweisen. Wie leicht wäre da in unleidigen Kabalen ein Schuldschein oder ein anderes kompromittierendes Dokument zu missbrauchen …

Loeb lauschte ihm, ein Ohr dabei zum Flur gerichtet, und er verstand nicht recht, worauf Lonicer hinaus wollte. »Kurz«, sagte der am Ende seiner weitschweifigen Rede, »ich rate Euch: Seid auf der Hut! Es heißt, dass Ihr sogar noch Pfänder und Papiere des lang dahingegangenen Kammerjunkers von Wedell in Eurem Besitz habt. Ist daran etwas Wahres?«

Die zweimalige Erwähnung von Wedells innerhalb so kurzer Zeit stieß Veitel Loeb unangenehm auf. Außerdem fiel ihm der bärtige Fremde ein, der sich schon vor einigen Wochen nach Wedells Hinterlassenschaft erkundigt hatte. Was glaubten all die Leute, was der Kammerherr Besonderes hinterlassen hatte? Nicht mehr als eine versiegelte Schachtel, worin sich der Familienschmuck befanden und ein paar Schriftstücke. So jedenfalls hatte es ihm der Herr von Wedell glaubhaft versichert, als der ihm das Päckchen nur zwei Tage vor seinem Tod zu treuen Händen anvertraute. Seitdem lag es wohl verwahrt und beinahe vergessen in der eisernen Kiste, bis – ja bis sich ein Erbe einfand oder sonst wer, der sich als berechtigt legitimieren konnte. Vielleicht der Hausvogt?

»Seid Ihr gekommen, um mich das zu fragen?«, erkundigte sich Loeb.

»Nicht allein deswegen. Immerhin hättet Ihr es melden müssen, dass da etwas vorliegt.«

Loeb zog den Kopf ein und wiegte ihn hin und her. »Alle Welt hat gemacht ein großes Geheimnis, als der Herr von Wedell damals – dahinschied. Amtlich weiß ich bis heute nicht, dass er tot ist ...«

Lonicer lachte. »Ihr seid wahrhaftig ein durchtriebener Schelm!« Dann hob er den Zeigefinger und war wieder ganz ernst. »Doch treibt es nicht zu weit. Leicht gerät man an den Falschen ...«

»Ihr missversteht mich«, entgegnete Loeb genauso ernsthaft. Er hatte einen Entschluss gefasst: »Ihr stellt mir eine Bestätigung aus, und ich übergebe Euch, was mir der Herr von Wedell einst anvertraute.«

Mit leichtem Staunen sah ihn Lonicer an. »Einverstanden«, sagte er. »Gebt mir Papier und Tinte.«

Schreibzeug lag bei Veitel Loeb jederzeit bereit. Eilig ergriff er eine der Kerzen und machte sich auf den Weg in den Keller, nicht ohne vorher die Kammertür daneben zu öffnen und von Retzlow zuzuraunen, er möge sich noch gedulden. Der maß ihn mit einem unbeschreiblichen Blick und zischte wütend: »Gib mir den Ring und lass mich gehen!«, doch Veitel war schon im Keller verschwunden und hatte die Tür hinter sich verriegelt. Noch einmal sollte Retzlow ihm nicht folgen.

Schon häufig hatte er insgeheim den vertrackten Verschluss der Truhe verflucht, der ihm auch jetzt wieder Mühe machte. Und die gesuchte Schachtel lag ganz unten. Eilig verschloss er die

Kiste wieder und hetzte nach oben, wo Lonicer seiner mit Spannung harrte. »Das ist alles?«, fragte er und drehte das fest verpackte Päckchen in seinen Händen. Es war nicht viel größer und nicht schwerer als ein Gesangbuch, und das Siegel war nicht erbrochen.

»Nehmt es«, sagte Loeb. »Er war ein Kammerjunker bei Hofe. Also steht es Euch zu, wenn sich kein Erbe meldet.«

Lonicer erhob sich. »Wie viel war der Herr Euch schuldig?«

Loeb machte eine großzügige Geste, die ihm nicht ganz leicht fiel. »Kaum hundert Taler. Wenn man allerdings die Zinsen für fast dreizehn Jahre dazu rechnet …«

Lonicer schüttelte die Schachtel an seinem Ohr. »Sollten sich Werte darin befinden, so werdet Ihr entschädigt«, versprach er. »Und auch sonst soll Euch Eure untadelige Haltung nicht vergessen werden.«

Er reichte, und das schien Loeb eine hohe Ehre, dem Juden die Hand und wandte sich zum Gehen. Der begleitete ihn mit der Kerze in der Hand durch den Flur zur Haustür.

Mit Schrecken gewahrte Loeb im Vorbeigehen die offen stehende Tür der Kammer. Und die Kellertür war ebenfalls nicht geschlossen. Immer wieder spähte er dorthin, während er mit Lonicer noch einige Worte gegenseitiger Hochachtung wechselte.

Endlich ging der Hausvogt, und Loeb eilte zum Keller, aus dem jetzt Retzlow trat und eine Kerze ausblies, die er in der Hand trug.

»Was habt Ihr dort gesucht?«, fuhr Loeb ihn ungewöhnlich scharf an. Retzlow griente nur schief und tat, als wäre nichts geschehen, wobei er sich die Hände an der Hose abklopfte. »In der Kammer wurde es mir auf die Dauer zu eng und dunkel. Jetzt gebt mir endlich meinen Ring!«

Das tat Loeb mit fliegenden Fingern, während ihm dabei im Kopf herumging, wie lange dieser Mensch sich im Keller aufgehalten und was er dabei wohl entdeckt haben mochte. Wie gut, dass er die Steine noch nicht hinuntergebracht hatte. Aber hatte er in der Eile den Truhendeckel fest verschlossen?
Kaum war Retzlow gegangen, hastete Loeb zur Kellertür, riss sie auf und tat zwei Schritte. Mit einem Schrei, der Rahel durch und durch ging, stürzte er in die Tiefe.

Hals- und Beinbruch

Vollkommen traute Henriette ihrem Ehemann nicht. Gar zu gern hätte sie jedes Wort vernommen, dass Christian bei dem Regenspaziergang mit Jakob gesprochen hatte, doch Christian gab sich einsilbig oder antwortete auf ihre Fragen mit seinen üblichen faulen Scherzen. Als sie ihm dennoch keine Ruhe ließ, zog er sie beruhigend an sich. »Für den Rest des Abends wollen wir einmal an uns denken und nicht immer nur an Jakob und Marie«, schlug er vor. »Lass uns nach oben gehen.«

»Ich bin hier unten längst noch nicht fertig«, wandte Henriette ein. »Außerdem werde ich ein unangenehmes Gefühl nicht los, seit ich weiß, dass die Räuber unsere Schlafkammer durchwühlt haben …«

Christian beruhigte sie. »Die kommen ganz gewiss nicht wieder. Wie gut, dass dein Geld nicht in der Truhe steckte …«

Henriette stimmte ihm zu.

»Dennoch wussten die Räuber anscheinend davon …«, sagte er nachdenklich.

»Meine Mutter konnte sich ihres Besitzes gar nicht genug rühmen. Von ihrer Truhe war oft die Rede«, erwiderte Henriette.

Christian horchte auf. »Wenn also jemand das Haus schon länger kennt … Wie etwa dieser Matthes von Retzlow …«

Er bemerkte, wie Henriette bei dem Namen zusammenzuckte.

»Wie kommst du gerade auf den?«, fragte sie erschrocken.

Christian stutzte. Schon bei Lonicer war er den Verdacht nicht losgeworden, der verschweige ihm ausgerechnet diesen Namen.

Dennoch ließ er sich nichts anmerken. »Nur so ... Hast du ihn in letzter Zeit einmal gesehen?«

Sie errötete. »Luise hat es dir erzählt, nicht wahr?«, sagte sie spitz.

In diesem Augenblick klopfte es am Tor. Christian wollte zur Tür, doch Henriette hielt ihn fest. »Geh nicht, Christian«, bat sie mit plötzlicher Furcht, wie er sie an ihr nicht kannte. »Es ist später Abend.«

Christian schüttelte den Kopf und lachte. »Die Amtsmeister der Barbiere mögen jederzeit bei begebenden Fällen bei der Hand und tüchtig sein, ihrem Nächsten, der ihre Hilfe benötigt, mit ihrer Wissenschaft und Kunst zuträglich zu dienen, es sei bei Tag oder Nacht«, zitierte er aus der Medizinalordnung und befreite sich aus ihrer Umklammerung. »Das ist nun einmal mein Beruf.«

»Und wenn es wieder irgendwelche Diebe sind?«, wandte Henriette ein, doch Christian war schon im dunklen Durchgang verschwunden.

Am Tor klopfte es zum zweiten Mal. Es klang eher zaghaft, und Christian war sicher, dass es sich um einen Hilfesuchenden handelte.

»Wer da?«, rief er, zog aber schon den ersten Riegel zurück.

»Rahel Loeb«, sagte von der anderen Seite eine Stimme, die ein wenig heiser klang, und zu Christians Erstaunen stand tatsächlich das Judenmädchen vor ihm, als er das Tor vollends öffnete. In der Finsternis war die dunkel gekleidete Gestalt kaum zu erkennen.

»Ihr müsst mit mir kommen, Meister Fahrenholtz. Der Tate hat getan einen schrecklichen Sturz und liegt auf der Kellertreppe. Wir sind zu schwach und können ihn nicht fortbringen ...«

»Wartet hier. Ich komme sofort.«

Er bat sie ins Haus, doch sie wollte schnell zurück zu ihrem Vater und huschte wie ein anmutiger Schatten davon.

Mit dröhnender Stimme rief Christian nach Jakob. Der erkannte schon am Ton, dass seine Hilfe gefordert war, und kam sofort.

»Wohin müssen wir?«, fragte er.

»Nur um die Ecke. Zum Juden Loeb.«

Henriette hörte es und hatte etwas einzuwenden. »Die Juden haben ihren eigenen Wundarzt! Weshalb holen sie nicht den?«

Christian, die Tasche mit dem Wundarztbesteck in der Hand, machte eine ärgerliche Handbewegung. »Man bittet mich um Hilfe, und da gehe ich, egal ob Jude oder Mameluck. Außerdem kenne ich den Loeb. Und Jakob kennt ihn auch. Komm.«

Beleidigt, aber auch ein wenig beunruhigt, schloss Henriette das Tor hinter ihnen.

Im Loebschen Haus herrschte Aufregung. Zwei alte Weiblein huschten wehklagend hin und her, bald mit Tüchern, bald mit Wassertöpfen hantierend, während Rahel den Wundarzt und seine Gehilfen einigermaßen besonnen empfing und sofort zu der morschen Kellerstiege geleitete, die von zwei Kienspanfackeln erleuchtet wurde. »Vorsicht!«, mahnte sie. Die zweite Stufe von oben war zerbrochen. Unten lag auf den letzten Stufen der verkrümmte Körper des alten Loeb. Als er die Schritte vernahm, bemühte er sich vergebens, seine unglückliche Lage zu verändern.

»Bleibt ganz ruhig liegen«, befahl Christian, während er über ihn hinwegstieg. »Keine unnötige Bewegung. Wo habt Ihr Schmerzen?«

»Das Bein …«, knirschte Loeb mit verzerrtem Gesicht. Oberhalb seiner rechten Schläfe klaffte eine Wunde. »Und der Arm … Ich kann ihn nicht bewegen.«
»Der Rücken?«
»Ich weiß nicht … Ich bin vornüber gestürzt … Dann habe ich versucht, mich aufzurichten. Die Stufen zu erklimmen …«
Ein Messer, deutete Christian mit einer Handbewegung an. Jakob, der die Tasche geöffnet hatte, reichte es ihm über den Körper hinweg.
»Ich brauche hier unten Licht«, forderte Christian. Sofort sprang Rahel in die Küche und kam mit einem weiteren Kienspan zurück, der in der Zugluft hell aufloderte.
Jakob nahm ihn aus ihrer Hand und fand zum ersten Mal Gelegenheit, ihr schmales Gesicht so nah und so gut beleuchtet zu betrachten. Auch sie blickte ihn an, und ein hilfloses Lächeln verschönte ihre Züge.
»Was ist? Wo bleibst du mit dem Licht?«, rief Christian von unten. Dank seiner Hilfe lag Loeb inzwischen auf dem Rücken.
Jakob sprang die Stufen hinunter und mit einem großen Satz über den Liegenden hinweg. Der Kellerboden bestand aus festgestampftem Sand, aus dem sich mehrere Säulen zu flachen Spitzbögen erhoben wie in einer unterirdischen Grabanlage. Links führten weitere Stufen noch tiefer hinab.
Christian hatte keine Augen dafür. Geschäftig zog er dem Juden den halbhohen Stiefel ab und schlitzte das Hosenbein bis weit über das Knie auf. Aus einer offenen, kaum blutenden Wunde starrte das splittrige Ende von Veitel Loebs Schienbeinknochen durch die weiße Haut des Unterschenkels.
»Das sieht böse aus«, entfuhr es Jakob unwillkürlich. Dafür erntete er Christians strafenden Blick. Hatte der ihm nicht oft

genug eingeschärft: Keine Bemerkungen über den Zustand des Verletzten oder die Aussicht der Heilung?

Dass der offene Bruch entsetzlich aussah, entging nur dem Juden, dessen Kopf Christian mit sanfter Gewalt auf die Treppenstufen drückte.

»Habt Ihr Branntwein im Haus?«, fragte er Rahel, die neben dem Kopf ihres Vaters kauerte und ihm beruhigend über die Stirn strich.

»Der Tate trinkt so etwas nicht …«; sagte sie. Veitel widersprach ihr mit leiser Stimme. »Im Bord, über meinem Tisch, da steht eine Flasche …«

In Windeseile kehrte Rahel zurück und reichte Christian die geöffnete Flasche. Der roch daran, nickte und setzte sie Loeb an die Lippen. »Nehmt einen ordentlichen Schluck. Ihr werdet es brauchen. Euer Bein ist gebrochen. Ich muss den Knochen richten.«

Gehorsam trank Loeb und hustete.

»Noch einen Schluck!«, befahl Christian. Dann faltete er eins der feuchten Tücher zu einer Art Knebel, beträufelte den mit Branntwein und schob ihn Loeb zwischen die Zähne. »Beißt kräftig drauf, wenn es schmerzt.«

Jakob kannte seine Aufgabe. Breitbeinig stellte er sich über den Juden und umklammerte das verletzte Bein. Mit seinem Körper verdeckte er dem Vater wie der Tochter den Blick auf die böse Wunde und auf Christian.

Als der kräftig an dem Bein zog, stieß Loeb einen gurgelnden Schrei aus, auf den auch Rahel mit einem unterdrückten Schreckenslaut antwortete. Über die Schulter blickte Jakob zu ihr hinauf und versuchte sie mit einem Lächeln, das eher zu einer Grimasse geriet, zu beruhigen. Unter ihm wand sich der Verletzte, dass er Mühe hatte, das Bein festzuhalten,

bis Loeb plötzlich erschlaffte, weil er das Bewusstsein verloren hatte.
Erst nachdem Christian die Wunde verbunden und das Bein fachgerecht geschient hatte, kam er wieder zu sich und murmelte lange Sprüche in einer unbekannten Sprache.
»Wir werden jetzt versuchen, Euch die Stufen hinaufzutragen«, erklärte ihm Christian, doch es gelang ihnen nicht, ihr Vorhaben auf der engen Stiege auszuführen. Kaum hatte Jakob dem Alten unter die Achseln gegriffen, da schrie der erneut auf: »Mein Arm! Die Schulter!«
Als Jakob ihm den Kragen öffnete, fand er zuerst ein Lederband mit Schlüsseln. Er tastete weiter nach der angegebenen Stelle, und seine Beurteilung stand schnell fest: Schlüsselbeinbruch. Wieder sah er beruhigend zu Rahel auf, die noch immer in der offenen Kellertür stand.
Zu seiner Befriedigung stimmte ihm Christian nach kurzer Untersuchung zu. »Das werden wir oben verarzten«, sagte er. Doch es verging noch eine ganze Weile, bis sie den hilflosen Alten unter Stöhnen und immer neuen Schmerzenslauten die steile Stiege emporgehievt hatten.
Loebs Schlafgemach befand sich im Obergeschoss. Rahel jedoch war schon dabei, ihm mit Hilfe der beiden alten Weiblein im unteren Salon ein bequemes Lager zu errichten. Christian versorgte die Wunde über Loebs Schläfe und überließ Jakob den Verband an der Schulter. Rahel wollte derweil das Zimmer verlassen, hatte sie doch noch niemals den weiß behaarten Oberkörper ihres Vaters unbekleidet gesehen, doch Christian hinderte sie daran. »Lasst Euch von meinem Adlatus erklären, wie man diesen Verband fachgerecht anlegt. Ihr müsst ihn ab und zu erneuern. Und wenn der Vater sich aufrichtet, muss er den Arm in einer Schlinge tragen.

Sie nickte stumm und beobachtete aufmerksam Jakobs Hände. »Ich weiß nicht, ob ich so geschickt bin«, sagte sie schließlich.
Jakob lachte. »Als du mich behandelt hast, da warst du sehr geschickt.«
Er ergriff ihre schmale Hand und betrachtete die schlanken Finger. »Wie geschaffen für die Krankenpflege«, stellte er fest. Als er aufsah, blickte er in Christians grinsendes Gesicht und vergaß vor Verlegenheit, Rahels Hand loszulassen. Die drückte ihrerseits Jakobs Rechte. »Wir sind Euch zu großem Dank verpflichtet. Wie viel Taler sind wir schuldig?«
Jakob, dem die Erwähnung von Geld in diesem Augenblick höchst unangenehm war, zog seine Hand zurück. Aber auch Christian gab sich gegen seine Gewohnheit zurückhaltend und meinte großzügig: »Das lasst uns regeln, wenn der Tate wieder laufen kann.«
Von seinem Lager kam die schwache Stimme des alten Loeb: »Es soll Euer Schaden nicht sein, wenn Ihr mich macht gesund. Eure Schulden jedenfalls sind erst einmal vergessen.«
Christian war es sichtlich peinlich, dass Jakob davon hörte. »Darüber reden wir ein andermal«, sagte er kurz. »Jakob oder ich werden täglich nach Euch schauen, wenn es recht ist.«
Er wollte gehen, doch dann wandte er sich noch einmal an den alten Juden. »Ihr seid nicht zufällig gestürzt«, sagte er. »Die zweite Stufe Eurer Treppe ist gebrochen. War vor Eurem Sturz jemand im Keller?«
Loeb starrte ihn an und schien etwas sagen zu wollen, schüttelte aber nur den Kopf. Wieder hatte Christian das Gefühl, dass man ihm einen bestimmten Namen verschweigen wollte. Doch ehe er dem nachgehen konnte, ergriff Rahel seine Hand. »Ihr seid ein guter Mensch«, sagte sie herzlich, doch Christian wehrte ab: »Ich bin Chirurg und Wundarzt. Es ist mein Amt, jedem

zu helfen.« Und zu Jakob gewandt: »Nur manchmal bringt es zu wenig ein. Da muss man auch mal ein paar Taler borgen ...«
Rahel verstand, welche Peinlichkeit ihr Vater da ausgelöst hatte und sagte eilig: »Das ist doch keine Schande! Wenn Ihr wüsstet, wie viele Leute zum Taten kommen. Und womit ...«
Und während sie die beiden zur Haustür geleitete, sprach sie noch weiter. »Da wollte neulich einer gar versetzen einen alten Säbel ...«
Wie angewurzelt blieben Jakob und Christian stehen und sahen sich an. »Einen Säbel?«, fragte Christian gedehnt.
»Der Tate hat ihn nicht genommen. Er solle ihn woanders verkaufen, hat er dem Mann geraten.«
»Könnt Ihr Euch an den Kerl erinnern?«
Das konnte sie, und ihre Beschreibung fiel sehr treffend aus. Christian und Jakob schauten sich vielsagend an.

LUMEN ORBI

Der Tag des königlichen Einzugs begann für die meisten Bürger der fünf Städte schon früh am Morgen. Um sechs Uhr marschierten alle zünftigen Handwerksgesellen, darunter auch die zänkischen Schuster, die streitbaren Fleischhauer und die wackeren Barbiere ohne den fußlahmen Glasemann, in Richtung Schönhausen, wo der König ihren Aufmarsch abnahm. Dann ging es spornstreichs nach Berlin zurück auf die ihnen angewiesenen Plätze, die nicht die besten waren, denn dort standen ranggemäß schon die Bürger. Nur der Fleischer harrte noch eine bedeutungsvolle Aufgabe.

In Schönhausen formierten sich derweil die einundzwanzig Abteilungen des Festzugs mit den zweiundsechzig sechsspännigen Kutschen der Geheimen Räte, der Landschaftsdeputierten und des Hofadels, der auswärtigen Gesandten, Fürstlichkeiten, Prinzen und Markgrafen und wer sonst noch dieser besonderen Ehre teilhaftig wurde. An neunzehnter Stelle ritt Seine Königliche Majestät höchstselbst auf seinem prunkvoll ausstaffierten und kostbaren Pferd, von der Schweizer Garde abgeschirmt und von zahllosen Lakaien umschwärmt, gefolgt von der Königin in einer achtspännigen Karosse, begleitet von der Gemahlin des Statthalters und ältesten Stiefbruders des Königs, Philipp Wilhelm von Brandenburg-Schwedt.

Es ging langsam voran. Erst gegen drei Uhr nachmittags näherte sich der lange Zug endlich der Georgenvorstadt, die von nun

an Königstadt hieß. Hier stand die erste der sieben in einer Fluchtlinie aufgereihten Ehrenpforten, wie man sie dem französischen Herrscher abgeschaut hatte, eine Gartenpforte der Vorstädter und Gärtner, wo als Gartennymphen verkleidete Mädchen Blumen vor dem Königspaar ausstreuten. Im Hause Fahrenholtz hatte es deshalb viel Klagen und Schluchzen gegeben, wollte doch die kleine Charlotte unbedingt eins dieser Blumenmädchen sein. Nur die Aussicht, den Zug in seiner vollen Pracht und Länge gemeinsam mit ihrer Mutter und der Schwester von einem Fenster der Georgenstraße aus anschauen zu dürfen, hatte sie getröstet. Vorsichtshalber fragte Christian nicht, was Henriette dieses Vergnügen kostete.
Stramm standen die Doppelreihen der bewaffneten Bürgerschaft. Die Kirchenglocken begannen zu läuten; von den Bastionen und Wällen und von den Fregatten und Jachten auf der Spree schossen mehr als zweihundert Geschütze Salut. Selbst vom hohen Turm der Marienkirche ertönten Böllerschüsse und fielen Feuerwerkskörper herab. Das Getöse war ohrenbetäubend.
Entlang der nur mühsam freigehaltenen Georgenstraße, die von Stund an den Namen Königstraße trug, hatte man zwischen den Ehrenpforten Bühnen errichtet, auf denen die Zuschauer wie von Theaterrängen aus die allegorischen Schaustellungen und das Defilee beobachteten, zu dem Aberhunderte sich in allen Fenstern drängten, ja sogar von den Dachböden herabschauten, die man zu diesem Zweck der Ziegel beraubt hatte.
Hauswände und Mauern waren über und über mit Gemälden versehen, die auf allegorische Weise Friedrichs Regierungsgeschichte darstellten. Man hatte sich nicht gescheut, den kleinen König als Götterkönig Jupiter zu malen, der über die Menschen wie über die anderen Götter herrschte.

Gravitätisch durchmaß der Zug das alte Georgentor, hinter dem sich schon das neue Königstor erhob, die besonders prächtige Pforte der Hofbedienten, die den König als heldenhaften Marc Aurel pries. Vier Statuen über den beiden seitlichen Bögen personifizierten die Magnifizenz des hohen Adels und der vornehmen Staats-Bedienungen, die anderen verkörperten Vaterlandsliebe, Gehorsam und Dankbarkeit. Eine Weibs-Person mit Kurhut und Mantel stellte die Mark Brandenburg dar.

An der Klosterstraße hatten die französischen Kolonisten ihren Triumphbogen errichtet, in dessen Nähe Florine in einem antiken Bild auftrat, wie sie Jakob auf seine Anfrage, ob man gemeinsam das Ereignis erleben wolle, hoheitsvoll mitgeteilt hatte. Außerdem reise Jean aus der Uckermark zu dem Ereignis an, da bliebe wenig Zeit für ihn.

Natürlich hatte ihn diese Abfuhr geschmerzt, und wie zum Trotz hatte er Rahel gefragt, ob sie den Einzug in seiner Begleitung anschauen würde. Sie hatte ihn lange angeschaut und ihm dann erklärt, dass auch den Juden für die Entrée ein besonderer Platz zugewiesen sei, an dem sie sich aufhalten müsse, obwohl sie viel lieber bei ihrem kranken Vater bliebe.

So war Jakob nun allein in all dem Gewühl. Einer Gesellschaft mit Marie hatte Henriette gleich einen Riegel vorgeschoben. Die Magd durfte sie und die beiden Mädchen begleiten.

Jakob war wie berauscht von der ungewohnten Menschenmenge. Lange hatte er sich nicht entschließen können, von welchem Platz aus er das Geschehen verfolgen wollte, bis er sich schließlich in der Nähe der Berliner Ehrenpforte vor dem Rathaus eingekeilt zwischen den Doppelposten bewaffneter Bürger und den zahllosen Neugierigen fand und nur dank seiner Körpergröße überhaupt etwas sehen konnte.

Bedächtig nahte der Zug durch die mit einer langen lateinischen Aufschrift geschmückte Pforte der Dorotheenstadt an der Jüdenstraße, allen voran zwei Kompanien Musketiere und Gens d'Armes in einheitlichen Uniformen, denen die endlose Kolonne der sechsspännigen Karossen folgte. Prächtig gekleidete Knechte führten die Handpferde, denen sich unter gellenden Trompetengeschmetter und dumpfen Paukenklang die königlichen Pagen und Kammerherren in ihren besten Gewändern anschlossen.

Hinter dem Musikcorps begann der Zug der Würdenträger am Hofe, unter denen das Volk schon Ausschau nach Kolbe von Wartenberg hielt, mehr aber noch nach seiner Frau, der anstößigen Gräfin. Am Schluss ritt der Kronprinz mit seinen Kavalieren. Dann endlich kam der König, steif aufgerichtet auf seinem Ross und mit einem wahrhaft majestätischen Gesichtsausdruck, wie er zu dem über und über mit Adlern und Kronen bestickten Purpurmantel passte, dessen Diamantknöpfe im Schein der spärlichen Nachmittagssonne funkelten. Ein ähnliches Strahlen ging vom Goldbrokatkleid der Königin aus.

Im Gegensatz zu ihrem Gemahl jedoch lächelte sie unter ihrer zierlichen Krone den Gaffenden huldvoll zu und empfing dafür lauteren Jubel als der König. Selbst Jakob, so wenig er zu überschwänglichen Gefühlsäußerungen neigte, hob beim Anblick der molligen schwarzhaarigen Dame mit dem freundlichen Gesicht beide Arme und stimmte in das Gebrüll der Menge ein.

Der Kompanien der neu eingekleideten Garde du Corps folgten der glanzvoll geschmückten Kutsche, bevor wieder Pauken ertönten und die Kürassiere in ihren blank polierten Harnischen nahten, auf deren Erscheinen das gemeine Volk mindestens ebenso sehr lauerte wie auf den König. Der ritt inzwischen

an der Poststraße durch das Tor der Städte Friedrichswerder und Friedrichstadt in Richtung Lange Brücke, wo über der Spree das vergoldete Reiterstandbild seines Vaters glänzte. Direkt vor dem neuen Schlossportal erhob sich als letzte die Cöllnische Ehrenpforte, vom preußischen Adler mit Zepter und Schwert gekrönt, umgeben von Fama und den Elementen und mit der Aufschrift S. P. Q. C. M. versehen: Senatus Populusque Colonia Marchicae.
Die Fleischhauer aller fünf Städte, aus denen die Kompanie auf ihren ausgesuchten und festlich drapierten Pferden bestand, nahmen die Begeisterung der Menge mit stolzer Gelassenheit hin, als müssten sie nicht am nächsten Tag wieder katzbuckeln, um den Leuten ihre Ware aufzuschwatzen.
Hinter ihnen drängten sich nun die Vorstädter Bürger, die Franzosen und die Handwerksburschen aller Zünfte mit ihren Fahnen, und der Zug nahm noch lange kein Ende. Es fiel Jakob schwer, sich von dem Anblick und all dem Getümmel und Geschrei um ihn herum zu lösen. Die drei Salven der Bürgerkompanien und der königlichen Truppen, die den vorläufigen Abschluss der Feierlichkeiten meldeten, würde er auch von ferne vernehmen.
Er hatte Christian versprochen, wann immer möglich in der Spandauer Straße nach dem Rechten zu sehen. Wie hatte Etienne Sy den Satz der Räuber gedeutet, den Jakob in den drei seither vergangenen Jahren nicht vergessen hatte? Ganz Berlin ist leer – was könnte man für einen Raubzug unternehmen!
Die resolute alte Köchin und der eher ängstliche Glasemann, der allerdings den Fußmarsch von und nach Schönhausen noch mehr fürchtete als einen Überfall, stellten kaum einen ausreichenden Schutz für das Haus dar. Dennoch hatte Christian sich nicht Henriettes Bedenken, sondern der eigenen Urteils-

kraft gebeugt und für sich beschlossen, die Räuber würden keinen zweiten Versuch an gleicher Stelle unternehmen.
Dem war auch so, denn als Jakob sich endlich einen Weg durch die Menschenmassen gebahnt hatte und in der ruhigeren Spandauer Straße ankam, wo dennoch ein lebhaftes Kommen und Gehen zum nahen Tor herrschte, fand er dort alles in bester Ordnung vor. Er untersuchte alle Türen und Fenster, insbesondere das mit zwei gekreuzten und fest verkeilten Eisenstangen geschützte eigene Kammerfenster, und erstattete den Daheimgebliebenen kurzen Bericht. Dabei stärkte er sich ausgiebig, denn so sehr auch das verletzte Knie noch immer schmerzte – es zog ihn wieder auf die festlichen Straßen.
Allmählich sank der Abend nieder und ein leichter Nieselregen setzte ein. In der ganzen Stadt flammten Tausende Lichter und Fackeln auf, die allerdings nach und nach erloschen, je mehr sich der Regen verstärkte. Eine Weile kämpften die Bürger noch an gegen die Nässe, die der Illumination schließlich ein feuchtes Ende bereitete. Das war bedauerlich, doch hatte man BEROLINUM für den Fall des Regens eine Wiederholung am Montag versprochen. LUMEN ORBI, der Glanz der Welt, würde auch in drei Tagen noch in königlicher Pracht erstrahlen.

Wo sind die Tochbakazen?

Als der dumpfe Lärm der Böllerschüsse sich mit dem hellen Klang der Kirchenglocken zu mischen begann und jeder Schuss vom nahen Marienturm das Fachwerk der alten Wände erzittern ließ, befand sich Veitel Loeb ganz allein in seinem Haus. Beinahe mit Gewalt hatte er Rahel zur Teilnahme am königlichen Einzug nötigen müssen, während man den beiden Alten, Golde und Lea, die Freude daran deutlich anmerkte.

Rings um sein Lager hatten sie und Rahel alles aufgebaut, was er ungefähr im Verlauf einer Woche brauchen oder zu sich nehmen könnte, und Rahel hatte noch über alle Eventualitäten nachgedacht, bis er sie schließlich brummend aus dem Haus gejagt hatte. Sah man von den Schmerzen im Bein, dem Stechen in der Schulter und seinem dumpfen Schädel ab, ging es ihm gut, und es gab keinen Grund, ihn nicht für drei, vier Stunden allein auf seinem bequemen Lager ruhen zu lassen. Die Zimmertür stand offen. Sollte jemand versuchen, ins Haus einzudringen, konnte er auf einem Blech Lärm schlagen und die Eindringlinge verscheuchen. Dazu hatte ihm auch Jakob Fahrenholtz geraten, der da meinte, gewisse Diebe würden gern die Gelegenheit der menschenleeren Häuser für ihre Raubzüge nutzen, wie er aus Erfahrung wisse. Veitel hatte ein wenig geschmunzelt. Was die Erfahrung anging, war er dem Jungen wohl um einiges voraus. Und was die Festigkeit seiner Türen und Fenster anging, so übertraf sie die seiner Kellertreppe um ein Vielfaches. Unbehagen bereitete ihm, dass die wertvollen Steine nicht unten in der Truhe lagen. Zwar hatte er Rahel die Einzelheiten des Verschlusssystems erläutert, es jedoch ihr überlassen, die Schatulle woanders zu verbergen.

»Sei unbesorgt«, hatte die Tochter ihn beruhigt und das kostbare Etui in seiner Umhüllung an sich genommen. »Ich kenne in diesem Haus noch ganz andere Verstecke.«

Jakob hatte am frühen Vormittag noch einmal nach Veitel geschaut, die Verbände überprüft und sich bezüglich seiner Genesung zuversichtlich geäußert und darüber, wie ihm nicht entgangen war, auch Rahel in ein längeres Gespräch verwickelt. Möglicherweise sprachen sie auch von anderen Dingen, denn zu Veitels Überraschung hörte er, wie seine Tochter in einer seltenen Anwandlung von Heiterkeit laut auflachte.

Sieh an, dachte Veitel noch jetzt kopfschüttelnd, ein so ernsthaftes und verständiges Mädchen, und ein junger Goj bringt sie zum Lachen! Er war froh darüber, Rahel zur Entrée geschickt zu haben. Sie musste die Welt kennen lernen, und wann gab es dazu schon mal eine Gelegenheit wie diese Krönung. Auch die Juden hatten dem Herrscherpaar als Glückwunschadresse eine prächtige Bildtafel zugedacht, das die Krönung des schwarzen Preußenadlers durch Gottes Hand vor der Stadtsilhouette von Königsberg darstellte – ein Werk, das nicht unbedingt Veitel Loebs künstlerischen Geschmack traf.

Wenn Friedrich jedoch die wundervollen Steine in Empfang nahm, würde er sicher danach fragen, wer sie beschafft hatte. Das war ihm, Veitel, mehr wert, als selbst an dieser pompösen Entrée teilzunehmen, deren anhaltender Lärm das Haus bis in seine Grundfesten erbeben ließ.

Und dennoch drang da ein fremdes Geräusch an sein Ohr, als hätte sich tatsächlich unter ihm im Fundament ein Stein gelöst und hundert irdene Töpfe zerschmettert. Veitel spürte die Erschütterung schmerzhaft in seinem gebrochenen Bein, für das die Fahrenholtzens ihm ein eigentümliches Gestell mit einem Gewicht aufgebaut hatten. Er wollte sich aufrichten, sank jedoch mit einem Schmerzenslaut zurück. Er hatte den lädierten Arm vergessen.

Noch einmal versuchte er es, diesmal auf den linken Ellenbogen gestützt, und verharrte so ein Weilchen in höchst unbequemer Lage. Außer den Glocken, den Böllerschüssen, dem Knattern von Schwärmern und dem tosenden Geräusch der Menge, das als dumpfes Raunen in der Luft hing und das Dröhnen im eigenen Schädel fast verdrängte, vernahm er lange nichts. Dann aber drangen gedämpfte Laute zu ihm, die nicht von draußen kamen. Eher schien es, als sei da unter seinen Füßen jemand zugange, was nicht gut möglich war. In den Keller gelangte man nur über die Treppe. Die Schlüssel für die Tür wie für die zum Hof lagen wohl verwahrt im Kasten an seiner Seite.

Beunruhigt sank er auf sein Lager zurück und musste wohl trotz allen Lärms ein wenig eingenickt sein, als im Flur mit einem scharfen Knacken eine Tür aufsprang.

»Wer da?«, rief Veitel, doch der Ton misslang ihm und drang eher krächzend als drohend bis in den Flur.

Veitel hielt die Luft an, als er schleichende Schritte hörte und wie ein Schattenriss die überlange Gestalt eines Mannes in der Tür auftauchte. Der Eindringling schien genauso überrascht von dem Anblick, der sich ihm in dem schummerigen Raum bot, wie Veitel von dem ungebetenen Besucher.

»Sieh an, wen haben wir denn da!«, entfuhr es dem Langen. »Ich dachte, auch die Juden würden heute ihren König ehren!« Mit ein paar Schritten war er an Veitels Lager, der sich mühsam fasste.

»Wer seid Ihr?«, fuhr er den Kerl an. »Und was wollt Ihr in meinem Haus?«

Ein hässliches Grinsen überzog das narbige Gesicht des Eindringlings. »Na, was wohl?«, fragte er dreist zurück. »Was hast du denn anzubieten?«

Veitel war trotz seines Alters noch immer ein kräftiger Mann, der sich seiner Haut zu wehren wusste. Das war in seinem Leben einige Male notwendig gewesen. Hier aber lag er hilflos auf dem Rücken wie ein Käfer, schutzlos jedem Stiefeltritt preisgegeben. Nicht einmal das Blech, auf das er seinen Alarm klopfen sollte, befand sich in Reichweite.

Den kühlen Kopf, so sehr er dröhnte, verlor er dennoch nicht.

»Anzubieten hätte ich des Königs Abgesandte, die jeden Augenblick hier sein werden«, sagte er mit gespielter Gelassenheit. »Wie seid Ihr überhaupt ins Haus gelangt?«

»Des Königs Abgesandte! Sieh an. Was haben die denn hier verloren? Wollen sie gar etwas abholen?«

»Das geht Euch nichts an.«

Der Narbige geriet in Wut. »Geht mich nichts an? Da irrst du dich gewaltig, Jud!« Mit einem plötzlichen Fußtritt stieß er das Gestell unter Veitels Bein gegen die Wand, was den Liegenden zu einem anhaltenden Schmerzensschrei nötigte.

»Halt's Maul!«, drohte der Eindringling. »Du öffnest es nur, um mir zu sagen, wo ich finde, was des Königs Boten angeblich holen wollen.«

Veitel vermochte keinen klaren Gedanken zu fassen; der Schmerz raubte ihm fast den Verstand. Der Mann jedoch kannte kein Mitleid. Grob packte er Veitel an der verletzten Schulter und versuchte ihn auf die Beine zu stellen.

»Steh auf, du Hund! Du kommst jetzt mit hinunter und öffnest den vermaledeiten Kasten.«

»Ich bin … schwer … verletzt …«, ächzte Veitel mit letzter Anstrengung.
»Und dabei wird's nicht bleiben!«, höhnte sein Peiniger. »Auf jetzt! Und ein bisschen plötzlich!«
Wimmernd sank Veitel auf sein Lager zurück, was den Zorn seines Schinders noch mehr anstachelte. »Lange genug gejammert! Aufstehen habe ich gesagt!« Er hielt plötzlich ein Messer in der Hand und setzte es Veitel an den Hals.
Es half ihm nichts. Wohl oder übel musste er begreifen, dass Loeb nicht in der Lage war sich zu erheben.
Da schallte auch schon eine zweite, unterdrückte Stimme aus dem Flur: »Mah schefftest du so lange, Joschpes?«
»Wir müssen dem verschlitzten Kaim aufmehkmen, damit er uns die Teive aufpflanzt.«
Veitel gab sich verloren. Er kannte sich aus mit der Sprache der Kawohler, jener geübten Diebe, die vor keinem Verbrechen zurückschreckten. Wir müssen dem verfluchten Juden aufhelfen, damit er uns den Kasten öffnet, hatte der lange Dürre gesagt, den der andere Joschpes nannte. Als der hereinkam, wirkte er gegen ihn wie ein Zwerg.
Darüber nachzudenken blieb Veitel keine Zeit. Kräftige Arme packten ihn mit roher Gewalt und zerrten ihn zur Tür. Auf seine Schmerzenslaute hin drohte der Dürre ihm einen Sperling in den Ponim an, einen Knebel nämlich, der ihn am Schreien hindern würde.
Die Kellertreppe, deren Stufe Jakob ausgebessert hatte, fiel er mehr hinunter als er ging. Der unerträgliche Schmerz betäubte sein Denken. Erst in der Nische vor der Truhe kam er wieder zu sich. In den Ringen an der Wand brannten zwei lange Kienspane. Für einen Augenblick dachte Veitel darüber nach, wie die beiden Galgenvögel wohl in seinen Keller gelangt sein

konnten. Noch bevor er eine Antwort fand, stieß Joschpes ihn mit der Stirn gegen die Truhe und schnauzte: »Aufmachen! A bisschen hort!«

Daran dachte Veitel Loeb nicht einmal im Traum. Niemals würde er die Truhe öffnen, nicht langsam und schon gar nicht schleunigst. Wenn sie das vorhatten, dann nur über seine Leiche. Er senkte den Kopf und begann leise vor sich hin zu murmeln.

»Du sollst nicht benschen! Pflanz das Ding auf!«, bellte Joschpes. Sein Kumpan versetzte Veitel einen Schlag in die Nieren, der den Juden gegen die Truhe warf.

Er hatte tatsächlich begonnen, leise das Totengebet zu sprechen. Nichts konnte ihn mehr retten. Er war verloren. Von den beiden war keine Gnade zu erwarten, und die Entrée würde noch Stunden dauern. Außerdem waren weder Lea oder Golde noch Rahel in der Lage, etwas gegen eine solche Bande zu unternehmen. Töten würden sie ihn auf jeden Fall, damit er sie nicht beschreiben konnte. Also blieb ihm als letzter Triumph nur die verschlossene Truhe. Vielleicht gelang es ihm, die beiden noch einige Zeit hinzuhalten …

»Wo hast du den Dalme?«, herrschte der Dürre ihn an, als er noch immer keine Anstalten machte, die Truhe mit den Händen zu berühren. Als wäre es mit einem Schlüssel getan. Selbst wenn sie den fanden …

»Jud, ich sag dir was: Du schließt die Truhe in drei Augenblicken auf – oder …«

Veitel Loeb hörte gar nicht auf das, was Joschpes sagte. Er war dabei, mit seinem Leben abzuschließen. In der Truhe befand sich alles, was er seiner Tochter hinterlassen konnte. Schweres Werkzeug würde nötig sein, um das Gelass zu öffnen. Die Räuber hatten es gewiss versucht.

»... oder wir ometen köng auf deine schöne Baß.«
Veitel erschrak und begann zu zittern. Hier auf seine Tochter warten! Das war schlimmer als jede andere Drohung. Und diese Kerle meinten es ernst. Tatsächlich würde es ihnen ein Leichtes sein, sich Rahels zu bemächtigen und sie vor seinen Augen so lange zu quälen, bis er nachgab. Oder bis Rahel freiwillig das Versteck der Edelsteine preisgab.
Mit den bebenden Fingern der linken Hand fuhr er unter sein Gewand. Die Schlüssel trug er immer bei sich, das hatte Jakob ihm nicht einmal beim Verbinden ausreden können.
Befriedigt guckten sich die Räuber an, als er begann, die Truhenschlösser nacheinander in bestimmter Folge aufzuschließen und die geheime Sperre zu lösen, die das Räderwerk der Riegel arretierte. Noch nie hatte ihm jemand dabei zugesehen.
»Den Deckel müsst Ihr selber öffnen«, sagte er mit schwacher Stimme. Sein Leben war verwirkt. Wenn nicht durch diese beiden Männer, die wie Geier über die Fächer der Truhe herfielen, dann durch die Pfandbesitzer, deren Eigentum jetzt zusammen mit den eigenen Talern in Windeseile in ihren Schnappsäcken verschwand.
Dem Joschpes fiel es gerade noch ein: »Wo sind die Tofbachkazen, Jud?«
Veitel, der sich nicht länger auf den Beinen halten konnte, antwortete nicht. Ganz langsam sank er neben der Truhe auf den Boden und schloss die Augen.
»Wo der Tuftkies ist, frage ich dich! Die Edelsteine, wenn es dir beliebt. Mach keine Koftigkeiten!«
Er verabreichte dem gekrümmt am Boden Liegenden einen kräftigen Fußtritt, der dessen Kopf gegen die Eisenkante schleuderte. Eine Antwort gab er nicht.
Der Kleine raffte indessen weiter. Um auf den Grund der Kiste

zu gelangen, war er zu klein. Joschpes schob ihn zur Seite und beugte sich tief hinunter. Seinem Kumpan befahl er: »Nampe den Kiss und kekel den Sitt.«
Der murrte: »Muss jet odpaam durch de Gugge?«
Veitel hörte weder, dass der Kleine mit dem Sack verschwinden und Kalk bringen solle, noch dessen Protest, noch einmal durch das Loch zu müssen.
Er hörte überhaupt nichts mehr in diesem Leben.

Das gestörte Festmahl

Henriette konnte sich gar nicht fassen vor Groll über den Regen, hatte sie sich doch gerade auf die Illumination besonders gefreut. Die Kinder allerdings vermochten ihre Augen vor Müdigkeit kaum noch offen zu halten, und auch Marie schien glücklich darüber, endlich das ungastliche Haus in der Königstraße zu verlassen, wo sie die Zeit der Entrée ausschließlich damit verbracht hatte, die Herrschaften am Fenster mit allerlei Gebäck und Getränken zu versorgen. Von dem ganzen Zug hatte sie gerade so viel gesehen, um unter den marschierenden Musketieren ihren ungetreuen Jochen zu entdecken, was ihr für lange Zeit die Tränen in die Augen trieb. Außerdem war ihr ein Blick auf die Reichsgräfin von Kolbe vergönnt gewesen, und sie fand, dass die nicht hübscher aussah als ihr eigenes Bild in Henriettes großem Spiegel.

Nach und nach kehrte die gesamte Familie Fahrenholtz ins Haus zurück, womit die Köchin wohl gerechnet und ein gewaltiges Mahl angerichtet hatte. Hechtsuppe gab es da, Ragout und Zunge, einen großen Braten, dessen Duft durchs ganze Haus zog, und vielerlei zum Nachtisch. Während Marie noch das Geschirr auftrug, saßen alle schon um den Tisch. Christian, der den königlichen Einzug zusammen mit den anderen Meistern nicht mit trockener Kehle überstanden hatte, war bester Stimmung und bereit, dem kleinen König seinen Glanz zu gönnen. Während er den Wein eingoss, versuchte er die beiden

Mädchen aufzumuntern, die alles durcheinander brachten, was da vor ihren Augen vorbeigezogen war.
Als Letzter kehrte schließlich Valtin von seinem Regiment heim. Der Regen bescherte auch ihm einen freien Abend. Als Christian ihn im Flur hörte, bat er ihn herein, was nicht oft vorkam. Heute war eben ein besonderer Abend.
Valtin entledigte sich der kriegerischen Attribute seiner Kluft und trat bescheiden ein. Christian hieß ihn Platz zu nehmen und erkundigte sich fürsorglich, wie er denn den großen Tag ganz ohne seinen Säbel überstanden habe.
Der alte Haudegen hatte gerade den ersten Schluck genommen und kam ins Husten. Jakob klopfte ihm den Rücken. Er blinzelte Christian zu und sagte: »So eine alte Waffe ist doch sicher wertvoll. Was bekommt man dafür, wenn man ihn verkauft?«
»Oder nur versetzt«, hakte Christian nach. »Ich wette, nicht mehr als einen halben Taler. Was, Valtin?«
Der blickte höchst unsicher von einem zum anderen. »Für zehn Taler würde ich einen neuen bekommen«, sagte er.
Christian lachte und schlug mit der flachen Hand auf die Tafel, dass zu Henriettes Entsetzen laut die Teller klirrten. »Zehn Taler!«, rief er aus. »Das wäre ja dein Jahreslohn, Valtin. Und das war nicht die Frage. Ich wollte wissen, wie viel man dir für den alten geboten hat.«
Der alte Soldat lief bis unter die grauen Stoppeln auf seinem Kopf rot an. »Wollt Ihr damit sagen …?«
Christian nickte ungestüm. »Ganz genau! Dass du den Säbel selber um das österliche Reisegeld versetzt hast.«
Um ein Haar hätte die Köchin die Suppenterrine fallen lassen, mit der sie gerade aus der Küche kam, während Valtin aufsprang und ausrief: »Ihr seid der Herr. Doch solcher Art Verleumdungen muss ich mir nicht bieten lassen!«

Christian lachte noch immer. »Setz dich wieder, Alter«, sagte er beruhigend. »Der König hat eine Amnestie erlassen. Die gilt auch für alte Säbel.« Er sah die Köchin an, die mit zitternden Händen die Terrine auf dem Tisch absetzte. »Möglicherweise auch für verschwundene Ersparnisse?«

Auch das Gesicht der Alten flammte auf, und sie begann zu jammern. »Ich habe es dir gleich gesagt, Valtin – Unrecht gedeihet nicht! Hättest du auf mich gehört …«

Am Haustor klopfte es. Henriette verdrehte die Augen. »Nicht heute!«, sagte sie entschieden. »Heute ist ein Feiertag.«

»Na schön«, murmelte Valtin schuldbewusst. »Es war so eine günstige Gelegenheit …«

»Vergeben und vergessen«, sagte Christian schon im Aufstehen, denn eben klopfte es zum zweiten Mal. »Und wenn's ein Gast ist, trägst du noch ein weiteres Gedeck auf.«

Es war kein Gast. Es war die totenbleiche Rahel, die sich kaum auf den Beinen halten konnte und nur stammelte: »Der Tate – Ihr müsst kommen – er ist tot …«

Christian stützte sie und rief mit Stentorstimme nach Jakob. »Bring die Tasche mit!«

Meister Martin kehrte gerade heim und schien nicht nüchtern, als sie an seinem Haus vorbeieilten. Befremdet sah er den drei durch den Regen hastenden Gestalten hinterher.

Veitel Loebs Haustür stand offen. Die beiden alten Weiblein irrten kopflos zwischen dem Zimmer mit Loebs verlassenem Lager und den übrigen Räumen im Erdgeschoss umher. In den Keller, dessen Tür ebenfalls offen stand, wagten sie sich nicht hinunter. Sie hängten sich an Rahel und wollten wissen, was passiert sei. Die wehrte sie nur ab, entzündete eine weitere Laterne und verschwand, von Christian und Jakob gefolgt, im Keller, wo ein Kienspan flackerndes Licht verbreitete.

Zunächst erkannte Jakob nur die spitzen Wölbungen der Decke. Erst dann bemerkte er am Boden einen umgestürzten Korb und daneben die dunkle Masse, zu der sich Rahel mit der Laterne neigte.
Es war Veitel Loeb, der da verkrümmt am Boden lag, nur wenige Schritte von der Treppe entfernt, die er vor zwei Tagen hinuntergestürzt war. Das Gesicht wachsbleich und blutüberströmt, die Zunge aus dem Mund getreten.
»Habt Ihr ihn so gefunden?«, fragte Christian. Er spürte keinen Pulsschlag an dem Handgelenk, das sich schon versteifte. Der Mann war seit Stunden nicht mehr am Leben.
Rahel nickte verzweifelt. »Was hat ihn nur in den Keller hinuntergetrieben?«, flüsterte sie und brach in Tränen aus. Jakob legte seinen Arm um ihre Schulter. Wie zart sie sich anfühlte!
Christian entdeckte die an einem Lederriemen befestigten Schlüssel auf Veitels Brust, fragte aber nicht danach. Stattdessen sagte er: »Ich hätte nicht geglaubt, dass er allein versucht, die steile Stiege hinunterzugelangen. Jeder Schritt muss ihm unendliche Schmerzen bereitet haben.«
Er nahm Rahel die Laterne aus der Hand und stieg nach oben, kam jedoch gleich zurück und sah sich in dem Gewölbe um. »Habt Ihr schon festgestellt, ob etwas fehlt?«
»Ich weiß es nicht. Ich war nicht oft hier unten. Dort hinter der Wand steht die eiserne Truhe. Darin bewahrt er all seine Schätze auf, die Pfänder und Papiere. Die Schlüssel trägt er auch des Nachts bei sich.«
Christian verschwand mit der Laterne in dem schmalen Durchgang zum nächsten Raum. Jakob fühlte sich zerrissen von der Neugier, was es dort zu sehen gab, und dem Gefühl, das Mädchen nicht aus dem Arm zu lassen.

Glücklicherweise wollte auch Rahel einen Blick auf die Truhe werfen, die scheinbar unversehrt und mächtig in ihrer Nische stand. Christian versuchte, den Deckel anzuheben. Der ließ sich nicht bewegen. Er klopfte auf die eisernen Bänder und das starke Holz und staunte. »Wie hat der Vater dieses Ungetüm hier herunterbekommen?«

Das wusste Rahel nicht. »Es ist ein Erbstück der Familie. Erst gestern hat der Tate mir den Mechanismus erklärt …«

Sie brach erneut in Schluchzen aus. Jakob presste sie an seine Brust. Es schien sie zu trösten.

Christian bemerkte es mit einem Blick. Eigentlich hatte er Jakob zu Lonicer schicken wollen. Immerhin war der Hausvogt für die Juden zuständig. Auch für die Toten?

Das würde sich herausstellen. Die Kellertür jedenfalls, das hatte er mit einem Blick erkannt, war von innen aufgebrochen worden.

Ein Stein fällt zu Boden

Rahel hatte es abgelehnt, den Keller zu verlassen. Vielmehr die Leiche ihres Vaters. Christian hatte gemeint, sie dürften bis zu Lonicers Ankunft nichts verändern, nicht einmal Veitels Hände übereinander legen. Darüber zu wachen betrachtete Jakob als Grund, Rahel nicht allein zu lassen. Das Vorhandensein einer Leiche durfte ihn als künftigen Chirurgen nicht stören, wohl aber hinderte es Rahel daran, sich auf ein Gespräch mit ihm einzulassen.

Kaum war Christian verschwunden, um den Hausvogt zu verständigen, hockte sie sich neben den am Boden liegenden Körper und begann mit einem Singsang höchst fremdartiger Gebete. An stillen Tagen hatte Jakob Ähnliches aus Liebmanns Synagoge in der Nachbarschaft vernommen.

Er beobachtete sie eine ganze Weile in ihrer Trauer und kam sich dabei recht aufdringlich vor. Sie zu verlassen, schien ihm ebenso unpassend.

Christian hatte an der Mauer über Loebs Leichnam einen weiteren Kienspan entzündet, der knisternd sein Licht auf die unheimliche Szenerie warf. Behutsam nahm Jakob die Laterne auf und schlich auf leisen Sohlen noch einmal zurück zu der mächtigen Truhe. Was für ein prächtiges Stück! Als er sie jetzt näher betrachtete, fielen ihm die hellen Absplitterungen am Rand unter dem Deckel auf, als hätte jemand versucht, die Lade gewaltsam zu öffnen.

Er leuchtete den fest gestampften Lehm rings um die Truhe ab und fand zwei Späne, die zur Truhe passten. Verschiedene Stiefelpaare hatten im Boden tiefe Eindrücke hinterlassen. Loeb jedoch trug keine Stiefel, nur einen Strumpf auf dem gesunden linken Fuß.
Jakob sah sich weiter in dem alten Gewölbe um, das auf starkem Mauerwerk aus Feldsteinen ruhte, von dem man wenig sah, war doch jeder freie Platz vollgerümpelt mit allem, was man in einem Hause nicht mehr oder nur ganz selten brauchte. Die Öffnungen, die einst zur Straße und zum Hof geführt hatten, waren sämtlich vermauert. Auf einer Stellage an der Wand standen und lagen zahlreiche irdene Gefäße, die meisten davon zerbrochen und lieblos auf die Bretter zurückgeschoben. Flüssigkeit war auf dem Boden verlaufen und nur zu einem Teil von hellem Sand bedeckt.
Das Ganze erschien Jakob höchst merkwürdig. Er stippte seinen Finger in eine Lache und roch daran. Kein Zweifel, es handelte sich um eingelegtes Obst. Es sah aus, als hätte jemand das ganze Gestell umgeworfen und versucht, den Schaden in Hast und Eile zu verbergen. Deshalb der helle Sand am Boden …
Jakob stutzte. Woher kam hier in diesem dunklen Loch heller Sand?
Im Hause hörte er nach Rahel rufen und ihre Schritte auf der Kellertreppe. Das ging ihn jetzt nichts an. Er musste das Rätsel dieses Sandes lösen. Vorsichtig hob er das Gestell an und rückte es zur Seite. Das hintere untere Brett war trotz seiner Stärke mittendurch gebrochen. Darunter lagen Scherben und eine Menge feuchter Sand. Jakob blickte nach oben und leuchtete die Wand ab. Die war so fest gefügt wie eine Bastionsmauer, und das Gewölbe schloss sich fast ohne Fuge an. Die nächste der zugemauerten Öffnungen befand sich gut eine Rute entfernt.

Lange grübelte er darüber nach, wie frischer Sand in solcher Menge hinter die Stellage kam. Und weshalb hatte man die umgeworfen? Und wer?

Ihm fiel nur eine Erklärung ein: Jemand hatte etwas in den Gefäßen gesucht. Oder hinter der Stellage, die dabei umgestürzt war.

Das musste es sein! Er suchte nach einem metallenen Werkzeug, mit dem er die Wand abklopfen konnte, und fand schließlich unter den Gegenständen, die aus dem Gestell gefallen waren, den Stößel eines Mörsers.

Die behauenen Feldsteine gaben einen unterschiedlich hellen Klang. Einen Hohlraum entdeckte er auf diese Weise nicht. Wohl aber fiel ihm auf, dass sich auf dem Sand zu seinen Füßen feuchte Spuren einer dunkleren Masse abzeichneten. Er hob etwas davon auf und roch daran. Frischer Kalk!

Jemand hatte hier erst vor kurzem etwas zugemauert. Er war auf dem richtigen Weg!

Hastig kehrte er zu Rahel zurück, die in der gleichen Haltung neben dem Leichnam kauerte und Jakob nicht beachtete. In Christians Tasche fand er, was er brauchte: Messer, Haken, eine stählerne Schiene. Fieberhaft begann er, die Fugen zwischen den gebrochenen Steinen entlangzufahren und fand schnell heraus, dass zwei der Blöcke frisch eingepasst worden waren. Und nicht einmal besonders sorgfältig.

Er schabte, kratzte, setzte eins der Messer als Hebel an und löste auch richtig den größeren der beiden Steine, der dicht neben seinem Fuß dumpf zu Boden polterte. In seinem Feuereifer achtete er nicht darauf, ergriff die Laterne und leuchtete in die Öffnung dahinter. Nichts als Sand und dunkle Leere.

Schnell hatte er auch den zweiten Stein entfernt. Der Durchlass war jetzt groß genug für einen schlanken Menschen und setzte

sich dahinter fort. Gerade wollte er sich mit dem Kopf voran hineinschlängeln, da traf ihn Rahels spröde Stimme: »Was tust du da?«
Er winkte sie zu sich heran. »Hier ist ein Hohlraum. Vermutlich war darin etwas Wertvolles verborgen, das man gestohlen hat. Und dein Vater hat die Räuber dabei überrascht ...«
Rahel blickte in das Loch. Ihre Miene verriet ihre Zweifel. »Was sollte dort verborgen gewesen sein?«
Das wusste Jakob auch nicht, doch jetzt aufzugeben, danach stand ihm nicht der Sinn. »Warte hier«, entschied er und war schon mit dem halben Leib in dem Loch verschwunden. Die Laterne schob er voran, und zu seiner Überraschung fiel ihr Lichtschein nicht nur auf hellen Sand, wie er im Keller lag, sondern auf kurze hölzerne Stempel, die dicke Bohlen an der Decke stützten. Vor ihm lag ein zwei Ellen hoher und ebenso breiter Gang, der sich im Dunkeln verlor.
Vor Aufregung kam er nicht so schnell zurück wie er wollte. Zappelnd befreite er sich schließlich aus dem Loch.
»Nun?«, fragte Rahel, »Hast du etwas gefunden?«
Jakob nickte heftig. »Einen unterirdischen Gang ...«
Er sah sich um. Plötzlich verstand er: Das war die Außenwand zum Hof. In dieser Richtung standen das Haus am Wall und der Schuppen, in dem das Holz spurlos verschwunden war. Es passte alles. Nur der Tote – woher war der gekommen?
In langen Wochen hatten die Diebe den Gang gegraben. Er selber hatte sie vermutlich dabei gestört. Am Ende waren sie dennoch hier eingedrungen und von Veitel Loeb überrascht worden. Sie hatten ihm die Schlüssel abgenommen, die Truhe ausgeräumt und alle Spuren beseitigt. Beinahe alle.
Ganz Bekhmokum ist leer, klang es in seinen Ohren. Er zumindest wusste, wie die Einbrecher aussahen. Gleichzeitig wurde

ihm bewusst, dass das nicht alles war. Das Haus am Wall – sein eigener Vater hatte es gekauft. Steckte er mit denen unter einer Decke?
»Was ist mit diesem Gang?«, erkundigte sich Rahel ungeduldig. »Wohin führt er?«
Jakob war viel zu sehr mit den eigenen Gedanken beschäftigt, um ihr zu antworten. »Als du von der Entrée kamst – war da die Haustür abgeschlossen?«, fragte er.
»Ja. Ich hatte einen Schlüssel. Der andere allerdings –«. Sie überlegte. »Die Schlüssel lagen alle durcheinander …«
»Wahrscheinlich ist mindestens einer der Einbrecher durch die Haustür entkommen.«
Von oben drang Stimmengewirr zu ihnen. »Rahel!«, rief eine klagende Altweiberstimme. Und noch einmal: »Rahel!«
Sie kehrten zur Stiege zurück. »Bleib bitte bei ihm«, bat Rahel mit einem Blick auf ihren toten Vater.
Jakob versprach es ihr mit einem stummen Nicken.

Dem Gipfel nahe

Der Reichsgraf schwebte wie auf einer Wolke. War Königsberg die Krönung, bedeutete Berlin den Gipfel. Höher konnte man nicht steigen. Nur tief fallen, sehr tief. Daran wollte er nicht denken an diesem Jubeltag, der auch sein Werk war. Das wussten seine Neider wohl, der Barfus und der Lottum vor allem und das restliche Geschmeiß.

Er stand im vorderen Zimmer seiner fürstlichen Wohnung am Fenster und blickte auf die Lange Brücke, wo das Reiterstandbild düster glänzte. Trotz des Regens zogen noch immer Jubelnde zum Schlossplatz, um dort der Majestät zu huldigen.

Rechts auf dem Platz erhob sich die Ehrenpforte der Stadt Cölln, durch die der König vor zwei Stunden zum neuen Portal seines Schlossbaus geritten war. Auch er nun endlich auf dem Höhepunkt seiner Lebensbahn angelangt.

Die spöttische Stimme seiner Frau riss ihn aus seinen Gedanken. »Wird der König nicht beim Souper einschlafen, nach all den Anstrengungen?«

Er wandte sich um und sah sie nur halb bekleidet vor sich. »Nimm dich in Acht. Hier im Schloss haben die Wände Ohren«, sagte er mit leisem Vorwurf. »Und halte dich bitte beim Essen mit deinen Anzüglichkeiten zurück.«

»Aber ja, mein Lieber«, gurrte sie. »Ich werde sogar zu der alten Hexe Barfus besonders freundlich sein. Sie hasst mich. Wusstest du das?«

Er hätte ihr eine lange Liste von Personen nennen können, auf die das Gleiche zutraf, doch er sagte nur: »Entschuldige, meine Liebe. Mich plagen andere Sorgen. Der Jude ist mit den Steinen für den König noch nicht eingetroffen.«
»Vielleicht lässt man ihn nicht ein?«
»Er besitzt ein Revers von meiner Hand. Ich werde ihm entgegengehen.«
Sie lachte. »Entgegengehen? Einem Juden? Hast du vergessen, wer du bist?«
Er läutete nach dem Lakaien, der ihm den Mantel bringen sollte und sagte stirnrunzelnd: »Soweit ich weiß, stehst du bei diesem Juden tief in der Schuld.«
»Wer sagt das?«, fuhr sie auf. »Spionierst du mir nach?«
»Aber nein.« Er zog sie an sich und küsste sie auf die Stirn. »Die Katze weiß schon, wem sie um den Bart geht. Mitunter ist es eben besser, jemandem einen Schritt entgegenzukommen.«
»Um ihn dann in den Staub zu treten, meinst du?«
»Ach, mein Käthchen …« Er warf den Mantel um, den der Lakai ihm reichte, winkte ihr zu und war schon draußen, als sie ihm nachrief: »Da kannst du bei dem Juden auch gleich meine Schulden begleichen.«
Das hatte er nicht vor. Er war ärgerlich, dass Loeb ihn derart im Stich ließ, und ein unbestimmtes Gefühl des Missbehagens verstärkte sich. Er hatte vor, dem König die Schatulle mit den Steinen noch heute Abend als besonderes Präsent zu überreichen. Zwar war ihm die Sache mit den Steinen von Anfang an nicht ganz geheuer gewesen, beruhte sie doch nicht gänzlich auf seiner eigenen Idee. Außerdem verstand er selber nichts von Edelsteinen. Für ihn waren sie nur eine gute und schön anzuschauende Geldanlage. Andererseits sprach Friedrichs glühende Sammelleidenschaft für ein so kostbares Geschenk. Lange hatte

Kolbe nach etwas Passendem gesucht, bis ihm ausgerechnet der Maulheld Retzlow einblies, er kenne einen Juden, der die besten Verbindungen zu den Edelsteinhändlern nach Antwerpen besäße, die ihm nur erste Ware lieferten. Ein Jude zudem, der einem Mann wie Kolbe den Kredit nicht verweigern würde …
Gnade dir Gott, Retzlow, wenn etwas schief ging! Oder wenn du dich meinen erklärten Feinden verkauft hast. Es gab da so Gerüchte, denen er nicht recht trauen wollte …
Kolbe zog die Kapuze weit in die Stirn, als er das Schloss durch die Seitenpforte verließ und über die Lange Brücke hastete. Das fehlte noch, dass jemand ihn erkannte. Wie befohlen, folgte ihm der Lakai in einigem Abstand.
Im Haus von Veitel Loeb brannte Licht. Das beruhigte ihn. Nachdem allerdings die Tür auf sein Klopfen hin geöffnet wurde und ihn ein altes Weiblein mit schreckgeweiteten Augen anstarrte und in lautes Geheul ausbrach, als er nach dem Hausherrn fragte, schien ihm das doch bedenklich.
»Rahel«, schrie die Alte schließlich klagend, und noch etwas in ihrer Sprache, was Kolbe nicht verstand. Er drängte sich in den von einer Kerze schwach erleuchteten Flur und brauchte gar nicht lange zu warten, bis die gerufene Rahel aus der Kellertür trat und ebenfalls zu erschrecken schien.
Kolbe schlug die Kapuze zurück. »Wo ist der Loeb?«, fragte er barsch. »Ich habe mit ihm zu reden.«
Rahel blickte ihn an, als hätte sie ihn nicht verstanden, bevor sie mit tonloser Stimme sagte: »Mein Vater – ist nicht zu sprechen …«
Das machte Kolbe noch misstrauischer. »Ist ihm etwas zugestoßen?«, erkundigte er sich.
Das Mädchen nickte stumm und blickte ihn noch immer an. Schließlich erklärte sie stockend: »Er hatte einen – Unfall …«

»Das tut mir Leid. Wir waren für heute Abend in einem wichtigen Geschäft miteinander verabredet.«

Sie nickte zögernd. »Ihr seid der Herr von Kolbe?«

Das tut nichts zur Sache, wollte er hoffärtig erwidern, hielt es dann jedoch für besser, ihr zuzustimmen. »Der bin ich. Sprach er von mir?«

Sie ließ ihn nicht aus den Augen. »Er gab mir vor zwei Tagen etwas in Verwahrung, das für Euch bestimmt ist.«

Kolbe atmete auf. Diesmal hatten anscheinend alle bösen Zeichen getrogen.

Sie ließ ihn im Salon warten, in dem ein ziemliches Durcheinander herrschte. Ein Lager war hier aufgeschlagen, wie für einen Kranken, doch von dem fehlte jede Spur. Was mochte dem Loeb widerfahren sein?

Eine Frage, die sich erübrigte, als das Mädchen die flache Schatulle aus seiner Umhüllung befreite und ihm reichte. Er war am Ziel seiner Wünsche. Einen Blick nur warf er in das Etui, dann barg er es unter dem weiten Mantel.

»Alles andere erledige ich mit Eurem Vater«, sagte er leichthin und wollte zur Tür, als im Flur eine laute Männerstimme erklang: »Der Hausvogt ist in wenigen Minuten hier ...«

Kolbe stand, zur Salzsäule erstarrt. Was sollte das? Eine Falle? Der Hausvogt war für die Juden zuständig, aber kaum für deren Geschäfte. Und schon gar nicht für die mit hochgestellten Persönlichkeiten vom Hofe! Aber wusste man, zu welchen Finten seine Widersacher fähig waren?

Mit kräftiger Hand öffnete er die Tür und trat hinaus in den Flur, wo er sich einem blonden Mann in bestem Alter gegenübersah, der ihn erstaunt musterte. »Das ist der Wundarzt Fahrenholtz«, erklärte das Mädchen mit leiser Stimme, und der so Vorgestellte senkte unwillkürlich den Kopf zum Gruß. Kolbe erwiderte ihn nicht, zog vielmehr die Kapuze über sein Gesicht und entschwand eilends.

Vor dem Henkerhaus erwartete ihn der Lakai. »Wir gehen anders herum«, entschied Kolbe. Er verspürte nicht den geringsten Drang, auch noch dem Hausvogt zu begegnen.

Der Halbe

Jakobs Meinung nach zögerte der Hausvogt viel zu lange, bis er die Leiche besichtigt, der Geschichte dreimal gelauscht, den Eingang des Stollens sorgfältig geprüft und den schweren Deckel der nur zugeschlagenen Truhe gelüftet hatte, um sich zu überzeugen, dass daraus mancherlei entnommen worden war. Endlich sandte er den ungeduldigen Jakob mit einem Handschreiben zur Hausvogtei, um die Knechte herbeizuholen. Auf diese beiden angetrunkenen Gesellen, die sich nur mühsam aufrafften und fahrig nach ihren Piken suchten, hätten sie ohnehin gut verzichten können. Waren er und Christian in Lonicers Begleitung nicht Manns genug, zwei Räuber festzusetzen?

Wahrscheinlich nicht, wenn er an die vertraute unübersichtliche Hof- und Gartenlandschaft hinter dem Haus in der Wallstraße dachte. Christian riet denn auch dazu, dass Jakob und einer der Knechte vom Hause Loebs her die Rückseite des halb fertigen Hauses im Auge behalten sollten, während er mit Lonicer und dem zweiten Knecht von der Wallstraße einzudringen gedachte. Lonicer zog ein säuerliches Gesicht dabei, fürchtete er doch nicht zu Unrecht den starken nachträglichen Einspruch der Ratsmannen, wenn er auf diese Weise in ihre Jurifikation eingriff. Immerhin aber befand man sich in unmittelbarer Verfolgung einer schweren Straftat und vor allem in der Hoffnung, die Täter noch zu stellen.

Wie sich zeigte, war es dafür längst zu spät: Die Vögel waren ausgeflogen, und bei der heutigen Feststimmung würde es kaum gelingen, sie im Gedränge an einem der Tore aufzugreifen. Lonicer, an den gemächlichen Gang der Gesetzesmühlen gewöhnt, schien darüber nicht besonders beunruhigt. Aufmerksam sammelte er allerlei Papiere ein, die auf dem Boden herumlagen. »Sieh an, sieh an!«, murmelte er dabei ein ums andere Mal und schüttelte den Kopf.

Inzwischen durchsuchten Christian und der Knecht mit ihren Laternen gründlich das leere Haus, auf dessen blanker Erde sich in den unteren Räumen helle Sandhügel erhoben. Hinter einem davon wurden sie fündig. Im finstersten Winkel lag zwischen allerlei Gerät ein zusammengekrümmtes Subjekt, das sie erst nach einem Pikenstich aus furchtsamen Äuglein anstarrte.

»Raus aus dem Loch!«, forderte Christian, doch der Mann war kaum in der Lage, allein aus seinem Winkel hervorzukriechen. Zu zweit zerrten sie den Jammernden ans Licht. Er blutete aus einer tief klaffenden Kopfwunde, die Christian ihm notdürftig verband.

Der Knecht leuchtete indes in das Versteck und bemerkte einen Beutel, den er ebenfalls hervorholte.

Jakob hatte es unterdessen draußen nicht am vereinbarten Platz gehalten. Gegen den Widerspruch des anderen Knechtes war er über den Zaun gestiegen und hatte sich vorsichtig dem hölzernen Schuppen genähert, einer grob zusammengenagelten Bude ohne Fenster und mit einer schiefen Tür, gegen die der Regen schlug.

Nur zögernd war ihm der Knecht mit seiner Hellebarde gefolgt.

Leise raunte Jakob: »Wenn jemand in dem Schuppen steckt, ergreifst du ihn. Verstanden?«

Der Knecht schüttelte den Kopf. »Instruktionen erteilt mir nur der Hausvogt. Niemand sonst.«
»Dann lass ihn eben laufen«, zischte Jakob wütend. »Lonicer wird es dir danken!«
Er riss die Tür auf, doch in dem Schuppen hielt sich niemand auf. Ein gewaltiger Sandberg füllte ihn bis unters Dach. Nur hinter der Tür ragte ein mit Brettern und Bohlen abgeschlagenes Quadrat daraus hervor.
»Gib mir die Pike!«, forderte Jakob. »Oder muss ich erst den Hausvogt fragen?«
Zögernd reichte ihm der Knecht die Waffe. Jakob stieß sie in dem markierten Geviert in den Boden und fand keinen Widerstand.
Von der Hintertür des Hauses rief Christian nach ihnen.
»Ich habe den Eingang entdeckt!«, antwortete Jakob stolz. »Er ist verschüttet.«
»Das hat Zeit«, meinte Christian. »Wir haben auch jemanden gefunden. Vielleicht erkennst du ihn.«
Der kleine Mann hatte sich wenig verändert, seit er Jakob vor drei Jahren am Hochgericht zum ersten Mal aufgefallen war. Im Fahrenholtzschen Haus hingegen war es dunkel gewesen. Aber diese Vogelklauen von Händen! Jakob schauderte es. »Na, wo scheft der Kabol?«, fragte er höhnisch
Der Kleine blinzelte ängstlich und schwieg.
»Wo sind die anderen?«, herrschte Christian ihn an.
»Schon lange weg«, flüsterte er so leise, dass Jakob ihn kaum verstand.
»Die Namen!«, forderte Lonicer und gab seinen Knechten ein Zeichen. »Oder müssen wir nachhelfen?«
Der Zwerg hob abwehrend die Hände. »Ich weiß nichts. Reineweg nichts! Den Dürren nannten wir Joschpes.«

»Und weiter?«
»Glaubt mir, wir waren nur zu zweit.«
Der Jüngere der Knechte griente breit und sagte: »Das Vögelchen wird schon das Singen lernen!« Dabei stieß er dem Gefangenen den Stiel der Hellebarde so kräftig in den Leib, dass der aufschrie.
»Das ist nur der Anfang«, meinte der Knecht hämisch. »Beim nächsten Stoß trifft dich die Spitze.«
»Das dürft Ihr nicht zulassen!«, barmte der Kleine an Lonicer gewandt.
Der hob die Achseln. »Entweder du redest oder wir bringen dich dazu. Ich nehme an, es ist nicht deine erste diesbezügliche Unterweisung. Wie heißt du?«
»Sie nennen mich Fachodze. Das heißt: der Halbe. Sie haben mich gezwungen ...«
»Wer hat dich wozu gezwungen? Einen Gang zu graben?«
Fachodze nickte eifrig. »Sie haben nicht auf mich gehört, bis der Schnobelsträubling sich begerig verschakelt hat, weil er den Stollen nicht verteuft hat, der Schlamiel ...«
»Nicht so hastig in deiner Gaunersprache!«, unterbrach ihn Lonicer. »Was war das mit dem Schnurrbart und dem Dummkopf?«
Der Halbe krümmte sich noch mehr zusammen, als er seinen Fehler erkannte, und sagte kleinlaut: »Er hat sich selber verschüttet und war tot, als wir ihn ausgegraben haben.«
Jakob schlug sich mit der Hand vor die Stirn. »Deshalb war er voller Sand! Und ich nahm an, sie wollten ihn begraben!«
Der Kleine sah schräg zu ihm auf. Aufschnürn in Himmel, kam es Jakob in den Sinn. Doch Lonicer fuhr ungeduldig fort: »Wozu habt ihr diesen Gang gegraben? Nur um den Juden auszurauben?«

»Ich wusste nichts davon, mein Ehrenwort! Ich sollte nur den Stollen graben. Nichts weiter. Wohin er führt, habe ich nicht geahnt.«

»Du hast auch keine Augen im Kopf«, meinte der Hausvogt höhnisch.

»Ich war immer nur unter Tage …«

Er bemerkte das Zeichen nicht, das Lonicer dem Knecht gab. Der stieß ihm die Pike tief in den Oberschenkel. »Beim nächsten Mal treffe ich noch besser«, brummte er, während der Halbe einen schrillen Schrei ausstieß, der in anhaltendes Jammern überging. Aus seinem Hosenbein lief das Blut.

Lonicer jedoch fuhr ihn grob an: »Halt dein Maul! Wenn du brav Antwort gibst, wird dich der Wundarzt hier versorgen. Anderenfalls …« Er hob die Schultern. »Wirst du im Kerkerloch verfaulen, bis man dich auf dem Rabenstein aufs Rad flicht.«

»Ich sage alles, was ich weiß!«, beteuerte der Verletzte stöhnend. »Ich war nicht dabei, als er den Juden …« Erschrocken schwieg er.

»Umbrachte, meinst du? Was war so Wertvolles in dessen Truhe?«

»Ich weiß es nicht. Ich schwöre es! Ich musste nur die Steine wieder in die Wand einsetzen. Damit niemand merkt, wie wir in den Keller gekommen sind. Deshalb sollt' ich auch den Eingang verschütten.«

»Also wusstest du von dem Juden!«, mischte sich nun Christian ein. Lonicer ließ es geschehen, und auch dass Christian jetzt den Beutel öffnete, den der Halbe im Versteck bei sich gehabt hatte. Ringe und Schmuck glänzten in Christians Hand, als er sie aus dem Beutel zog.

»Ist das dein ganzer Anteil?«

Der Halbe nickte. »Ich hatte es abgezweigt, bevor Joschpes mir den Schädel einschlug«

»Was aber suchte er?«, fragte Lonicer bohrend, und als der Gefragte noch einmal beteuerte, es nicht zu wissen, fuhr ihm die Hand des Hausvogts an den Kragen und drehte den ganz langsam um die Finger. »Du willst mir weismachen, du hättest wochenlang gegraben und nie nach dem Gewinn gefragt?«

Dem Halben traten die Augen aus den Höhlen. Er röchelte. »Es steckte – jemand Höheres – dahinter ...«

Unerbittlich bewegte Lonicer sein Handgelenk. »Unser Herrgott wahrscheinlich. Höher geht's ja nicht. Oder fällt dir doch ein Namen ein?« Er lockerte den Griff um eine Spur.

»Am Anfang ... erwähnten sie einen Plan. Der Graf, so sagten sie, wird mit uns zufrieden sein.«

Mit einem Ruck zog Lonicer erneut den Kragen zu. »Grafen gibt es viele seit der Krönung«, brummte er unzufrieden. »Ich brauche Namen, Kerl! Sonst halt ich mich an dich.«

In diesem Augenblick stieß Christian einen Laut des Erstaunens aus. Als Lonicer sich umwandte, sah auch er das flache Etui in Christians Hand, gefertigt aus feinstem grünen Saffianleder und mit zierlichen Arabesken versehen. Er ließ den Delinquenten los und nahm es Christian aus der Hand.

»Was haben wir denn da? Die Sache scheint sich für dich doch gelohnt zu haben ...«

»Ich weiß nicht, was das ist«, stieß der Halbe schrill hervor.

Lonicer, der das flache Behältnis geöffnet hatte, blickte ihm höhnisch ins Gesicht. »So etwas lässt ein echter Chaßnemalochner ja auch liegen! War es das, worauf ihr aus wart?«

»Ich bin kein Kawohler! Nur ein einfacher Schortenfeller!«

Die Steine in dem Futteral glänzten im Schein der Laterne. »Ein guter Lohn, wahrhaftig«, bestätigte der Hausvogt. »Er wird dich geradewegs an den Galgen bringen, egal ob du ein gewalttätiger Räuber bist oder nur ein gewöhnlicher Beutelschneider.«

Der Halbe fiel auf die Knie. »Ich sage alles, was ich weiß. Alles! Denkt an meine Frau und meine armen Kinder ...«

»Hast du an sie gedacht, als ihr den Juden erschlugt?«

»Ich war nicht dabei! Er lag schon tot, als ich dazukam.«

Lonicer klappte den flachen Kasten zu. »Genug der verlogenen Worte! Wir werden dich zum Reden bringen.«

Die Knechte hoben den kleinen Kerl auf. Einer band ihm die klauenartig verkrümmten Hände. Christian riss das Hosenbein auf, um die Wunde zu versorgen.

»Darf ich ihn noch etwas fragen?«, wandte sich Jakob voller Ungeduld an Lonicer. Der nickte gnädig.

»Du sprichst immer nur von euch beiden. Da war aber noch ein dritter. Mit einem schwarzen Bart und einer struppigen Perücke.«

»Auf meine Ehre: Wir waren nur zu zweit. Der, den Ihr meint, kam nur einmal und machte schreckliches Getöse. Es ging um Euch und Euer Leben, wir sollten Euch kein Haar krümmen.«

»Wer sollte das gewesen sein?«, wollte Lonicer wissen.

Nun mischte sich auch Christian ein.

»Wie sprach der Mann? In Eurer Räubersprache?«

Der Blick des Halben huschte von Christian zu Jakob. »Der Mann sprach wie Ihr – und ...«

»... und sonst hast du niemanden gesehen?«, fragte Christian schnell.

»Und niemals eine Frau?«, ergänzte Jakob.

»Am Anfang schon«, antwortete der Halbe. »Sie wäre eine Klenksteifin dieses Mannes mit der struppigen Perücke, behauptete der Joschpes. Krio über sie!«

»Verrecken sollt Ihr alle miteinander, Diebsgesindel!«, fauchte Lonicer. »Ich wünschte, die Verräterin wäre zu mir gekommen!«
»Pscht!«, machte Jakob. Er hatte von der Haustür her ein Geräusch vernommen. Alle schwiegen. In die Stille hinein hörte man es dreimal klopfen, und dann noch einmal.
Christian sah Jakob an. Sie verstanden sich ohne Worte und schlichen zur Tür. Christian stellte sich neben den Türstock. Jakob riss die Tür auf. Der Klopfer draußen ahnte Böses und wollte sich davon machen, doch Christian hatte ihn schon an seinen nassen Kleidern gepackt und zerrte ihn herein. Jakob half mit einem Fußtritt nach, der den beleibten Mann im nächsten Sandhaufen zum Straucheln brachte.
Ächzend versuchte er sich aufzurichten. Die Hellebarde des jüngeren Knechtes hinderte ihn daran. Christian leuchtete ihm mit der Laterne ins Gesicht und fuhr zurück.
»Das werdet ihr mir büßen, Fahrenholtz!«, stieß der Mann am Boden hervor. Es war kein anderer als der Kammerherr von Retzlow. Erschrocken zog der Knecht seine Waffe zurück, als er ihn erkannte.
»Was sucht Ihr zu nächtlicher Stunde hier in diesem Haus?«, wollte Christian wissen.
Mühsam erhob sich Matthes von Retzlow und klopfte sich den Sand aus den Kleidern. »Das geht Euch weniger an als der Kehricht vor der eigenen Tür!«, knurrte er dabei.
»Dann werdet Ihr die Güte haben, es mir zu erklären«, äußerte Lonicer würdevoll.
In dem schlechten Licht bemerkte von Retzlow den Hausvogt erst jetzt und schien für einen Augenblick beunruhigt. Schnell aber siegte seine Dreistigkeit. »Eine solche Güte geht mir gänzlich ab«, meinte er unwirsch. »Soweit ich die königlichen Edik-

te kenne, stehen dem Hausvogt in einem bürgerlichen Haus keinerlei Befugnisse zu.«

So leicht war Lonicer nicht zu einzuschüchtern. »Es sei denn, bei der Verfolgung eines Mörders oder Räubers nach der frischen Tat«, ergänzte er ruhig. Doch Retzlow ließ sich auch dadurch nicht beeindrucken.

»Räuber und Mörder? Ich sehe keine Leiche«, sagte er spöttisch.

»Der Schutzjude Veitel Loeb liegt tot in seinem Haus. Sagt Euch das etwas?«

Retzlow erbleichte. Im Zwielicht der Laternen fiel es kaum auf. Und er fasste sich schnell. »Wollt Ihr mich beschuldigen? Da werden Euch am Ende die Beweise fehlen. Seine Majestät liebt solche Verleumdungen bei Hofe gar nicht. Dass solltet Ihr doch wissen.«

Lonicer ließ den Halben von seinem Knecht in den Lichtschein führen und fragte ihn streng: »Hast du diesen Mann jemals gesehen?«

Der geduckte Mann ließ seine flinken Äuglein in die Runde schweifen. Dem drohenden Blick von Retzlows wich er dabei aus.

»Ich habe ihn noch nie gesehen«, sagte er leise und duckte sich, als fürchte er Schläge.

Retzlow hingegen richtete sich auf. »Na bitte! Was habt Ihr erwartet?«, erwiderte er drohend. »Ihr solltet einem offenkundigen Zuträger wie diesem Fahrenholtz nicht ohne weiteres glauben. Im Übrigen ...«

Er blies sich förmlich um einen weiteren Zoll Körpergröße auf. »... will es der Zufall, dass ich heute Nacht den Besitzer dieses Hauses hier treffen wollte. Einen gewissen Niklas – *Fahrenholtz ...*«

»Er ist nicht hier«, entgegnete Lonicer, keineswegs aus dem Gleichgewicht gebracht. »Doch werden wir sicherlich von Euch seinen Aufenthaltsort erfahren.«

»Wenn er nicht hier ist, war mein Weg vergebens. Ich wünsche den Herren eine gute Nacht.« Damit wandte Retzlow sich zum Gehen.

Plötzlich hielt Lonicer das Etui mit den Steinen in der Hand. »Oder wolltet Ihr nur etwas abholen, Herr von Retzlow?«

Dem stand für einen Augenblick der Mund offen. »Woher – habt Ihr das?«, fragte er stockend.

Wie sage ich es meiner Königin?

Noch niemals hatte jemand gewagt, unaufgefordert oder ohne die ausdrückliche Anweisung Sophie Charlottes in das Kabinett des Ersten Kammerfräuleins der Königin einzudringen. Und schon gar nicht zu so früher Stunde und an einem Tag nach dem königlichen Einzug. Bis in die Morgenstunden hatte das Fest angedauert; selbst der König hatte sich überwunden und sich erst nach Mitternacht in seine Gemächer zurückgezogen.

Noch einmal hatten die Würdenträger und die ausländischen Gesandten – selbst der des Kaisers – den Majestäten ihre Huldigungen dargebracht und auch dem Herrn Reichsgrafen von Kolbe zu Wartenberg nebst Frau Gemahlin die Ehrenbezeigungen erwiesen. Die schwamm in Stolz und Seligkeit und wusste sich vor Selbstüberhebung kaum zu lassen, und auch vor Schönheit nicht, wie Fräulein von Pöllnitz neidvoll zugab, derweil ihr Mann, der Reichsgraf, sehr hoheitsvoll den abgeklärten Staatsmann gab und den König noch dazu mit einem erlesenen Präsent überraschte.

Ein Geraune und Getuschel war durch den Alabastersaal gelaufen, als Kolbe mit stolz geschwellter Brust dem Monarchen eine flache Schatulle aus feinstem grünen Maroquinleder überreichte und den Deckel aufschlug …

Friedrich warf einen Blick hinein.

Im Saal hielt mehr als einer den Atem an.

Der Oberhofmarschall Graf Lottum und Wylich wechselte einen hämischen Blick mit dem Oberkriegspräsidenten Barfus. Die Mienen der Grafen von Dönhoff und von Dohna drückten grimmige Befriedigung aus. In anderen Gesichtern war nur die Anspannung zu lesen. Jetzt gleich würde die Bombe platzen ...
Der König hob den Kopf. Er strahlte, lächelte seinem Minister huldvoll zu und reichte ihm die Hand zum Kuss, während ein neues Raunen anhub, allerdings von anderer Tonart als vorher. Kolbe, nun ebenfalls ein höhnisches Lächeln um den verkniffenen Mund, blickte die Reihen entlang und stolzierte auf seinen Platz zurück.

Die Pöllnitz besaß nicht nur eine messerscharfe Zunge und einen ebensolchen Verstand, sie verfügte auch über ein vortreffliches Gehör und einen Adlerblick, und ihr entging nicht die Enttäuschung, ja die Betroffenheit in manchen Mienen. Der alte Barfus stand starr wie die dreizehnte Statue eines Kurfürsten, von denen zwölf den Saal schmückten. Der Oberhofmarschall ließ seine Blicke schweifen, als gelte es, den Schuldigen für ein Debakel auszuspähen. Dann schritt er würdevoll nach vorn, um dem König das Etui abzunehmen, nicht ohne einen Blick hineinzuwerfen.

Da war etwas ganz und gar nicht so gelaufen, wie mancher es erwartet hatte, doch wer und was es war, vermochte selbst ein Fräulein von Pöllnitz nicht herauszufinden. Immer wieder fielen ihr fragende, verstohlene Blicke auf, Handzeichen, die sie nicht deuten konnte und schließlich auch nicht mehr deuten wollte, denn je stärker sie mit dem Fortgang des Festes dem Wein zusprach, desto mehr trübten sich ihre Wahrnehmungen.
Und nun, kaum hatte sie drei, vier Stunden geruht, stand ein aufgeregter Mann an ihrem Bett, das zu teilen sich in der Nacht kein Passender gefunden hatte. Unter geschwollenen Lidern

starrte sie ihn an, als wäre er ein Geist, und keineswegs ein guter. Lange vermochte sie seinem Gezischel nicht zu entnehmen, was er eigentlich wollte.

»Wer ist tot?«, fragte sie schließlich mit schwerer Zunge.

»Veitel Loeb, der Jud, den Ihr so gut kennt wie ich«, flüsterte von Retzlow. »Es heißt, man hätte ihn ermordet.«

Ihr fiel als Erstes ein, wie viel sie dem Loeb schuldete. »Und das nennt Ihr ein Unglück?«, stöhnte sie und sank zurück. »Wegen eines toten Juden belästigt man keine Dame zu so ungelegener Stunde!«

»Ihr habt mich nicht verstanden! All unsere Pläne sind gescheitert, was den Kolbe angeht. Und zu allem Überfluss war Lonicer in dem Haus und hält nun vermutlich alle Pfänder und Schuldscheine in der Hand – soweit sie nicht gestohlen sind ...«

Leibniz hatte oft die Logik und das schnelle Denken der Pöllnitz gelobt. Im Augenblick fiel es ihr mit ihrem dumpfen Kopf schwer, das Ausmaß des Desasters zu überblicken. Sie verstand jedoch genug, um sofort zu sagen: »Ich weiß von keinen Plänen, die den Kolbe angehen. Und Ihre Majestät die Königin erst recht nicht!«

Retzlow näherte sein bleich aufgedunsenes Gesicht dem ihren »Ich war Euch stets ein selbstlos treuer Freund. Ihr müsst mir helfen. Nur die Königin kann mich noch schützen!«, verlangte er.

Ihr raues Lachen klang eher wie ein böser Husten. »Selbstlos und treu! Habt Ihr nicht jedes Wort, das je in Eurer Gegenwart gesprochen wurde, spornstreichs dem Kolbe hinterbracht? Und wer weiß, wem noch, wenn er nur einen Taler dafür zahlte.«

»Wollt Ihr damit sagen, dass ich nicht auf Euren Beistand rechnen darf?«

»An diesem Hofe, Retzlow, ist sich jeder selbst der nächste. Die Königin mag Menschen wie Euch ohnehin nicht sonderlich. Und wenn Ihr etwas gegen Kolbe unternommen habt – Ihr kanntet schließlich die Gefahr.«
»Nicht ich! Versteht Ihr? Ich war nur der Mittelsmann für Barfus und den Lottum. Sie wollten ihn doch vor aller Welt und vor dem König lächerlich machen ...«
Fräulein von Pöllnitz war empört. »Geht jetzt! Kein Wort will ich von solchen Hinterlisten hören!« Damit zog sie sich die Decke über den Kopf.
An Schlaf jedoch war jetzt nicht mehr zu denken. In ihrem Kopf rasten die Gedanken. Wer außer diesem unsäglichen Retzlow wusste von ihren Geschäften und Machenschaften mit dem Juden? Der Hausvogt Lonicer – auf wessen Seite stand der? Er galt als einer der Getreuen, die schon zu Zeiten des Großen Kurfürsten untadelig ihren Dienst versehen hatten. War er bestechlich?
In drei, vier Stunden würde sie Sophie Charlotte gegenüberstehen. Was sollte sie ihr sagen? Und wie viel?
Nach einer schrecklichen Stunde erhob sie sich aus dem Bett, wischte sich die Augen mit einem feuchten Tuch aus und klingelte nach der Zofe. Es dauerte ein Weilchen, bis die mit dicken Augen eintrat.
»Bring mir Kaffee«, herrschte die Pöllnitz sie an. »Starken Kaffee. Und ein Glas Branntwein!«
Die Zofe, an die Launen ihrer Herrin gewöhnt, verzog keine Miene.
Als sie endlich mit dem Gewünschten kam, saß die geschäftig an ihrem Sekretär und schrieb. »Du wirst einen Botengang für mich erledigen!«, sagte sie. »Und keine Menschenseele darf davon erfahren!«

Verwaschene Spuren

Auch am Tag nach der Entrée regnete es in Strömen. Der Festtag, der so glanzvoll begonnen hatte, endete in Matsch und Schlamm. Die meisten Bewohner der Residenzstädte störte das wenig, hatte man sich doch in der Freitagnacht dem Freibier in den Schänken hingegeben und verdöste nun den Sonnabend in träger Lethargie. Gemessen an dem turbulenten Freitag wirkte die Stadt jetzt wie ausgestorben.

Kurz vor Mitternacht rumpelte eine Kutsche mit einem Doppelwappen über die Lange Brücke. Auf dem Kutschbock saß neben dem Kutscher ein zweiter Mann, dessen weiter Umhang die Narben in seinem Gesicht kaum verbarg. Im Kutscheninneren wandte sich ein vornehm gekleideter Herr an den ihm gegenüber Sitzenden.

»Nun, Monsieur Julius«, meinte er mit einem eher rheinischen als französischen Akzent, »Madame ist nicht nur schlau, sondern auch von schnellem Entschluss. Sie hat aufs falsche Pferd gesetzt, nämlich auf das vor unserer Kutsche«. Er lachte laut auf über sein Bonmot, und Julius stimmte, eher aus Pflichtbewusstsein als wegen der Qualität des Scherzes, in das Gelächter ein. »Nun wechselt sie eben Ross und Reiter – und das mitten im Galopp!« Er schlug sich laut lachend auf den rechten Schenkel. »Und reitet rückwärts!«

Der vornehme Herr wischte sich mit der Ärmelmanschette die Lachtränen ab, beugte sich zu Julius hinüber und blickte ihn durchdringend an. »Hat Er alles arrangiert wie besprochen?«, fragte er, nunmehr wieder ernst.

Julius nickte.

»Ich auch«. Er holte eine bauchige Branntweinflasche aus dem Behältnis unter der Kutschenbank hervor. »Feinster französischer, direkt aus dem Keller der Königin. Und die Phiole, mit der er versetzt ist, stammt aus dem persönlichen Bestand von Madame. Sofort wirksam, wie sie mir versicherte.« Er lehnte sich zufrieden zurück. »Zum Glück müssen wir sie nicht probieren!« Laut lachend schlug er sich diesmal auf den linken Schenkel. »Wir müssen nur noch abwarten, bis er kommt«, meinte er dann, kramte in seinem weiten Rock nach einem Schnupftabakdöschen und nahm eine gehörige Prise. »Oder ob er überhaupt kommt. Übrigens«, sagte er, plötzlich laut niesend, »was machen wir mit dem Fahrenholtz? Besser, er verschwindet auch. Was meint Er?«

»Nun«, gab Julius zu bedenken, »er ist ein ehrenwerter Mann und zudem mit dem Hausvogt Lonicer verwandt. Und der könnte das schwarze Buch besitzen, denn bei dem Joschpes war es nicht und der Retzlow hat es auch nicht. Wenn er es gegen uns verwendet ...«

»Hm«, meinte der vornehme Herr, »da mag Er Recht haben. Aber der Kerl soll aus Preußen verschwinden! Mag er doch dem König von Sachsen verbleite Taler andrehen!« Und wieder schüttelte ihn ein Gelächter, dass so gar nicht zu der sonst zurückhaltenden Art eines Edelmannes passen mochte.

Julius versuchte mitzulachen, brachte allerdings nur eine Grimasse zu Stande. Eben nur etwas für rheinische Frohnaturen, dachte er.

In diesem Augenblick klopfte der Kutscher mit dem Peitschenstiel auf das Wagendach. Das Lachen schwand aus dem Gesicht

des vornehmen Herrn, und er nickte, mit einem Mal konzentriert, Julius zu. »Jetzt ist es an Euch.«
Der öffnete den Wagenschlag. Draußen stand im strömenden Regen ein völlig durchnässtes Etwas, dass einmal der Herr von Retzlow gewesen sein mochte. Er schien überrascht, Julius in der Kutsche zu erblicken, doch als er der Person, die diesem gegenübersaß, ansichtig wurde, riss er den Dreispitz vom Kopf und versuchte so etwas wie eine Verbeugung. Ohne die Allongeperücke wirkte sein kahler Schädel, auf den der Regen prasselte, wie ein Kürbis, von dem das Wasser perlte. Nichts erinnerte mehr an den einst stattlichen Kammerherrn. Was vor ihnen stand, war ein verängstigtes, nasses und zudem am ganzen Leib schlotterndes Häufchen Elend. Mit zitternden Händen reichte er dem vornehmen Herren ein in Wachstuch geschlagenes Päckchen. Der nahm es ohne hineinzublicken an sich, reichte es an Julius weiter und nickte Retzlow zu.
»Hat Er eingesehen, mit den Papieren nicht auf eigene Rechnung zu verfahren«, sagte er und diesmal fehlte jede Jovialität in seiner Stimme. »Brav gemacht.« Er lehnte sich noch weiter vor und sagte dann sarkastisch: »Wir würden Euch ja gern ins Trockene bitten, aber Ihr versteht, Eure nassen Kleider ...«
»Haben Euer Gnaden den Permit?«, fragte ihn Retzlow. Man konnte nicht mehr unterscheiden, ob sein Gesicht vor Angstschweiß oder Nässe glänzte. Und dabei zitterte er, wenn das überhaupt möglich war, noch mehr.
Julius klopfte zweimal von innen an die Kutsche.
»Den Permit wozu? Um die Sachsen gegen die Polen oder die Polen gegen die Sachsen auszuspielen? Oder will Er sich gar bei den Türken aufs Konspirieren verlegen?«
Mit schreckgeweiteten Augen starrte ihn Retzlow an. Und der Schreck wich auch nicht aus seinem Gesicht, als ihn ein Schlag

von links am Hals traf. Er versuchte, schützend die Hände zu heben, da traf ihn der zweite Schlag mit voller Wucht am Kopf, dass Blut und wohl auch ein wenig Gehirn auf den Rock des vornehmen Herrn spritzte, der darauf mit einem »Contenance, Joschpes!« die Wagentür zuzog. Der dritte Schlag schließlich brach dem gewesenen Kammerherrn Matthes von Retzlow das Genick.

Der Wagenschlag öffnete sich wieder. Julius winkte dem Kutscher und befahl ihm und dem Narbengesichtigen: »In die Spree mit ihm!«

Als beide zur Kutsche zurückkehrten und der Kutscher wieder auf dem Kutschbock Platz genommen hatte, beugte sich Julius aus dem Wagenfenster und reichte dem Narbengesichtigen die bauchige Branntweinflasche mit den Worten: »Gut gemacht, Joschpes. Gönn dir einen kräftigen Schluck. Das vertreibt im Nu die Nässe und die bösen Geister.«

Rumpelnd, wie sie gekommen, entfernte sich die Kutsche im strähnigen Regen

Der Sonntag war ebenfalls wie ein Festtag. Frisch gewaschen glänzte die Stadt. Nur hie und da hatte der Regen Farben abgewaschen und Gips zerfließen lassen. Der Hausvogt war schon früh am Morgen unterwegs. Zu seinem Erstaunen fand er die Loebsche Haustür offen stehend. Drinnen drängten sich bärtige Männer mit seltsamen Kopfbedeckungen, die keinerlei Notiz von ihm nahmen, laut psalmodierend um den aufgebahrten Leichnam.

Er fand Rahel in der Küche, wo sie kraftlos auf einem Schemel an der Wand lehnte. »Habt Ihr noch etwas herausgefunden?«, fragte sie Lonicer mit leiser Stimme.

»Eine ganze Menge. Räuber haben von einem Hof am Wall aus

einen Stollen bis in Euren Keller gegraben. Einen haben wir gefasst. Er nennt sich Fachodze. Der andere heißt angeblich Joschpes. Ein Großer, Dürrer mit einem Narbengesicht. Sagt Euch das etwas?«

Müde schüttelte Rahel den Kopf. »Wozu das alles?«, fragte sie verständnislos.

Lonicer wusste die Antwort: »Um Euren Vater auszurauben. Es müssen große Werte in dieser Truhe gewesen sein.«

Wieder schüttelte Rahel den Kopf. »Der Tate hatte manchmal viel Geld im Haus. Und jüngst hatte er eine große Summe zu bezahlen. Da waren in der Truhe höchstens ein paar hundert Taler. Und die Pfänder natürlich.«

Lonicer fand ein paar hundert Taler schon der Rede oder eines Einbruchs wert. Er langte vorn in seinen Rock und zog die flache, grünlederne Schatulle hervor. »War das auch ein Pfand?«

Rahel riss die Augen auf und fragte: »Woher habt Ihr das?«

»Beantwortet nur meine Frage: Ist es ein Pfand?«

»Nein«, entgegnete sie kurz. »Der Herr, der es Euch gab, weiß das.«

»Was ist das für ein Herr? Nennt mir den Namen!«

»Der Tate nannte bei seinen Geschäften niemals Namen.«

Eindringlich sagte er: »Das Etui gehört ganz offensichtlich zu der Beute aus Eurem Keller …«

Sie schüttelte den Kopf. »Da irrt Ihr Euch. Das ist nicht möglich.«

Für einen Augenblick fühlte sich Lonicer ratlos. Er fragte: »Ihr wisst, was sich darin befindet?«

Sie nickte.

»Woher stammen die Steine?«

Ihre Augen verdunkelten sich. Dann sagte sie zögernd: »Sie kamen vor drei Tagen aus Antwerpen.«

»Also gehörten sie Eurem Vater. Für wen waren sie denn nun bestimmt?«
»Für den, der sie abholte.« Ein kaum sichtbares Lächeln überzog ihr müdes Gesicht. »Eigentlich sollte der Tate sie ihm bringen. Doch er stürzte die Treppe hinunter und brach sich ein Bein.«
»Wann war das?«, fragte er barscher als beabsichtigt.
»Vor drei Tagen. Ihr wart am selben Abend hier. Erinnert Ihr Euch nicht?«
Natürlich erinnerte sich Lonicer daran.
»Wenn ich es recht verstehe, hatte dieser *Herr* die Steine bei Euch bestellt.«
Sie nickte. »Beim Tatn.«
»Na gut, beim Tatn. Der hat sie ihm auch ausgehändigt?«
»Nein …« Sie zögerte. »Er kam erst, als der Tate schon …«
Lonicer ergänzte: »… schon tot war?«
Sie nickte schwach.
Lonicer war der Verzweiflung nahe. »Also sind die Steine doch gestohlen worden!«
»Nein. Der Tate hatte sie mir anvertraut …«
»Und Ihr habt sie dem *Herrn* gegeben?«
Nicken.
»Ihr kanntet ihn?«
Sie sah zu ihm auf. »Jeder kennt ihn.«
Was für eine Antwort! Mit erzwungener Geduld fragte er: »Wie erklärt Ihr Euch, dass einer der Räuber die Schatulle in seinem Schnappsack bei sich trug?«
Sie schüttelte den Kopf. »Ich weiß es nicht.«
Dann aber fügte sie hinzu: »Es sollte ein Geschenk sein, an einem gewissen Tag. Eben gestern …«
Lonicer erstarrte. Es gab nur einen, dem am gestrigen Tag ein

solches Geschenk zugekommen wäre. Einer, dessen Steinsammlungen berühmt waren.
Mit zitternden Fingern öffnete er die Schatulle und hielt sie vor ihre Augen. »Seid Ihr sicher, dass es diese Steine waren?«
Sie warf nur einen flüchtigen Blick darauf. »Ganz sicher.«
Dann besann sie sich und nahm ihm das Etui vorsichtig aus der Hand. »Man muss sie bei gutem Licht besehen«, erklärte sie. Er folgte ihr über den Flur bis auf die Gasse. »Zeigt das nicht jedem!«, warnte er, doch sie hielt bereits den großen Topas zwischen zwei Fingern ins Licht, nahm hierauf einen grünen Stein, dann einen roten, steckte sie achtlos zurück und reichte ihm die Schatulle.
»Das sind nicht die echten«, sagte sie. »Die hier sind aus Glas.«

Am Montagabend wurden die Illumination und das Feuerwerk nachgeholt. Bis zum Abend jedoch war Jakob auch der letzte Rest von Begeisterung darüber längst vergangen. Der erste Schlag hatte ihn getroffen, als Marie am Sonntagabend nach dem Abendessen, als alle noch um den Tisch herumsaßen, lauthals und ohne Jakob anzuschauen, erklärt hatte, sie würde das Fahrenholtzsche Haus verlassen, spätestens zu Michaelis, wenn man es ihr nicht früher gestatte. Wie sich herausstellte, war ihrem treulosen Soldaten aus Neuruppin vor zwei Wochen die Mutter seines Kindes weggestorben, da fühle sie sich in der Pflicht, und lieben würde sie ihn immer noch.
Jakob hatte nichts dazu gesagt und war Christians Blick ausgewichen. Er erhob sich und ging stumm hinaus. Ziellos schlenderte er umher und überlegte gerade, ob er einen Humpen Bier trinken sollte, als ihm ein Pärchen auffiel, das vertraulich aneinander geschmiegt daherkam: Florine Coulard und Jean Hur-

tienne, der Tabakbauer. Florine errötete, doch um ihm auszuweichen, war es schon zu spät. So grüßte Jean ihn formvollendet, überließ es aber seiner Begleiterin, ein weiteres Wort der Erklärung abzugeben: »Jean und ich – wir haben uns verlobt …«

Nach diesem zweiten Schlag hatte es Jakob nicht bei einem Humpen Bier bewenden lassen.

Am Montagmorgen schickte Christian ihn nach dem Frühstück, den Maurermeister Keitel zu barbieren, der vergeblich versuchte, ihn in ein Gespräch über das Haus am Wall zu ziehen, in dem der Hausvogt angeblich eine achtköpfige Räuberbande festgenommen habe.

Als er mit gesenktem Kopf zum nächsten Kunden eilte, lief er in der Rosenstraße mitten in eine Gruppe von Juden hinein, und als er aufblickte, stand er vor Rahel und den beiden Alten.

»Woher kommst du?«

Es war klar, woher sie kamen: vom Judenfriedhof, wo sie Loeb beigesetzt hatten. Jakob ergriff Rahels Arm. »Es tut mir Leid«, sagte er aufrichtig. »Weshalb hast du nichts gesagt? Der Oheim und ich hätten ihm die letzte Ehre erwiesen.«

»Das ist nichts für Christen«, antwortete sie. Die anderen gingen langsam weiter. »Ihr habt noch Geld zu bekommen«, fuhr Rahel fort. Jakob widersprach: »Das hat Zeit …«

Sie schüttelte den Kopf. »In drei Tagen gehen wir nach Frankfurt. Zu meinem Bruder.«

»Für immer?«, fragte Jakob ungläubig. Das war der dritte Schlag!

»Für immer«, sagte sie. »Wir können in diesem Haus nicht mehr leben.«

Christian schenkte Jakob nur einen langen Blick, als er von Rahels Absicht erzählte. Das geschah erst gegen Abend ganz beiläufig, während sie einen jungen Burschen verarzteten, dem eine herrschaftliche Kalesche über den Fuß gefahren war.
»Des einen Not, des anderen Brot«, meinte Christian, als sie sich auf den Heimweg durch die überfüllten Gassen machten. Die Entrée hatte ihm in der Tat einen ganzen Batzen eingebracht.
In der Barbierstube fuhrwerkte Glasemann allein herum. »Da ist gerade ein Brief für dich abgegeben worden«, sagte er zu Jakob, kaum dass sie eingetreten waren.
»Für mich?« Noch nie hatte Jakob einen Brief erhalten. Von wem auch?
Christian warf einen Blick auf den versiegelten Umschlag. »Wer hat den gebracht?«, fuhr er Glasemann an.
»Eine Frau ... Gerade eben ... Ihr müsst ihr noch begegnet sein ...«
»Mit einem braunen Umschlagtuch? Sie ist uns ausgewichen!« Damit war Christian schon an der Tür. Jakob wollte ihm folgen, doch der Meister befahl: »Du bleibst!«, und war hinaus.
Christian hatte Glück. In dem Gedränge kam die Frau nicht schnell voran. Sie schien keine besondere Eile zu haben, blieb auf der Langen Brücke sogar stehen, um zuzuschauen, wie man an der Pferdeschwemme vor dem Schloss gerade wieder eine Wasserleiche barg. Christian hielt sich im Hintergrund der gaffenden Menge. »Ein feiner Herr, wie's scheint«, hörte er nur.
Die Frau ging weiter, an der Freiheit entlang und über die Hundebrücke. Hinter dem neuen Zeughaus passierte sie das neue Tor und wandte sich nach rechts. Christian ließ sie nicht aus den Augen. In der Dorotheenstadt waren weitaus weniger Menschen unterwegs als in Berlin und Cölln. Dennoch bemerk-

te sie ihn nicht, als sie in der Letzten Straße eine Herberge betrat. Christian schlich ihr die Treppe hinauf nach und vernahm die gedämpfte Frauenstimme hinter einer Tür. Ein Mann antwortete leise.

Christian öffnete die Tür. Erschrocken sahen ihn die beiden an. Der Mann, mit schwarzem Bart, saß auf dem schmalen Bett. Neben ihm lagen eine struppige Perücke und ein Dreispitz.

Christian schloss die Tür hinter sich und sagte: »Gott zum Gruß, Niklas …«

Der andere erhob sich schwerfällig von seinem Platz und stand dicht vor ihm. »Bruderherz …«, sagte er, bevor sie sich steif umarmten.

Es gab eine Menge zu erzählen. Dass die Frau den Raum verlassen hatte, fiel ihnen gar nicht auf.

»Weshalb hast du dieses unselige Haus gekauft?«, fragte Christian schließlich.

Sein Bruder schnaubte verächtlich. »Einen Mann, dem man die Ehre genommen hat, kann man zu allem zwingen. Einen Münzfälscher …«

»Man hat dich niemals angeklagt.«

»Natürlich nicht. Man weiß, ich würde reden. Es gab da einen Plan …Mich lockte man mit der Hoffnung, meinen guten Namen wiederherzustellen. …«

Er schlug die Hände vors Gesicht.

»Worin bestand der Plan?«, wollte Christian wissen.

Niklas stöhnte. »Nur Höflinge können auf so etwas verfallen. Man ließ in Antwerpen vom selben Schleifer zwei gleiche Muster von verschiedenen Steinen anfertigen. Selbst die Schatullen waren gleich. Die eine – echte – ging an Loeb, der sie für den Reichsgrafen bestellt hatte, die zweite kam ebenfalls nach Berlin. Der Plan bestand darin, sie im Haus des Juden aus-

zutauschen und dem König die gefälschten Steine zu überreichen.«
»Hätte er das nicht bemerkt?«
»Das sollte er ja! Stell dir sein Gesicht vor: Sein Liebling, der Premierminister, schenkt ihm wertlose Nachbildungen! Außerdem befanden sich von Wedells Aufzeichnungen über das Münzunternehmen in Veitel Loebs Besitz. Für mich nicht mit Gold aufzuwiegen, nennt er doch die wahren Hintergründe. Damit hat man mich erpresst. Aber diese Hohlköpfe fanden die Papiere nicht einmal! Und die Steine auch nicht. Plumpe Räuber eben. Sie dachten nur an ihre Beute, Geld und Schmuck.«
»Und ein paar Dutzend Schuldscheine.«
»Die wollte die Kanaille von Retzlow für seine schmierigen Erpressungen!«
»Warst du mit ihnen in dem Keller?«
»Was glaubst du von mir! Ich habe mich nicht fortgerührt, bis mich ihre Schreckensmeldung erreichte. Der dürre Kerl war außer Rand und Band …«
»Weil sie den Juden totgeschlagen hatten?«
Niklas erstarrte. »Sag das noch einmal!«
»Veitel Loeb ist tot. In seinem eigenen Keller erschlagen.«
Niklas schien ihn nicht zu hören. Er sprang auf und begann alles, was herumlag, in den Korb zu werfen. »Ich muss schnellstens fort …«, sagte er. Dann sah er Christian an. »Mein Sohn … Du kümmerst dich um ihn?«
»Er ist bei uns in guten Händen.«
Niklas nickte. »Ich habe ihn gesehen …«, sagte er bekümmert. »Diese Verbrecher wollten ihn aufknüpfen, weil er ihnen auf die Schliche gekommen war.«
»Er ist ein wackerer Junge, der sich selber zu helfen weiß. Mach dir keine Sorgen.«

»Ich habe ihm einen Brief geschrieben und ihm das Haus vermacht.«
Christian sah ihn an. Dann lachte er. »Mit welchem Geld soll er wohl den Bau vollenden?«

Im nahen Lustgarten begann das Feuerwerk.
Auf dem Nachhauseweg durch die von Lampen, Lichtern, Fackeln und Freudenfeuern erleuchtete Stadt hatte er genug Gelegenheit, es am Himmel zu betrachten. Immer neue Böller krachten, Raketen fuhren zu einem wahren Regen auf und bunte Sterne zerplatzten. Von der Langen Brücke aus waren auch die Figuren zu erkennen. Hier drängten sich besonders viele Schaulustige. Im roten Feuerschein, der die neue Schlossfassade in ein magisches Licht tauchte, sah er plötzlich Lonicer ganz in seiner Nähe. Er zögerte, dann drängte er sich zu ihm durch.
»Nun, Herr Oheim, wie geht es voran?«
Lonicer verzog keine Miene. »Alles nur Fassade«, sagte er. »Aber das Schlimmste liegt jetzt hinter uns.«
Christian verstand nicht, was er meinte, doch er schwieg.
Ein neuer Böllerschuss. Grüngolden ging ein Feuerregen auf die Spree nieder, auf der jetzt Jasons Heimkehr nach glücklicher Erlangung des Goldenen Vlieses dargestellt wurde. Natürlich waren auch damit Friedrich und die Königskrone gemeint.
»Übrigens hat man am Wall einen narbengesichtigen Mann gefunden, der sich offenbar zu Tode gesoffen hat. Ihr könnt ihn Euch beim Scharfrichter ansehen. Oder wollt Ihr ihn vorsichtshalber wieder von Garliep untersuchen lassen?« Christian meinte ein verstecktes Lächeln auf seinem Gesicht wahrzunehmen. Dann wies der Hausvogt hinunter auf das Wasser. »Und

dort hat man vor zwei Stunden einen Mann geborgen«, sagte er ruhig. »Mausetot.«
»Jemand aus dem Schloss?«
Lonicer wandte sich ihm gänzlich zu. »Sonst hätte man mich nicht geholt. Ein gewisser Herr von Retzlow …«

Omittatur

Der Mai war vorüber und mit ihm alle Festtage. Nur der Buß- und Bettag stand noch aus, den Friedrich auf den Sommeranfang verlegt hatte. Inzwischen wirkte der Hausvogt längst nicht mehr so gelassen wie bei der Nachricht vom Tod des verhassten Kammerherrn. Im Gegenteil. Die Ungewissheit, was er Seiner Majestät zu melden oder was er besser zu unterlassen hatte, raubte ihm den Schlaf. Dreimal schon hatte er um Audienz nachgesucht und war vertröstet worden, und ein halbes Dutzend Mal hatte er einen schriftlichen Bericht verfasst oder wenigstens begonnen – und sie allesamt zerrissen, erleichtert jedes Mal, sie nicht abgesandt zu haben. Vorsorglich hatte er jedoch einen Bericht verfasst, der mehr verschwieg als offenbarte. Und den verschloss er sicher in der Hausvogtei.

Beinahe täglich änderte sich die Stimmung bei Hofe, liefen Gerüchte um, die sich widersprachen. Barfus, hieß es, zähle seine Tage – doch er ward zum Gouverneur der Residenz ernannt. Kolbes Thron geriet ins Wanken, bis der Premierminister selber den König bat, jedes Ratsmitglied persönlich zu befragen, ob er, der Reichsgraf von Wartenberg »in einigen Stücken gegen Sr. Majestät Intentionen und wider seine teuer geschworene Pflicht gehandelt habe«.

Derlei Verdächtigungen wiesen alle Ratsmitglieder in schriftlichen Erklärungen von sich; Anstößiges oder Kritikwürdiges »gegen den Oberkammerherrn reichsgräfliche Gnaden« sei keinem bekannt. Kolbe saß fester im Sattel als je zuvor. Wie lange noch? Das war die Frage. Zum ersten Mal in seinen langen Amtsjahren war Lonicer entschlossen, sich nach beiden Seiten abzusichern und ein Gutteil seines Wissens samt der falschen Steine für sich zu behalten.

Als Friedrich ihn eines Vormittags ganz überraschend vorlud, fand der Hausvogt den König sehr aufgeräumt und bei guter Laune. Er stellte allerhand Fragen nach Einzelheiten, auf die sich Lonicer nur mühsam besann, bevor er endlich auf das Eigentliche kam. »Habt Ihr den Hof noch voll in Eurer Hand, Lonicer? Man hört von Todesfällen …«

»Den Herrn von Retzlow, meint Ihr? Es war eigener Leichtsinn, der zu seinem Tod führte, wie die Untersuchung ergab.«

Zufrieden nickte Friedrich. »Es schwebt da noch immer diese unleidliche Affäre mit dem von Wedell …«, meinte er ohne besonderen Nachdruck. »Hat sich da etwas ergeben? Er soll Papiere bei einem Juden deponiert haben. Ist Euch das bekannt?«

Für Sekunden setzte Lonicers Herzschlag aus, bevor der Muskel raste, dass der Hausvogt glaubte, Friedrich müsse das Flattern in seiner Brust bemerken.

»Im Keller des Juden ist eingebrochen worden«, wich er aus.

»Und die Papiere?« Jetzt war der Monarch ganz wach und voller Spannung.

»Man sucht noch nach den Tätern«, sagte Lonicer. »Sie hinterließen ein schreckliches Durcheinander.«

»Ihr habt alles untersucht und gesichert?«

»Selbstverständlich, Majestät.«

»Darüber schickt mir einen Bericht!«, verlangte Friedrich. Lonicer griff in den Ärmel und reichte ihm das vorbereitete Papier. Friedrich strahlte. Prompte Arbeit liebte er.

Dass in dem Papier nichts von einem Mord an Veitel Loeb

stand, war Rahels Verlangen zuzuschreiben, die Leiche des Vaters keiner Untersuchung zu unterziehen. Hartnäckig hatte sie sich auch geweigert, einen Diebstahl anzuzeigen. Wer berechtigte Forderungen an Veitel Loeb habe, dessen Ansprüche würde sie befriedigen.

Friedrich las, die kurzen Beine übereinander geschlagen. Dann blickte er Lonicer aus seinen wasserblauen Augen prüfend an und kritzelte etwas an den Rand.

Omittatur, las Lonicer im Hinausgehen. Unerwähnt lassen, hieß das. Lonicer war fest entschlossen, sich streng an dieses Königswort zu halten.

Nachbemerkung

»Trügerische Feste« ist ein Roman mit einer frei erfundenen Handlung. Die Übereinstimmung mit überlieferten historischen Details und biografischen Fakten, soweit sie sich aus der Literatur über Friedrich I. und seinen Hof ergeben, ist beabsichtigt, wobei der Autor bei der Darstellung der Catharina von Wartenberg eher den gründlichen Forschungen des Emmericher Stadthistorikers Erich Hubbertz vertraut als den Legenden und Vorurteilen preußischer Geschichtsschreibung, die sich selbst in neueren Werken finden.

Von Hubbertz ist auch die Beschreibung eines Tresors aus dem 17. Jahrhundert übernommen.

Der Wortschatz der Räuber entspricht der Chochemer Loschen, Wörterbuch der Gauner-, Diebs- vulgo Jenischen Sprache von J. K. von Train, Meißen 1833.

Zur Topografie:

Der Rabenstein befand sich bis 1701 in der Gegend des heutigen Strausberger Platzes.

Die im Text erwähnten Häuser standen in dem Dreieck Spandauer Straße – Neue Friedrichstraße (Littenstraße), hier als Wallstraße mit einer geringfügig veränderten Baugeschichte erwähnt – Heidereutergasse, in dem sich auch der Pulverturm, die Scharfrichterei und Liebmanns Synagoge befanden. Von allen historischen Gebäuden blieb nur die Heilig-Geist-Kapelle erhalten.

Friedrichs Hetzgarten, in dem später das Kadettenhaus eingerichtet wurde, stand auf dem Gelände des heutigen Stadtgerichts an der Littenstraße.
Die Georgen- bzw. Königstraße ist die heutige Rathausstraße.